我们只好“片时欢乐且相亲”，

愿我的猫长久享受他的鱼餐锦被，吃饱了就睡，睡足了就吃。

——《白猫王子五岁》

这种沉默，不是话到嘴边再咽下去，

是根本没话可说，所谓“知者不言，言者不知”。

——《沉默》

在这寂寞中我意识到了我自己的存在

——片刻的孤立的存在。

——《寂寞》

有时候，只要把心胸敞开，快乐也会逼人而来。

——《快乐》

我想树沐浴在熏风之中，抽芽放蕊，

它必有一番愉快的心情。

——《树》

花看半开 酒饮微醺

梁实秋 著

天津出版传媒集团
天津人民出版社

图书在版编目（CIP）数据

花看半开　酒饮微醺 / 梁实秋著 . -- 天津 : 天津人民出版社 , 2017.10（2022.5 重印）

ISBN 978-7-201-12475-9

Ⅰ . ①花… Ⅱ . ①梁… Ⅲ . ①散文集 – 中国 – 现代 Ⅳ . ① I266

中国版本图书馆 CIP 数据核字 (2017) 第 237056 号

花看半开　酒饮微醺

HUA KAN BAN KAI　JIU YIN WEIXUN

梁实秋　著

出　　版　天津人民出版社
出 版 人　刘　庆
地　　址　天津市和平区西康路 35 号康岳大厦
邮政编码　300051
邮购电话　（022）23332469
电子信箱　reader@tjrmcbs.com

责任编辑　玮丽斯
监　　制　黄　利　万　夏
特约编辑　曹莉丽　鞠媛媛
营销支持　曹莉丽
版权支持　王秀荣
内文插画　叁月李　顾小屿　邓　邓
装帧设计　紫图装帧

制版印刷　艺堂印刷（天津）有限公司
经　　销　新华书店
开　　本　880 毫米 ×1230 毫米　1/32
印　　张　10.5
字　　数　180 千字
版次印次　2017 年 10 月第 1 版　2022 年 5 月第 4 次印刷
定　　价　58.00 元

浮生若梦，不如浅斟低唱

目录

CONTENTS

Part 1 我来如流水，去如风

早起　要此心常常摄持，让此心做得主宰　002

快乐　幸遇三杯酒美，况逢一朵花新　006

寂寞　我所谓的寂寞，是随缘偶得，无须强求　010

麻将　只有打牌可以忘记读书　013

了生死　心地光明，无所恐惧　019

好容易过了端午节　我所缺乏的只是钱　023

Part 2

风雨故人来

028 **客** *夜半待客客不至，闲敲棋子落灯花*

032 **送行** *你走，我不送你；你来，无论多大风多大雨，我要去接你*

036 **谈友谊** *友谊不可透支，总要保留几分*

040 **沉默** *现在想找真正懂得沉默的朋友，也不容易了*

043 **健忘** *能主动地彻底地忘，需要上乘的功夫才办得到*

048 **唐人自何处来** *统统是唐人呀*

051 **请客** *若要一天不得安，请客*

花看半开，酒饮微醺

Part 3

饮酒 *花看半开，酒饮微醺* 058

下棋 *弈虽小术，亦可以观人* 062

晒书记 *读书人竟放任蠹虫猖狂乃尔* 066

写字 *写字最容易泄露一个人的个性* 069

群芳小记 *看着花抽芽放蕊，才有趣味* 072

信 *早起最快意的一件事，莫过于在案上发现一大堆信* 092

相声记 *我们使许多愁眉苦脸的人开口笑了* 096

白猫王子五岁 *片时欢乐且相亲* 100

放风筝 *俯瞰尘寰，怡然自得* 104

Part 4

参差百态是人生

112 “旁若无人” *这世界上除了自己还有别人*

116 暴发户 *树小墙新画不古，此人必是内务府*

120 骂人的艺术 *揭破一张黑幕给你瞧瞧*

127 吃相 *餐桌的礼仪要重视，不要太重视*

132 商店礼貌 *仓廪实则知礼节，衣食足则知荣辱*

136 穷 *别看我囊中羞涩，我有所不取*

140 怒 *一个人在发怒的时候，最难看*

142 懒 *若忽忽不知，懒而不觉，何异草木*

146 男人 *一餐盛馔之后，他的人生观都能改变*

150 女人 *上帝给她一张脸，她能另造一张出来*

155 计程车 *要成功当然靠自己，然而也要看因缘*

相思便是春常驻

Part 5

旧 *旧的事物之所以可爱，是因为它有内容，能唤起人的回忆* 162

爆竹 *响声起后，万众欢腾* 166

窗外 *从窗子望出去，就可以看见一幅图画* 170

树 *树沐浴在熏风之中，抽芽放蕊，必有一番愉快的心情* 174

疲马恋旧秣，羁禽思故栖 *人与疲马羁禽无异* 178

北平的冬天 *如果冬天来到，春天还会远么* 188

过年 *我愿在哪一天过年就在哪一天过年* 193

我在小学 *“小时了了，大未必佳”* 196

槐园梦忆——*悼念故妻程季淑女士* 208

Part 1

我来如流水，去如风

生不知所从来，

死不知何处去，

生非甘心，死非情愿，

所谓人生只是生死之间短短的一橛。

早起

曾文正公说："做人从早起起。"因为这是每人每日所做的第一件事。这一桩事若办不到，其余的也就可想。记得从前俞平伯先生有两行名诗："被窝暖暖的，人儿远远的……"在这"暖暖……远远……"的情形之下，毅然决然地从被窝里蹿出来，尤其是在北方那样寒冷的天气，实在是不容易。唯以其不容易，所以那个举动被称为开始做人的第一件事。假在被窝里不出来，那便是在做人的道上第一回败绩。

历史上若干嘉言懿行，也有不少是标榜早起的。例如，《颜氏家训》里便有"黎明即起"的句子。至少我们不会听说哪一个人为了早晨晏起而受到人的赞美。祖逖闻鸡起舞的故事是众所熟知的，但是我们不要忘了祖逖是志士，他所闻的鸡不是我们在天将破晓时听见的鸡啼，而是"中夜闻荒鸡鸣"。中夜起舞之后是否还回去再睡，史无明文，我想大概是不再回去睡了。黑茫茫的后半夜，舞完了之后还做什么，实在是不可想象的事。前清文武大臣上朝，也是半夜三更地进东华门，打着灯笼进去，不知是不是因为皇帝有特别喜欢起早的习惯。

西谚亦云："早出来的鸟能捉到虫儿吃。"似乎是晚出来的鸟便没得虫儿吃了。我们人早起可有什么好处呢？我个人是从小就喜欢早起的，可是也说不出有什么特别的好处，只是我个人的习惯而已。我觉得这是一个好习惯，可是并不说有这好习惯的人即是好人，因为这习惯虽好，究竟在做人的道理上还是比较的一桩小事。所以像韩复榘在山东省做主席时强迫省府人员清晨五时集合在大操场里跑步，我并不敢恭维。

我小时候上学，躺在炕上一睁眼看见窗户上最高的一格有了太阳光，便要急得哭啼，我的母亲匆匆忙忙给我梳了小辫儿打发我去上学。我们的学校就在我们的胡同里。往往出门之后不久又眼泪扑簌地回来，母亲问道："怎么回来了？"我低着头嗫嚅地回答："学校还没有开门哩！"这是五十多年前的事了，我现在想想，还是不知道为什么要那样性急。到如今，凡是开会或宴会之类，我还是很少迟到的。我觉得迟到是很可耻的一件事。但是我的心胸之不够开展，容不得一点事，于此也就可见一斑。

有人晚上不睡，早晨不起。他说这是"焚膏油以继晷"。

我想，“焚膏油”则有之，日晷则在被窝里糟蹋不少。他说夜里万籁俱寂，没有搅扰，最宜工作，这话也许是有道理的。我想晚上早睡两个钟头，早上早起两个钟头，还是一样的，因为早晨也是很宜于工作的。我记得我翻译《阿伯拉与哀绿绮思的情书》的时候，就是趁太阳没出的时候搬竹椅在廊檐下动笔，等到太阳晒满半个院子，人声嘈杂，我便收笔。这样在一个月内译成了那本书，至今回忆起来还是愉快的。我在上海住几年，黎明即起，弄堂里到处是哗啦啦的刷马桶的声音，满街的秽水四溢，到处看得见横七竖八的露宿的人——这种苦恼是高枕而眠到日上三竿的人所没有的。有些个城市，居然到九十点钟而街上还没有什么动静，家家户户都门窗紧闭，行经其地如过废墟，我这时候只有暗暗地祝福那些睡得香甜的人，我不知道他们昨夜做了什么事，以至今天这样晚还不能起来。

我如今年事稍长，好早起的习惯更不易抛弃。醒来听见鸟啭，一天都是快活的。走到街上，看见草上的露珠还没有干，砖缝里被蚯蚓倒出一堆一堆的沙土，男的女的担着新鲜肥美的菜蔬走进城来，马路上有戴草帽的老朽的女清道夫，还有无数的青年男女穿着熨平的布衣精神抖擞地携带着“便当”骑着脚踏车去上班——这时候我衷心充满了喜悦！这是一个活的世界，这是一个人的世界，这是生活！

就是学佛的人也讲究“早参”“晚参”。要此心常常摄持。曾文正公说做人从早起起，也是着眼在那一转念之间，是否能振作精神，让此心做得主宰。其实早起晚起本身倒没有什么了不得的利弊，如是而已。

快乐

天下最快乐的事大概莫过于做皇帝。“首出庶物，万国咸宁。”至不济可以生杀予夺，为所欲为。至于后宫粉黛三千，御膳八珍罗列，更是不在话下。清乾隆皇帝，“称八旬之觞，镌十全之宝”，三下江南，附庸风雅。那副志得意满的神情，真是不能不令人兴起“大丈夫当如是也”的感喟。

在穷措大眼里，九五之尊，乐不可支。但是试起古今中外的皇帝于地下，问他们一生中是否全是快乐，答案恐怕相当复杂。西班牙国王拉曼三世（Abder Rahman Ⅲ，960）说过这么一段话：

我于胜利与和平之中统治全国约五十年，为臣民所爱戴，为敌人所畏惧，为盟友所尊敬。财富与荣誉，权力与享受，呼之即来，人世间的福祉，从不缺乏。在这情形之中，我曾勤加计算，我一生中纯粹的真正幸福日子，总共仅有十四天。

御宇五十年，仅得十四天真正幸福日子。我相信他的话，宸谟睿略，日理万机，很可能不如闲云野鹤之怡然自得。于此我又想起从一本英语教科书上读到一篇寓言。题目是“一个快乐人的衬衫”。某国王，端居大内，抑郁寡欢，虽极耳目声色之娱，而王终不乐。左右纷纷献计，有一位大臣言道：如果在国内找到一位快乐的人，把他的衬衫脱下来，给国王穿上，国王就会快乐。王韪其言，于是使者四出寻找快乐的人。访遍了朝廷显要，朱门豪家，人人都有心事，家家都有一本难念的经，都不快乐。最后找到一位农夫，他耕罢在树下乘凉，裸着上身，大汗淋漓。使者问他：“你快乐么？”农夫说：“我自食其力，无忧无虑！快乐极了！”使者大喜，便索取他的衬衣。农夫说：“哎呀！我没有衬衣。”这位农夫颇似我们的禅门之“一丝不挂”。

常言道，“境由心生”，又说“心本无生因境有”。总之，快乐是一种心理状态。内心湛然，则无往而不乐。吃饭睡觉，稀松平常之事，但是其中大有道理。大珠《顿悟入道要门论》：“有源律师来问：‘和尚修道，还用功否？’师曰：‘用功。’曰：‘如何用功？’师曰：‘饥来吃饭，困来即眠。’曰：

‘一切人总如是，同师用功否？’师曰：‘不同。’曰：‘何故不同？’师曰：‘他吃饭时不肯吃饭，百种须索；睡时不肯睡，千般计较。所以不同也。’律师杜口。”可是修行到心无挂碍，却不是容易事。我认识一位唯心论的学者，平素昌言意志自由，忽然被人绑架，系于暗室十有余日，备受凌辱，释出后他对我说：“意志自由固然不诬，但是如今我才知道身体自由更为重要。”常听人说烦恼即菩提，我们凡人遇到烦恼只是深感烦恼，不见菩提。快乐是在心里，不假外求，求即往往不得，转为烦恼。叔本华的哲学是：苦痛乃积极的实在的东西，幸福快乐乃消极的根本不存在的东西。所谓快乐幸福乃是解除苦痛之谓。没有苦痛便是幸福。再进一步看，没有苦痛在先，便没有幸福在后。梁任公先生曾说：“人生最快乐的事，莫过于看着一件工作的完成。”在工作过程之中，有苦恼也有快乐；等到大功告成，那一份“如愿以偿”的快乐便是至高无上的幸福了。

有时候，只要把心胸敞开，快乐也会逼人而来。这个世界，这个人生，有其丑恶的一面，也有其光明的一面。良辰美景，赏心乐事，随处皆是。智者乐水，仁者乐山。雨有雨的趣，晴有晴的妙，小鸟跳跃啄食，猫狗饱食酣睡，哪一样不令人看了觉得快乐？就是在路上，在商店里，在机关里，偶尔遇到一张笑容可掬的脸，能不令人快乐半天？有一回我住进医院里，僵卧了十几天，病愈出院，刚迈出大门，陡见日丽中天，阳光普照，照得我睁不开眼；又见市廛熙攘，光怪陆离，我不由得从心里欢叫起来：“好一个艳丽盛装的世界！”

“幸遇三杯酒美，况逢一朵花新？”我们应该快乐。

寂寞

寂寞是一种清福。我在小小的书斋里，焚起一炉香，袅袅的一缕烟线笔直地上升，一直戳到顶棚，好像屋里的空气是绝对的静止，我的呼吸都没有搅动出一点波澜似的。我独自暗暗地望着那条烟线发怔。屋外庭院中的紫丁香还带着不少嫣红焦黄的叶子，枯叶乱枝时时的声响可以很清晰地听到；先是一小声清脆的折断声，然后是撞击着枝干的磕碰声，最后是落到空阶上的拍打声。这时节，我感到了寂寞。在这寂寞中我意识到了我自己的存在——片刻的孤立的存在。这种境界并不太易得，与环境有关，但更与心境有关。寂寞不一定要到深山大泽里去寻求，只要内心清静，随便在市廛里、陋巷里，都可以感觉到一种空灵悠逸的境界，所谓“心远地自偏”是也。在这种境界中，我们可以在想象中翱翔，跳出尘世的渣滓，与古人同游。所以我说，寂寞是一种清福。

在礼拜堂里我也有过同样的经验。在伟大庄严的教堂里，从彩画玻璃窗透进一股不很明亮的光线，沉重的琴声好像是把人的心都洗淘了一番似的，我感到了我自己的渺小。这渺小的感觉便是我意识到我自己存在的明证。因为平常连这一点点渺小之感都不会有的！

我的朋友萧丽先生卜居在广济寺里，据他告诉我，在最近一个夜晚，月光皎洁，天空如洗，他独自踱出僧房，立在大雄宝殿的石阶上，翘首四望，月色是那样的晶明，蓊郁的树是那样的静止，寺院是那样的肃穆，他忽然顿有所悟，悟到永恒，悟到自我的渺小，悟到四大皆空的境界。我相信一个人常有这样的经验，他的胸襟自然豁达寥廓。

但是寂寞的清福是不容易长久享受的。它只是一瞬间的存在。世界有太多的东西不时地提醒我们，提醒我们一件煞风景的事实：我们的两只脚是踏在地上的呀！一只苍蝇撞在玻璃窗上挣扎不出去，一声“老爷太太可怜可怜我这个瞎子吧”，都可以使我们从寂寞中间一头栽出去，栽到苦恼烦躁的漩涡里去。至于“催租吏”一类的东西打上门来，或是“石壕吏”之类的东西半夜捉人，其足以使人败兴生气，就更不待言了。这还是外界的感触，如果自己的内心先六根不净，随时都意马心猿，则虽处在最寂寞的境地里，他也是慌成一片，忙成一团，六神无主，暴跳如雷，他永远不得享受寂寞的清福。

如此说来，所谓寂寞不即是一种唯心论，一种逃避现实的现象么？也可以说是。一个高韬隐遁的人，在从前的社会里还可以存在，而且还颇受人敬重，在现在的社会里是绝对的不可能。现在似乎只有两种类型的人了，一是在现实的泥濘中打转的人，一是偶然也从泥濘中昂起头来喘口气的人。寂寞便是供人喘息的几口清新空气。喘几口气之后还得耐心地低头钻进泥濘里去。所以我对于能够昂首物外的举动并不愿再多苛责。逃避现实，如果现实真能逃避，吾寤寐以求之！

有过静坐经验的人该知道，最初努力把握着自己的心，叫它什么也不想，而是多么困难的事！那是强迫自己入于寂寞的手段，所谓参禅入定完全属于此类。我所赞美的寂寞，稍异于此。我所谓的寂寞，是随缘偶得，无须强求，一霎间的妙悟也不嫌短，失掉了也不必怅惘。但凡我有一刻寂寞，我要好好地享受它。

麻将

我的家庭守旧，绝对禁赌，根本没有麻将牌。从小不知麻将为何物。除夕到上元开赌禁，以掷骰子状元红为限，下注三十几个铜板，每次不超过一二小时。有一次我斗胆问起，麻将怎个打法。家君正色曰:“打麻将么？到八大胡同去！”吓得我再也不敢提起麻将二字。心里留下一个并不正确的印象，以为麻将与八大胡同有什么密切关联。

后来出国留学，在轮船的娱乐室内看见有几位同学做方城戏，才大开眼界，觉得那一百三十六张骨牌倒是很好玩的。有人热心指点，我也没学会。这时候麻将在美国盛行，很多美国人家里都备有一副，虽然附有说明书，一般人还是不易得其门而入。我们有一位同学在纽约居然以教人打牌为副业，电话召之即去，收入颇丰，每小时一元。但是为大家所不齿，认为他不务正业，贻士林。

科罗拉多大学有两位教授，姊妹俩，老处女，请我和闻一多到她们家里晚餐，饭后摆出了麻将，作为余兴。在这一方面我和一多都是属于“四窍已通其三”的人物——一窍不通，当时大窘。两位教授不能了解，中国人竟不会打麻将？当晚四个人临时参看说明书，随看随打，谁也没能规规矩矩地和下一把牌，窝窝囊囊地把一晚消磨掉了。以后再也没有成局。

麻将不过是一种游戏，玩玩有何不可？何况贤者不免。梁任公先生即是此中老手。我在清华念书的时候，就听说任公先生有一句名言：“只有读书可以忘记打牌，只有打牌可以忘记读书。”读书兴趣浓厚，可以废寝忘食，还有工夫打牌？打牌兴亦不浅，上了牌桌全神贯注，焉能想到读书？二者的诱惑力、吸引力有多么大，可以想见。书读多了，没有什么害处，顶多变成不更事的书呆子，文弱书生。经常不断地十圈二十圈麻将打下去，那毛病可就大了。有任公先生的学问风操，可以打牌；我们没有他那样的学问风操，不得借口。

胡适之先生也偶然喜欢摸几圈。有一年在上海，饭后和潘光旦、罗隆基、饶子离，走到一品香开房间打牌。硬木桌上打牌，滑溜溜的，震天价响，有人认为痛快。我照例作壁上观。言明只打八圈。打到最后一圈已近尾声，局势十分紧张。胡先生坐庄，潘光旦坐对面，三副落地，吊单，显然是一副满贯的大牌。“扣他的牌，打荒算了。”胡先生摸到一张白板，地上已有两张白板。“难道他会吊孤张？”胡先生口中念念有词，犹豫不决。左右皆曰：“生张不可打，否则和下来要包！”胡适先生自己的牌也是一把满贯的大牌，且早已听张，如果扣下这张白板，势必拆牌应付，于心不甘。犹豫了好一阵子，“冒一下险，试试看”。啪的一声把白板打了出去！“自古成功在尝试”，这一回却是“尝试成功自古无”了。潘光旦嘿嘿一笑，翻出底牌，吊的正是白板。胡先生包了。身上现钱不够，开了一张支票，三十几元。那时候这不算是小数目。胡先生技艺不精，没得怨。

抗战期间，后方的人，忙的是忙得不可开交，闲的是闷得发慌。不知是谁诌了四句俚词：“一个中国人，闷得发慌。两个中国人，就好商量。三个中国人，做不成事。四个中国人，麻将一场。”四个人凑在一起，天造地设，不打麻将怎么办？雅舍也备有麻将，只是备不时之需。有一回有客自重庆来，第二天就回去，要求在雅舍止宿一夜。我们没有招待客人住宿的设备，颇有难色，客人建议打个通宵麻将。在三缺一的情形下，第四者若是坚不下场，大家都认为是伤天害理的事。于是我也不得不凑一角。这一夜打下来，天旋地转，我只剩得奄奄一息，誓言以后在任何情形之下，再也不肯做这种成仁取义的事。

麻将之中自有乐趣。贵在临机应变，出手迅速。同时要手挥五弦目送飞鸿，有如谈笑用兵。徐志摩就是一把好手，牌去如飞，不加思索。麻将就怕“长考”。一家长考，三家暴躁。以我所知，麻将一道要推太太小姐们最为擅长。在桌牌上我看见过真正春笋一般的玉指洗牌砌牌，灵巧无比。（美国佬的粗笨大手砌牌需要一根大尺往前一推，否则牌就摆不直！）我也曾听说某一位太太有接连三天三夜不离开牌桌的纪录。（虽然她最后崩溃以至于吃什么吐什么！）男人们要上班，就无法和女性比。我认识的女性之中有一位特别长于麻将，经常午间起床，午后二时一切准备就绪，呼朋引类，麻将开场，一直打到夜深。雍容俯仰，满室生春。不仅是技压侪辈，赢多输少。我的朋友卢冀野是个倜傥不羁的名士，他和这位太太打过多次麻将，他说：“政府于各部会之外应再添设一个‘俱乐部’，其中设麻将司，司长一职非这位太太莫属矣。”甘拜下风的不只是他一个人。

路过广州，耳畔常闻噼噼啪啪的牌声，而且我在路边看见一辆停着的大卡车，上面也居然摆着一张八仙桌，四个人露天酣战，行人视若无睹。餐馆里打麻将，早已通行，更无论矣。在台湾，据说麻将之风仍然很盛。有中国人的地方就有麻将，有些地方的寓公寓婆亦不能免。麻将的诱惑力太大。

王尔德说过:“除了诱惑之外，我什么都能抵抗。”我不打麻将，并不妄以为自己志行高洁。我脑筋迟钝，跟不上别人反应的速度，影响到麻将的节奏。一赶快就出参差。我缺乏机智，自己的一副牌都常照顾不来，遑论揣度别人的底细；既不知己又不知彼，如何可以应付大局？打牌本是寻乐，往往是寻烦恼，又受气又受窘，干脆不如不打。费时误事的大道理就不必说了。有人说卫生麻将又有何妨？想想看，鸦片烟有没有卫生鸦片，海洛因有没有卫生海洛因？大凡卫生麻将，结果常是有碍卫生。起初输赢小，渐渐提升。起初是朋友，渐渐成赌友。一旦成为赌友，没有交情可言。我曾看见两位朋友，都是斯文中人，为了甲扣了乙一张牌，宁可自己不和而不让乙和，事后还扬扬得意，以牌示乙，乙大怒。甲说在牌桌上损人不利己的事是可以做的，话不投机，大打出手，人仰桌翻。我又记得另外一桌，庄家连和七把，依然手顺，把另外三家气得目瞪口呆面色如土，结果是勉强终局，不欢而散。赢家固然高兴，可是输家的脸看了未必好受。有了这些经验，看了牌局我就怕，作壁上观也没兴趣。何况本来是个穷措大，“黑板上进来白板上出去”也未免太惨。

对于沉湎于此道中的朋友们，无论男女，我并不一概诅咒。其中至少有一部分可能是在生活上有什么隐痛，借此忘忧，如同吸食鸦片一样久而上瘾，不易戒掉。其实要戒也很容易，把牌和筹码以及牌桌一起蠲除，洗手不干便是。

了生死

信佛的人往往要出家。出家所为何来？据说是为了一大事因缘，那就是要“了生死”。在家修行，其终极目的也是为了要“了生死”。生死是一件事，有生即有死，有死方有生；“了”即是“了断”之意。生死流转，循环不已，是为轮回。人在轮回之中，纵不堕入恶趣，生老病死四苦煎熬亦无乐趣可言。所以信佛的人要了生死，超出轮回，证无生法忍。出家不过是一个手段，习静也不过是一个手段。

但是生死果然能够了断么？我常想，生不知所从来，死不知何处去；生非甘心，死非情愿，所谓人生只是生死之间短短的一橛。这种看法正是佛家所说“分段苦”。我们所能实际了解的也正是这样。波斯诗人峨谟伽耶姆的四行诗恰好说出了我们的感觉：

Into this universe, and why not knowing,
Nor whence, like water willy-nilly flowing;
And out of it, as wind along the waste,
I know not whither, willy-nilly blowing.

不知为什么，亦不知来自何方，
就来到这世界，像水之不自主的流；
而且离开了这世界，不知向哪里去，
像风在原野，不自主的吹。

“我来如流水，去如风”，这是诗人对人生的体会。所谓生死，不了断亦自然了断，我们是无能为力的。我们来到这世界，并未经我们同意；我们离开这世界，也将不经我们同意。我们是被动的。

人死了之后是不是万事皆空呢？死了之后是不是还有生活呢？死了之后是不是还有轮回呢？我只能说不知道。使哈姆雷特踌躇不决的也正是这一段疑情。按照佛家的学说，“断灭相”决非正知解。一切的宗教都强调死后的生活，佛教则特别强调轮回。我看世间一切有情，是有一个新陈代谢的法则，是有遗传嬗递的迹象，人恐怕也不例外，长江后浪推前浪，一代新人代旧人，如是而已。又看佛书记载轮回的故事，大抵荒诞不经，可供谈助，兼资劝世，是否真有其事殆不可考。如果轮回之说尚难证实，则所谓了生死之说也只是可望而不可即的一个理想了。

我承认佛家了生死之说是一崇高理想。为了希望达到这个理想，佛教徒制定许多戒律，所谓根本五戒，沙弥十戒，比丘二百五十戒，这还都是所谓“事戒”，菩萨十重四十八轻戒之“性戒”尚不在内。这些戒律都是要我们在此生此世来身体力行的。能彻底实行戒律的人方有希望达到“外息诸缘，内心无喘”的境界。只有切实地克制情欲，方可逐渐地做到“情枯智讫”的功夫。所有的宗教无不强调克己的修养，斩断情根，裂破俗网，然后才能湛然寂静，明心见性。就是佛教所斥为外道的种种苦行，也无非是戒的意思，不过做得过分了些。中古基督教也有许多不近人情的苦修方法。凡是宗教都是要人收敛内心截除欲念。就是伦理的哲学家，也无不倡导多多少少的克己的苦行。折磨肉体，以解放心灵，这道理是可以理解的。但是以爱根为生死之源，而且自无始以来因积业而生死流转，非斩断爱根无以了生死，这一番道理便比较地难以实证了。此生此世持戒，此生此世受福；死后如何，来世如何，便渺茫难言了。我对于在家修行的和出家修行的人们有无上的敬意。由于他们的参禅看教，福慧双修，我不怀疑他们有在此生此世证无生法忍的可能，但是离开此生此世之后是否即能往生净土，我很怀疑。这净土，像其他的被人描写过的天堂一样，未必存在。如果它是存在，只是存在于我们的心里。

西方斯多亚派哲学家所谓个人的灵魂于死后重复融合到宇宙的灵魂里去，其种种信念也无非是要人于临死之际不生恐惧，那说法虽然简陋，却是不落言筌。蒙田说："学习哲学即是学习如何去死。"如果了生死即是了解生死之谜，从而获致大智大勇，心地光明，无所恐惧，我相信那是可以办到的。所以我的心目中，宗教家乃是最富理想而又最重实践的哲学家。至于了断生死之说，则我自惭劣钝，目前只能存疑。

好容易过了端午节

好容易过了端午节！我昨天一天以内，因为受了精神上压迫，头部和背部流出来的汗，聚在一起，恐怕要在一加仑以上。为什么要在端午节那天出这些汗呢？这就一言难尽了，容我分作许多言来说吧。

过端午节，吃粽子，喝雄黄酒，悬菖蒲，这些事都很足以令人乐观，做起来也无须出汗，但是除此以外，还有一件极重大的事，先生小姐们，这件事在你们也许不大理会，但是在我就是一件性命交关的事，这件事便是还账！柴，米，两项大宗的账，不能不还的。但是店铺也真太不原谅人，还账只准用钱还，而我所缺乏的只是钱。

一清早，叩门声甚急，我战战兢兢地开了门，只见一位着短衣的人，手里拿着一张纸条，问我：“这里是姓王吗？”我登时面无人色，吞吞吐吐地从喉咙深处哼出一声：“是的！”

我伸手把字条接过来，心里想着也不必看了，一定是来要钱的。我懒洋洋地走上楼，像是小孩子上学似的，一步一步地挨着走，心里真有一点悲哀。前天到当铺里当得五块钱，这一笔账还可以付，第二笔便无法付了。我把钱拿在手里，低头一看账单，咦！哪里是一张账单，上面分明写着："王兄：兹送上枇杷一筐，诸希哂纳是幸。弟李思缘拜。"原来李先生送节礼来了。我笑了。

"喂，你把那筐枇杷拿进来吧……这是给你的酒力钱……回去谢谢李先生啊！……"

那个人笑嘻嘻的，我也笑嘻嘻的。那个人看了我一眼，我可是没有敢望他。他走了。我也上了楼，把那五块宝贝钱重新收起，把一颗枇杷塞进口内。

嗒！嗒！嗒！又有人叫门了。我自己明白，这一回恐怕逃不过去。我怕吓破了胆子，力求我的太太下楼去开门。她倒胆大，把门开了，只见挤进了半个戴绿帽穿绿衣的人。因为我的太太只开了半尺来宽的门缝，所以只挤进了半个人，还有半个在门外。"你有什么事？"

那半个人说："我来拜节。"

一角钱从我的太太的衣袋里走了出去；那半个人从大门缝退了出去。

平平安安地又过了半点钟。忽的又有人叫门了！大门开处，只见又有半个戴绿帽穿绿衣的人挤了进来。他说他也是来拜节的。我心里猜想，一定是方才没有挤进来的那半个人。经我严重质问之后，才知道他是送快信的，与方才来的那半个人不是一回事。于是乎我又付了一角钱的拜节账。

我的太太曰："讨账的虽尚未来，而拜节的则纷至不已，呜呼，此地岂可久居？"

我曰："然则走乎？"

我们走了。走到一个顶远的地方，走出了许多的时候。天黑了，我们回来，娘姨表示热烈的欢迎，她说："啊哟哟！柴店和米店的伙计自从你们走后就来了，守候了一天，饿不过才走的……"

我就这样地战胜了端午节。

Part 2 风雨故人来

你走，

我不送你；

你来，

无论多大风多大雨，

我要去接你。

客

“只有上帝和野兽才喜欢孤独。”上帝吾不得而知之；至于野兽，则据说成群结党者多，真正孤独者少。我们凡人，如果身心健全，大概没有不好客的。以欢喜幽独著名的Thoureau，他在树林里也给来客安排得舒舒贴贴。我常幻想着“风雨故人来”的境界，在风飒飒雨霏霏的时候，心情枯寂百无聊赖，忽然有客款扉，把握言欢，莫逆于心。来客不必如何风雅，但至少第一不谈物价升降，第二不谈宦海浮沉，第三不劝我保险，第四不劝我信教；乘兴而来，兴尽即返，这真是人生一乐。但是我们为客所苦的时候也颇不少。

很少的人家有门房，更少的人家有拒人千里之外的阍者。门禁既不森严，来客当然无阻，所以私人居处，等于日夜开放。有时主人方在厕上，客人已经升堂入室，回避不及，应接无术，主人鞠躬如也，客人呆若木鸡。有时主人方在用饭，而高轩贲止，便不能不效周公之“一饭三吐哺”。但是来客并无归心，只好等送客出门之后再补充些残羹剩饭。有时主人已经就枕，而不能不倒屣相迎。一天二十四小时之内，不知客人何时入侵，主动在客，防不胜防。

在西洋所谓客者是很稀罕的东西。因为他们办公有办公的地点，娱乐有娱乐的场所，住家专作住家之用。我们的风俗稍为不同一些。办公打牌吃茶聊天都可以在人家的客厅里随时举行的。主人既不能在座位上遍置针毡，客人便常有如归之乐。从前官场习惯，有所谓端茶送客之说，主人觉得客人应该告退的时候，便举起盖碗请茶，那时节一位训练有素的豪仆在旁一眼瞥见，便大叫一声“送客！”另有人把门帘高高打起，客人除了告辞之外，别无他法。可惜这种经济时间的良好习俗，今已不复存在，而且这种办法也只限于官场，如果我在我的小小客厅之内端起茶碗，由荆妻稚子在旁嘤然一声“送客”，我想客人会要疑心我一家都发疯了。

客人久坐不去，驱禳至为不易。如果你枯坐不语，他也许发表长篇独白，像个垃圾口袋一样，一碰就泄出一大堆；也许一根一根的纸烟不断地吸着，静听挂钟滴嗒滴嗒地响。如果你暗示你有事要走，他也许表示愿意陪你一道走。如果你问他有无其他的事情见教，他也许干脆告诉你来此只为闲聊天。如果你表示正在为了什么事情忙，他会劝你多休息一下。如果你一遍一遍地给他斟茶，他也许就一碗一碗地喝下去而连声说“主人别客气”。乡间迷信，恶客盘踞不去时，家人可在门后置一扫帚，用针频频刺之，客人便会觉得有刺股之痛，坐立不安而去。此法有人曾经实验，据云无效。

“茶，泡茶，泡好茶；坐，请坐，请上坐。”出家人犹如此势利，在家人更可想而知。但是为了常遭客灾的主人设想，茶与座二者常常因客而异，盖亦有说。夙好羊饮之客，自不便奉以“水仙”“云雾”；而精研茶经之士，又断不肯尝试那“高末”“茶砖”。茶卤加开水，浑浑满满一大盅，上面泛着白沫如啤酒，或漂着油彩如汽油，这固然令人恶心；但是如果名茶一盏，而客人并不欣赏，轻呷一口，盅缘上并不留下芬芳，留之无用，弃之可惜，这也是非常讨厌之事。所以客人常被分为若干流品，有能启用平素主人自己舍不得饮用的好茶者；有能享受主人自己日常享受的中上茶者；有能大量取用茶卤冲开水者。飨以“玻璃”者是为未入流。至于座处，自以直入主人的书房绣闼者为上宾，因为屋内零星物件必定甚多，而主人略无防闲之意，于亲密之中尚含有若干敬意，做客至此，毫无遗憾；次焉者廊前檐下随处接见，所谓班荆道故，了无痕迹；最下者则肃入客厅，屋内只有桌椅板凳，别无长物，主人着长袍而出，寒暄就座，主客均客气之至。在厨房后门伫立而谈者是为未人流。我想此种差别待遇，是无可如何之事，我不相信孟尝门客三千而待遇平等。

人是永远不知足的。无客时嫌岑寂，有客时嫌烦嚣，客走后扫地抹桌又另有一番冷落空虚之感。问题的症结全在于客的素质，如果素质好，则未来时想他来，既来了想他不走，既走想他再来；如果素质不好，未来时怕他来，既来了怕他不走，既走怕他再来。虽说物以类聚，但不速之客甚难预想。“夜半待客客不至，闲敲棋子落灯花”，那种境界我觉得最足令人低徊。

送行

“黯然销魂者，惟别而已矣。”遥想古人送别，也是一种雅人深致。古时交通不便，一去不知多久，再见不知何年，所以南浦唱支骊歌，灞桥折条杨柳，甚至在阳关敬一杯酒，都有意味。李白的船刚要启碇，汪伦老远地在岸上踏歌而来，那幅情景真是历历如在目前。其妙处在于纯朴真挚，出之以潇洒自然。平素莫逆于心，临别难分难舍。如果平常我看着你面目可憎，你觉着我语言无味。一旦远离，那是最好不过，只恨世界太小，唯恐将来又要碰头，何必送行？

在现代人的生活里，送行是和拜寿送殡等等一样地成为应酬的礼节之一。“揪着公鸡尾巴”起个大早，迷迷糊糊地赶到车站码头，挤在乱哄哄人群里面，找到你的对象，扯几句淡话，好容易耗到汽笛一叫，然后鸟兽散，吐一口轻松气，噘着大嘴回家。这叫作周到。在被送的那一方面，觉得热闹，人缘好，没白混，而且体面；有这么多人舍不得我走，斜眼看着旁边的没人送的旅客，相形之下，尤其容易起一种优越之感，不禁精神抖擞，恨不得对每一个送行的人要握八次手，道十回谢。死人出殡，都讲究要有多少亲友执绋，表示恋恋不舍，何况活人？行色不可不壮。

悄然而行似是不大舒服，如果别的旅客在你身旁耀武扬威地与送行的话别，那会增加旅中的寂寞。这种情形，中外皆然。Max Beerbohm 写过一篇《谈送行》，他说他在车站上见一位以演剧为业的老朋友在送一位女客，始而喁喁情话，俄而泪湿双颊，终乃汽笛一声，勉强抑止哽咽，向女郎频频挥手，目送良久而别。原来这位演员是在做戏，他并不认识那位女郎，他是属于“送行会”的一个职员，凡是旅客孤身在外而愿有人到站相送的，都可以到“送行会”去雇人来送。这位演员出身的人当然是送行的高手，他能放进感情，表演逼真。客人纳费无多，在精神上受惠不浅。尤其是美国旅客，用金钱在国外可以购买一切；如果“送行会”真的普遍设立起来，送行的人也不虞缺乏了。

送行既是人生中所不可少的一桩事，送行的技术也便不可不注意到。如果送行只限于到车站码头报到，握手而别，那么问题就简单，但是我们中国的一切礼节都把“吃”列为最重要的一个项目。一个朋友远别，生怕他饿着走，饯行是不可少的，恨不得把若干天的营养都一次囤积在他肚里。我想任何人都有这种经验，如有远行而消息外露（多半还是自己宣扬），他有理由期望着饯行的帖子纷至沓来，短期间家里可以不必开伙。还有些思虑更周到的人，把食物携在手上，亲自送到车上船上，好像是你在半路上会要挨饿的样子。

我永远不能忘记最悲惨的一幕送行。一个严寒的冬夜，车站上并不热闹，客人和送客的人大都在车厢里取暖，但是在长得没有止境的月台上却有黑查查的一堆送行的人，有的围着斗篷，有的戴着风帽，有的脚尖在洋灰地上敲鼓似的乱动，我走近一看全是熟人，都是来送一位太太的。车快开了，不见她的踪影，原来在这一晚她还有几处饯行的宴会。在最后的一分钟，她来了。送行的人们觉得是在接一个人，不是在送一个人，一见她来到大家都表示喜欢，所有惜别之意都来不及表现了。她手上抱着一个孩子，吓得直哭；另一只手扯着一个孩子，连跑带拖。她的头发蓬松着，嘴里喷着热气像是冬天载重的骡子。她顾不得和送行的人周旋，三步两步地就跳上了车。这时候车已在蠕动。送行的人大部分都手里提着一点东西，无法交付，可巧我站在离车门最近的地方，大家把礼物都交给了我，“请您偏劳给送上去吧！”我好像是一个圣诞老人，抱着一堆礼物。我一个箭步蹿上了车，我来不及致辞，把东西往她身上一扔，回头就走；从车上跳下来的时候，打了几个转才立定脚跟。事后我接到她一封信，她说：

那些送行的都是谁？你丢给我那一堆东西，到底是谁送的？我在车上整理了好半天，才把那堆东西聚拢起来打成一个大包袱。朋友们的盛情算是给我添了一件行李。我愿意知道哪一件东西是哪一位送的，你既是代表送上车的，你当然知道，盼速见告。

计开

水果三筐，泰康罐头四个，果露两瓶，蜜饯四盒，饼干四罐，豆腐乳四罐，蛋糕四盒，西点八盒，纸烟八听，信纸信封一匣，丝袜两双，香水一瓶，烟灰碟一套，小钟一具，衣料两块，酱菜四篓，绣花拖鞋一双，大面包四个，咖啡一听，小宝剑两把……

这问题我无法答复，至今是个悬案。

我不愿送人，亦不愿人送我，对于自己真正舍不得离开的人，离别的那一刹那像是开刀。凡是开刀的场合照例是应该先用麻醉剂，使病人在迷蒙中度过那场痛苦，所以离别的苦痛最好避免。一个朋友说：“你走，我不送你；你来，无论多大风多大雨，我要去接你。”我最赏识那种心情。

谈友谊

朋友居五伦之末，其实朋友是极重要的一伦。所谓友谊实即人与人之间的一种良好的关系，其中包括了解、欣赏、信任、容忍、牺牲……诸多美德。如果以友谊作基础，则其他的各种关系如父子、夫妇、兄弟之类均可圆满地建立起来。当然父子、兄弟是无可选择的永久关系；夫妇虽有选择余地，但一经结合便以不再仳离为原则；而朋友则是有聚有散可合可分的。不过，说穿了，父子、夫妇、兄弟都是朋友关系，不过形式性质稍有不同罢了。严格地讲，凡是充分具备一个朋友的条件的人，他一定也是一个好父亲、好儿子、好丈夫、好妻子、好哥哥、好弟弟。反过来亦然。

我们的古圣先贤对于交友一端是甚为注重的。《论语》里面关于交友的话很多，在西方亦是如此。罗马的西塞罗有一篇著名的《论友谊》，法国的蒙田、英国的培根、美国的爱默生，都有论友谊的文章。我觉得近代的作家在这个问题上似乎不大肯费笔墨了。这是不是叔季之世友谊没落的象征呢，我不敢说。

古之所谓“刎颈交”，陈义过高，非常人所能企及。如Damon与Pythias，David与Jonathan，怕也只是传说中的美谈吧。就是把友谊的标准降低一些，真正能称得起朋友的还是很难得。试想一想，如果银钱经手的事，你信得过的朋友能有几人？在你蹭蹬失意或疾病患难之中还肯登门拜访乃至雪中送炭的朋友又有几个？你出门在外之际对于你的妻室弱媳肯加照顾而又不照顾得太多者又有几人？再退一步，平素投桃报李，莫逆于心，能维持长久于不坠者，又有几人？总角之交，如无特别利害关系以为维系，恐怕很难在若干年后不变成为路人。富兰克林说：“有三个朋友是忠实可靠的——老妻、老狗与现款。”妙的是这三个朋友都不是朋友。倒是亚里士多德的一句话最干脆：“我的朋友们呀！世界上根本没有朋友。”这些话近于愤世嫉俗，事实上世界里还是有朋友的，不过虽然无须打着灯笼去找，却是像沙里淘金而且还需要长时间的洗练。一旦真铸成了友谊，便会金石同坚，永不退转。

大抵物以类聚，人以群分。臭味相投，方能永以为好。交朋友也讲究门当户对，纵不必像九品中正那么严格，也自然有个界线。“同学少年多不贱，五陵裘马自轻肥”，于“自轻肥”之余还能对着往日的旧游而不把眼睛移到眉毛上边去么？汉光武帝容许严子陵把他的大腿压在自己的肚子上，固然是雅量可风；但严子陵毅然决然地归隐富春山，则尤为知趣。朱洪武写信给他的一位朋友说：“朱元璋做了皇帝，朱元璋还是朱元璋……”话自管说得很漂亮，看看他后来诛戮功臣，也就不免令人心悸。人的身心构造原是一样的，但是一入宦途，可能发生突变。孔子说：“无友不如己者。”我想一来指品学而言，二来只是说不要结交比自己坏的，并没有说一定要我们去高攀。友谊需要两造，假如双方都想结交比自己好的，那便永远交不起来。

好像是王尔德说过，“一个男人与一个女人之间是不可能有友谊存在的。”就一般而论，这句话是对的，因为男女之间如有深厚的友谊，那么友谊容易变质；如果不是心心相印，那又算不得是友谊。过犹不及，那分际是难以把握的。忘年交倒是可能的。祢衡年未二十，孔融年已五十，便相交友，这样的例子史不绝书。但似乎是也以同性为限。并且以我所知，忘年之交形成固有赖于兴趣之相近与互相器赏，但年长的一方多少需要保持一点童心，年幼的一方多少需要几分老成。老气横秋则令人望而生畏，轻薄儇佻则人且避之若浼。单身的人容易交朋友，因为他的情感无所寄托，漂泊流离之中最需要一个一倾积愫的对象；可是等到有红袖添香、稚子候门的时候，心境便不同了。

“君子之交淡如水”，因为淡所以才能不腻，才能持久。“与朋友交，久而敬之。”敬也就是保持距离，也就是防止过分亲昵。不过“狎而敬之”是很难的。最要注意的是，友谊不可透支，总要保留几分。Mark Twain 说：“神圣的友谊之情，其性质是如此的甜蜜、稳定、忠实、持久，可以终生不渝，如果不开口向你借钱。”这真是慨乎言之。朋友本有通财之谊，但这是何等微妙的一件事！世上最难忘的事是借出的钱，一般认为最倒霉的事又莫过于还钱。一牵涉到钱，恩怨便很难算得清楚，多少成长中的友谊都被这阿堵物所戕害！

规劝乃是朋友中间应有之义，但是谈何容易。名利场中，沆瀣一气，自己都难以明辨是非，哪有余力规劝别人？而在对方则又良药苦口忠言逆耳，谁又愿意让人批他的逆鳞？规劝不可当着第三者的面行之，以免伤他的颜面；不可在他情绪不宁时行之，以免逢彼之怒。孔子说：“忠告而善道之，不可则止。”我总以为劝善规过是友谊之消极的作用。友谊之乐是积极的。只有神仙与野兽才喜欢孤独，人是需要朋友的。“假如一个人独自升天，看见宇宙的大观，群星的美丽，他并不能感到快乐；他必要找到一个人向他述说他所见到的奇景，他才能快乐。”共享快乐，比共受患难，应该是更正常的友谊中的趣味。

沉默

我有一位沉默寡言的朋友。有一回他来看我，嘴边绽出微笑，我知道那就是相见礼。我肃客入座，他欣然就席。我有意要考验他的定力，看他能沉默多久，于是我也打破我的习惯，我也守口如瓶。二人默对，不交一语，壁上的时钟嘀嗒嘀嗒的声音特别响。我忍耐不住，打开一听香烟递过去，他便一支接一支地抽了起来，吧嗒吧嗒之声可闻。我献上一杯茶，他便一口一口地翕呷，左右顾盼，意态萧然。等到茶尽三碗，烟罄半听，主人并未欠伸，客人兴起告辞，自始至终没有一句话。这位朋友，现在已归道山，这一回无言造访，我至今不忘，想不到“闻所闻而来，见所见而去”的那种六朝人的风度，于今不之世，尚得见之。

明张鼎思《琅琊代醉编》有一段记载：“刘器之待制对客多默坐，往往不交一谈，至于终日。客意甚倦，或谓去，辄不听，至留之再三。有问之者，曰：‘人能终日危坐，而不欠伸欹侧，盖百无一二，其能之者必贵人也。’以其言试之，人皆验。”可见对客默坐之事，过去亦不乏其例。不过所谓“主贵”之说，倒颇耐人寻味。所谓贵，一定要有一副高不可攀的神情，纵然不拒人千里之外，至少也要令人生莫测高深之感。所以处大居贵之士多半有一种特殊的本领，两眼望天，面部无表情，纵然你问他一句话，他也能听若无闻，不置可否。这样的人如何能不贵？因为深沉的外貌，正好掩饰内部的空虚，这样的人最宜于摆在庙堂之上。《孔子家语》明明地写着，孔子“入太祖后稷之庙，庙堂右阶之前有金人焉，三缄其口，而铭其背曰：‘古之慎言人也’”。这庙堂右阶的金人，不是为市井细民做榜样的。

謇谔之臣，骨鲠在喉，一吐为快，其实他是根本负有诤谏之责，并不是图一时之快。鸡鸣犬吠各有所司，若有言官而钳口结舌，宁不有愧于鸡犬？至于一般的仁人君子，没有不愤世忧时的，其中大部分悯默无言，但间或也有“宁鸣而死，不默而生”的人。这样的人可使当世的人为之感喟，为之击节，他不能全名养寿，他只能在将来历史上享受他应得的清誉罢了。在有“不发言的自由”的时候而甘愿放弃这一项自由，这也是个人的自由。在如今这个时代，沉默是最后的一项自由。

有道之士，对于尘劳烦恼早已不放在心上，自然更能欣赏沉默的境界。这种沉默，不是话到嘴边再咽下去，是根本没话可说，所谓“知者不言，言者不知”。世尊在灵山会上，拈华示众，众皆寂然，唯迦叶破颜微笑，这会心微笑胜似千言万语。莲池大师说得好：“世间酽醯醇醴，藏之弥久而弥美者，皆繇封锢牢密不泄气故。”古人云：“二十年不开口说话，向后佛也奈何你不得。”旨哉言乎！二十年不开口说话，也许要把口闷臭，但是语言道断之后，性水澄清，心珠自理，没有饶舌的必要。基督教 Carthusian 教派也是以沉默静居为修行法门，经常彼此不许说话。“此中有真意，欲辩已忘言。”

庄子说：“吾安得夫忘言之人，而与之言哉？”现在想找真正懂得沉默的朋友，也不容易了。

健忘

是爱迪生吧？他一手持蛋，一手持表，准备把蛋下锅煮五分钟，但是他心里想的是一桩发明，竟把表投在锅里，两眼盯着那个蛋。

是牛顿吧？专心做一项实验，忘了吃摆在桌上的一餐饭。有人故意戏弄他，把那一盘菜肴换为一盘吃剩的骨头。他饿极了，走过去吃，看到盘里的骨头叹口气说：“我真糊涂，我已经吃过了。”

这两件事其实都不能算是健忘，都是因为心有所旁骛，心不在焉而已。废寝忘餐的事例，古今中外尽多的是。真正患健忘症的，多半是上了年纪的人。小小的脑壳，里面能装进多少东西？从五六岁记事的时候起，脑子里就开始储藏这花花世界的种种印象；牙牙学语之后，不久又“念、背、打”，打进去无数的诗云、子曰，说不定还要硬塞进去一套

ABCD，脑海已经填得差不多，大量的什么三角儿、理化、中外史地之类又猛灌而入；一直到了成年，脑子还是不得轻闲，做事上班，养家糊口，无穷无尽的阘茸事由需要记挂，脑子里挤得密不通风，天长日久，老态荐臻，脑子里怎能不生锈发霉而记忆开始模糊？

人老了，常易忘记人的姓名。大概谁都有过这样的经验：蓦地途遇半生不熟的一个人，握手言欢老半天，就是想不起他的姓名，也不好意思问他尊姓大名，这情形好尴尬；也许事后于无意中他的姓名猛然间涌现出来，若不及时记载下来，恐怕随后又忘到九霄云外。人在尚未饮忘川之水的时候，脑子里就已开始了清仓的活动。范成大诗：“僚旧姓名多健忘，家人长短总佯聋。”僚旧那么多，有几个能令人长相忆？即使记得他的相貌特征，他的姓名也早已模糊了，倒是他的绰号有时可能还记得。

不过也有些事是终生难忘的，白居易所谓：“老来多健忘，惟不忘相思。”当然相思的对象可能因人而异。大概初恋的滋味是永远难忘的，两团爱凑在一起，迸然爆出了火花，那一段惊心动魄的感受，任何人都会珍藏在他和她的记忆里，忘不了，忘不了。“春风得意马蹄疾”的得意事，不容易忘怀，而且唯恐大家不知道。沮丧、窝囊、羞耻、失败的不如意事也不容易忘，只是捂捂盖盖地不愿意一再地抖搂出来。

忘不一定是坏事。能主动地彻底地忘，需要上乘的功夫才办得到。《孔子家语》：“哀公问于孔子曰：‘寡人闻忘之甚者，徙而忘其妻，有诸？’孔子曰：‘此犹未甚者也。甚者乃忘其身。’”徙而忘其妻，不足为训，但是忘其身则颇有道行。人之大患在于有身，能忘其身即是到了忘我的境界。常听人说，忘恩负义乃是最令人难堪的事之一。莎士比亚有这样的插曲——

吹，吹，冬天的风，
你不似人间的忘恩负义
那样的伤天害理；
你的牙不是那样的尖，
因为你本是没有形迹，
虽然你的呼吸甚厉。……
冻，冻，严酷的天，
你不似人间的负义忘恩
那般的深刻伤人；
虽然你能改变水性，
我的尖刺却不够凶，
像那不念旧交的人。

其实施恩示义的一方，若是根本忘怀其事，不在心里留下任何痕迹，则对方根本也就像是无恩可忘无义可负了。所以崔瑗座右铭有“施人慎勿念，受施慎勿忘”之语。玛克斯·奥瑞利阿斯说：“我们遇到忘恩负义的人不要惊讶，因为这世界上就是有这样的一种人。”这种见怪不怪的说法，虽然洒脱，仍嫌执着，不是最上乘义。《列子·周穆王》篇有一段较为透彻的见解：

> 宋阳里华子，中年病忘。朝取而夕忘，夕与而朝亡；在途则忘行，在室则忘坐；今不识先，后不识今。阖家苦之。巫医皆束手无策。鲁有儒生自媒能治之。华子之妻以所蓄资财之半求其治疗之方。儒生曰：“此非祈祷药石所能治。吾试化导其心情，改变其思虑，或可愈乎？”于是试露之，而求衣；饥之，而求食；幽之，而求明。儒生欣然告其子曰：“疾可除也，然吾之方秘密传授，不以告人。试屏左右，我一人与病者同室为之施术七日。”从之。不知其所用何术，而多年之疾一旦尽除。华子既悟，乃大怒，处罚妻子，操戈逐儒生。宋人止之，问其故。华子曰：“曩吾忘也，荡荡然不觉天地之有无。今顿识既往，数十年来存亡得失、哀乐好

恶，扰扰万绪起矣。吾恐将来之存亡得失、哀乐好恶之乱吾心如此也。须臾之忘，可复得乎？”子贡闻而怪之。孔子曰：“此非汝所及也。”

人而健忘，自有诸多不便处。有人曾打电话给朋友，询问自己家里的电话号码。也有人外出餐叙，餐毕回家而忘了自家的住址，在街头徘徊四顾，幸而遇到仁人君子送他回去。更严重的是有人忘记自己是谁，自己的姓名、住址一概不知，真所谓物我两忘，结果只好被人送进警局招领。像华子所向往的那种“荡荡然不觉天地之有无”的境界，我们若能偶然体验一下，未尝不可；若是长久地那样精进而不退转，则与植物无大差异，给人带来的烦扰未免太大了。

唐人自何处来

我二十二岁清华学校毕业，是年夏，全班数十同学搭乘杰克孙总统号由沪出发，于九月一日抵达美国西雅图。登陆后，暂息于青年会宿舍，一大部分立即乘火车东行，只有极少数的同学留下另行候车：预备到科罗拉多泉的有王国华、赵敏恒、陈肇彰、盛斯民和我几个人。赵敏恒和我被派在一间寝室里休息。寝室里有一张大床，但是光溜溜的没有被褥，我们二人就在床上闷坐，离乡背井，心里很是酸楚。时已夜晚，寒气袭人。突然间孙清波冲入室内，大声地说：“我方才到街上走了一趟，我发现满街上全是黄发碧眼的人，没有一个黄脸的中国人了！”

赵敏恒听了之后，哀从中来，哇的一声大哭，趴在床上抽噎。孙清波回头就走。我看了赵敏恒哭的样子，也觉得有一股凄凉之感。二十几岁的人，不算是小孩子，但是初到异乡异地，那份感受是够刺激的。午夜过后，有人喊我们出发去搭火车，在车站看见黑人车侍提着煤油灯摇摇晃晃地喊着：“全都上车啊！全都上车啊！”

车过夏安，那是怀俄明州的都会，四通八达，算是一大站。从此换车南下便直达丹佛和科罗拉多泉了。我们在国内受到过警告，在美国火车上不可到餐车上用膳，因为价钱很贵，动辄数元，最好是沿站购买零食或下车小吃。在夏安要停留很久，我们就相偕下车，遥见小馆便去推门而入。我们选了一个桌子坐下，侍者送过菜单，我们拣价廉的菜色各自点了一份。在等饭的时候，偷眼看过去，见柜台后面坐着一位老者，黄脸黑发，像是中国人，又像是日本人，他不理我们，我们也不理他。

我们刚吃过了饭，那位老者踱过来了。他从耳朵上取下半截长的一支铅笔，在一张报纸的边上写道：

“唐人自何处来？”

果然，他是中国人，而且他也看出我们是中国人。他一定是广东台山来的老华侨。显然他不会说汉语，大概是也不肯说英语，所以开始和我们笔谈。

我接过了铅笔，写道：“自中国来。”

他的眼睛瞪大了，而且脸上泛起一丝笑容。他继续写道：“来此何为？”

我写道:“读书。”

这下子，他眼睛瞪得更大了，他收敛起笑容，严肃地向我们跷起了他的大拇指，然后他又踱回到柜台后面他的座位上。

我们到柜台边去付账。他摇摇头、摆摆手，好像是不肯收费，他说了一句话好像是:“统统是唐人呀！”

我们称谢之后刚要出门，他又喂喂地把我们喊住，从柜台下面拿出一把雪茄烟，送我们每人一支。

我回到车上，点燃了那支雪茄。在吞烟吐雾之中，我心里纳闷，这位老者为什么不收餐费？为什么奉送雪茄？大概他在夏安开个小餐馆，很久没看到中国人，很久没看到一群中国青年，更很久没看到来读书的中国青年人。我们的出现点燃了他的同胞之爱。事隔数十年，我不能忘记和我们做简短笔谈的那位唐人。

请客

常听人说:“若要一天不得安，请客；若要一年不得安，盖房；若要一辈子不得安，娶姨太太。”请客只有一天不得安，为害不算太大，所以人人都觉得不妨偶一为之。

所谓请客，是指自己家里邀集朋友便餐小酌，至于在酒楼饭店“铺筵席，陈尊俎”，呼朋引类，飞觞醉月，享用的是金樽清酒，玉盘珍馐，最后一哄而散，由经手人员造账报销，那种宴会只能算是一种病狂或是罪孽，不提也罢。

妇主中馈，所以要请客必须先归而谋诸妇。这一谋，有分教，非十天半月不能获致结论，因为问题牵涉太广，不能一言而决。

首先要考虑的是请什么人。主客当然早已内定，陪客的甄选大费酌量。眼睛生在眉毛上边的宦场中人，吃不饱饿不死的教书匠，一身铜臭的大腹贾，小头锐面的浮华少年……若是聚在一个桌上吃饭，便有些像是鸡兔同笼，非常勉强。把素未谋面的人拘在一起，要他们有说有笑，同时食物都能顺利地从咽门下去，也未免强人所难。主人从中调处，殷勤了这一位，怠慢了那一位，想找一些大家都有兴趣的话题亦非易事。所以客人需要分类，不能鱼龙混杂。客的数目视设备而定，若是能把所有该请的客人一网打尽，自然是经济算盘，但是算盘亦不可打得太精。再大的圆桌面也不过能坐十三四个体态中型的人。说来奇怪，客人单身者少，大概都有宝眷，一请就是一对，一桌只好当半桌用。有人请客发宽笺帖，心想总有几位心领谢谢，万想不到人人惠然肯来，而且还有一位特别要好带来一个七八岁的小宝宝！主人慌忙添座，客人谦让，“孩子坐我腿上！”大家挤挤攘攘，其中还不乏中年发福之士，把圆桌围得密不透风，上菜需飞越人头，斟酒要从耳边下注，前排客满，主人在二排敬陪。

拟菜单也不简单。任何家庭都有它的招牌菜，可惜很少人肯用其所长，大概是以平素见过的饭馆酒席的局面作为蓝图。家里有厨师厨娘，自然一声吩咐，不再劳心，否则主妇势必亲自下厨操动刀俎。主人多半是擅长理论，真让他切葱剥蒜都未必能够胜任。所以拟定菜单，需要自知之明，临时

"钻锅"翻看食谱未必有济于事。四冷荤，四热炒，四压桌，外加两道点心，似乎是无可再减，大鱼大肉，水陆杂陈，若不能使客人连串地打饱嗝，不能算是尽兴。菜单拟定的原则是把客人一个个填得嘴角冒油。而客人所希冀的也往往是一场牙祭。有人以水饺宴客，馅子是猪肉菠菜，客人咬了一口，大叫:"哟，里面怎么净是青菜！"一般人还是欣赏肥肉厚酒，管它是不是烂肠之食!

宴客的吉日近了，主妇忙着上菜市，挑挑拣拣，拣拣挑挑，又要物美又要价廉，装满两个篮子，半途休憩好几次才能气喘汗流地回到家。泡的，洗的，剥的，切的，闹哄一两天，然后丑媳妇怕见公婆也不行，吉日到了。客人早已折简相邀，难道还会不肯枉驾？不，守时不是我们的传统。准时到达，岂不像是"头如穹庐咽细如针"的饿鬼？要让主人干着急，等他一催请再催请，然后徐徐命驾，姗姗来迟，这才像是大家风范。当然朋友也有特别性急而提早莅临的，那也使得主人措手不及慌成一团。客人的性格不一样，有人进门就选一个比较好的座位，两脚高架案上，真是宾至如归；也有人寒暄两句就一头扎进厨房，声称要给主妇帮忙，系着围裙伸着两手的主妇连忙谦谢不迭。等到客人到齐，无不饥肠辘辘。

落座之前还少不了你推我让的一幕。主人指定座位，时常无效，除非事先摆好名牌，而且写上官衔，分层排列，秩序井然。敬酒按说是主人的责任，但是也时常有热心人士代为执壶，而且见杯即斟，每斟必满。不知是什么时候什么人兴出来的陋习，几乎每个客人都会双手举杯齐眉，对着在座的每一位客人敬酒，一霎间敬完一圈，但见杯起杯落，如“兔爷儿捣碓”。不喝酒的也要把汽水杯子高高举起，虚应故事，喝酒的也多半是狞眉皱眼地抿那么一小口。一大盘热乎乎的东西端上来了，像翅羹，又像糨糊，一人一勺子，盘底花纹隐约可见，上面撒着的一层芫荽不知被哪一位像芟除毒草似的拨到了盘下，又不知被哪一位从盘下夹到嘴里吃了。还有人坚持海味非蘸醋不可，高呼要醋，等到一碟“忌讳”送上台面，海味早已不见了。菜是一道一道地上，上一道客人喊一次“太丰富，太丰富”，然后埋头大嚼，不敢后人。主人照例谦称:“不成敬意，家常便饭。”心直口快的客人就许提出疑问:“这样的家常便饭，怕不要吃穷了？”主人也只好扑哧一笑而罢。将近尾声的时候，大概总有一位要先走一步，因为还有好几处应酬。这时主妇踱了进来，红头涨脸，额角上还有几颗没揩干净的汗珠，客人举起空杯向她表示慰劳之意，她坐下胡乱吃一些残羹剩炙。

席终，香茗水果伺候，客人靠在椅子上剔牙，这时节应该是客去主人安了。但是不，大家雅兴不浅，谈锋尚健，饭后磕牙，海阔天空，谁也不愿首先言辞，致败人意。最后大概是主人打了一个哈欠而忘了掩口，这才有人提议散会。天下无不散之筵席，奈何奈何？不要以为席终人散，立即功德圆满，地上有无数的瓜子皮，纸烟灰，桌上杯盘狼藉，厨房里有堆成山的盘杯锅勺，等着你办理善后！

Part 3

花看半开，酒饮微醺

雨有雨的趣，

晴有晴的妙，

小鸟跳跃啄食，

猫狗饱食酣睡，

哪一样不令人看了觉得快乐？

饮酒

酒实在很妙。几杯落肚之后就会觉得飘飘然、醺醺然。平素道貌岸然的人，也会绽出笑脸；一向沉默寡言的人，也会议论风生。再灌下几杯之后，所有的苦闷烦恼全都忘了，酒酣耳热，只觉得意气飞扬，不可一世；若不及时制止，可就难免玉山颓欹，剔吐纵横，甚至撒疯骂座，以及种种的酒失酒过全部呈现出来。莎士比亚的《暴风雨》里的卡力班，那个象征原始人的怪物，初尝酒味，觉得妙不可言，以为把酒给他喝的那个人是自天而降，以为酒是甘露琼浆，不是人间所有物。美洲印第安人初与白人接触，就是被酒所倾倒，往往不惜举土地畀人以交换一些酒浆。印第安人的衰灭，至少一部分是由于他们的荒腆于酒。

我们中国人饮酒，历史久远。发明酒者，一说是仪逖，又说是杜康。仪逖夏朝人，杜康周朝人，相距很远，总之是无可稽考。也许制酿的原料不同、方法不同，所以仪逖的酒未必就是杜康的酒。《尚书》有“酒诰”之篇，谆谆以酒为戒，一再说“祀兹酒”（停止这样的喝酒），“无彝酒”（勿常饮酒），想见古人饮酒早已相习成风，而且到了“大乱丧德”的地步。三代以上的事多不可考，不过从汉起就有酒榷之说，以后各代因之，都是课税以裕国帑，并没有寓禁于征的意思。酒很难禁绝，美国一九二〇年起实施酒禁，雷厉风行，依然到处都有酒喝。当时笔者道出纽约，有一天友人邀我食于某中国餐馆，入门直趋后室，索五加皮，开怀畅饮。忽警察闯入，友人止予勿惊。这位警察徐徐就座，解手枪，锵然置于桌上，索五加皮独酌，不久即伏案酣睡。一九三三年酒禁废，直如一场儿戏。民之所好，非政令所能强制。在我们中国，汉萧何造律：“三人以上无故群饮，罚金四两。”此律不曾彻底实行。事实上，酒楼妓馆处处笙歌，无时不飞觞醉月。文人雅士水边修禊，山上登高，一向离不开酒。名士风流，以为持螯把酒，便足了一生，甚至于酣饮无度，扬言“死便埋我”，好像大量饮酒不是什么不很体面的事，真所谓“酗于酒德”。

对于酒，我有过多年的体验。第一次醉是在六岁的时候，侍先君饭于致美斋（北平煤市街路西）楼上雅座，窗外有一棵不知名的大叶树，随时簌簌作响。连喝几盅之后，微有醉意，先君禁我再喝，我一声不响站立在椅子上舀了一匙高汤，泼在他的一件两截衫上。随后我就倒在旁边的小木炕上呼呼大睡，回家之后才醒。我的父母都喜欢酒，所以我一直都有喝酒的机会。“酒有别肠，不必长大”，语见《十国春秋》，意思是说酒量的大小与身体的大小不必成正比例，壮健者未必能饮，瘦小者也许能鲸吸。我小时候就是瘦弱如一根绿豆芽。酒量是可以慢慢磨练出来的，不过有其极限。我的酒量不大，我也没有亲见过一般人所艳称的那种所谓海量。古代传说“文王饮酒千盅，孔子百觚”，王充《论衡·语增篇》就大加驳斥，他说：“文王之身如防风之君，孔子之体如长狄之人，乃能堪之。”且“文王孔子率礼之人也”，何至于醉酗乱身？就我孤陋的见闻所及，无论是“青州从事”或“平原督邮”，大抵白酒一斤或黄酒三五斤即足以令任何人头昏目眩粘牙倒齿。唯酒无量，以不及于乱为度，看各人自制力如何耳。不为酒困，便是高手。

酒不能解忧，只是令人在由兴奋到麻醉的过程中暂时忘怀一切。即刘伶所谓“无息无虑，其乐陶陶”。可是酒醒之后，所谓“忧心如醒”，那份病酒的滋味很不好受，所付代价也不算小。我在青岛居住的时候，那地方背山面海，风景如绘，在很多人心目中是最理想的卜居之所，唯一缺憾是很少文化背景，没有古迹耐人寻味，也没有适当的娱乐。看山观海，久了也会腻烦，于是呼朋聚饮，三日一小饮，五日一大宴，划拳行令，三十斤花雕一坛，一夕而罄。七名酒徒加上一位女史，正好八仙之数，乃自命为酒中八仙。有时且结伙远征，近则济南，远则南京、北京，不自谦抑，狂言“酒压胶济一带，拳打南北二京”，高自期许，俨然豪气干云的样子。当时作践了身体，这笔账日后要算。一日，胡适之先生过青岛小憩，在宴席上看到八仙过海的盛况大吃一惊，急忙取出他太太给他的一个金戒指，上面镌有“戒”字，戴在手上，表示免战。过后不久，胡先生就写信给我说：“看你们喝酒的样子，就知道青岛不宜久居，还是到北京来吧！”我就到北京去了。现在回想当年酗酒，哪里算得是勇，直是狂。

酒能削弱人的自制力，所以有人酒后狂笑不止，也有人痛哭不已，更有人口吐洋语滔滔不绝，也许会把平素不敢告人之事吐露一二，甚至把别人的隐私也当众抖落出来。最令人难堪的是强人饮酒，或单挑，或围剿，或投下井之石，千方百计要把别人灌醉。有人诉诸武力，捏着人家的鼻子灌酒！这也许是人类长久压抑下的一部分兽性之发泄，企图获取胜利的满足，比拿起石棒给人迎头一击要文明一些而已。那咄咄逼人的声嘶力竭的豁拳，在赢拳的时候，那一声拖长了的绝叫，也是表示内心的一种满足。在别处得不到满足，就让他们在聚饮的时候如愿以偿吧！只是这种闹饮，以在有隔音设备的房间里举行为宜，免得侵扰他人。

菜根谭所谓“花看半开，酒饮微醺”的趣味，才是最令人低徊的境界。

下棋

有一种人我最不喜欢和他下棋，那便是太有涵养的人。杀死他一大块，或是抽了他一个车，他神色自若，不动火，不生气，好像是无关痛痒，使得你觉得索然寡味。君子无所争，下棋却是要争的。当你给对方一个严重威胁的时候，对方的头上青筋暴露，黄豆般的汗珠一颗颗地在额上陈列出来，或哭丧着脸做惨笑，或咕嘟着嘴做吃屎状，或抓耳挠腮，或大叫一声，或长吁短叹，或自怨自艾口中念念有词，或一串串的噎嗝打个不休，或红头涨脸如关公，种种现象不一而足，这时节你"行有余力"便可以点起一支烟，或啜一碗茶，静静地欣赏对方的苦闷的象征。我想猎人追逐一只野兔的时候，其愉快大概略相仿佛。因此我悟出一点道理，和人下棋的时候，如果有机会使对方受窘，当然无所不用其极；如果被对方所窘，便努力做出不介意状，因为既不能积极地给对方以苦痛，只好消极地减少对方的乐趣。

自古博弈并称，全是属于赌的一类，而且只是比“饱食终日无所用心”略胜一筹而已。不过弈虽小术，亦可以观人。相传有慢性人，见对方走当头炮，便左思右想，不知是跳左边的马好，还是跳右边的马好，想了半个钟头而迟迟不决，急得对方只好拱手认输。是有这样的慢性人，每一着都要考虑，而且是加慢地考虑，我常想这种人如加入龟兔竞赛，也必定可以获胜。也有性急的人，下棋如赛跑，噼噼啪啪，草草了事，这仍旧是饱食终日无所用心的一贯作风。下棋不能无争，争的范围有大有小，有斤斤计较而因小失大者，有不拘小节而眼观全局者，有短兵相接作生死斗者，有各自为战而旗鼓相当者，有赶尽杀绝一步不让者，有好勇斗狠同归于尽者，有一面下棋一面诮骂者，但最不幸的是争的范围超出了棋盘，而拳足交加。有下象棋者，久而无声响，排闼视之，阒不见人，原来，他们是在门后角里扭做一团，一个人骑在另一个人的身上，在他的口里挖车呢。被挖者不敢出声，出声则口张，口张则车被挖回，挖回则必悔棋，悔棋则不得胜，这种认真的态度憨得可爱。我曾见过二人手谈，起先是坐着，神情潇洒，望之如神仙中人；俄而棋势吃紧，两人都站起来了，剑拔弩张，如斗鹌鹑；最后到了生死关头，两个人跳到桌子上去了！

笠翁《闲情偶寄》说弈棋不如观棋，因观者无得失心。观棋是有趣的事，如看斗牛、斗鸡、斗蟋蟀一般；但是观棋也有难过处，观棋不语是一种痛苦。喉间硬是痒得出奇，思一吐为快。看见一个人要入陷阱而不作声是几乎不可能的事，如果说得中肯，其中一个人要厌恨你，暗暗地骂你一声“多嘴驴”！另一个人也不感激你，心想：“难道我还不晓得这样走！”如果说得不中肯，两个人要一齐嗤之以鼻，“无见识奴！”如果根本不说，憋在心里，受病。所以有人于挨了一个耳光之后还要抚着热辣辣的嘴巴大呼：“要抽车，要抽车！”

下棋只是为了消遣，其所以能使这样多人嗜此不疲者，是因为它颇合人类好斗的本能，这是一种“斗智不斗力”的游戏。所以瓜棚豆架之下，与世无争的村夫野老不免一枰相对，消此永昼；闹市茶寮之中，常有有闲阶级的人士下棋消遣，“不为无益之事，何以遣此有涯之生？”宦海里翻过身最后退隐东山的大人先生们，髀肉复生，而英雄无用武之地，也只好闲来对弈，了此残生。下棋全是“剩余精力”的发泄。人总是要斗的，总是要钩心斗角地和人争逐的。与其和人争权夺利，还不如在棋盘上多占几个官；与其招摇撞骗，还不如在棋盘上抽上一车。宋人笔记曾载有一段故事：“李讷仆射，性卞急，酷好弈棋，每下子安详，极于宽缓，往往躁怒作，家人辈则密以弈具陈于前，讷睹，便忻然改容，以取其子布弄，都忘其恚矣。”（《南部新书》）下棋，有没有这样陶冶性情之功，我不敢说，不过有人下起棋来确实是把性命都可置之度外。我有两个朋友下棋，警报作，不动声色，俄而弹落，棋子被震得在盘上跳荡，屋瓦乱飞，其中棋瘾较小者变色而起，被对方一把拉住：“你走！那就算是你输了。”此公深得棋中之趣。

晒书记

《世说新语》:“郝隆七月七日，出日中仰卧，人问其故，曰:‘我晒书。’”

我曾想，这位郝先生直挺挺地躺在七月的骄阳之下，晒得浑身滚烫，两眼冒金星，所为何来？他当然不是在做日光浴，书上没有说他脱光了身子。他本不是刘伶那样的裸体主义者。我想他是故作惊人之状，好引起“人问其故”，他好说出他的那一句惊人之语“我晒书”。如果旁人视若无睹，见怪不怪，这位郝先生也只好站起来拍拍衣服上的灰尘而去。郝先生的意思只是要向侪辈夸示他的肚里全是书。书既装在肚里，其实就不必晒。

不过我还是很羡慕郝先生之能把书藏在肚里，至少没有晒书的麻烦。我很爱书，但不一定是爱读书。数十年来，书也收藏了一点，可是并没有能尽量地收藏到肚里去。到如今，腹笥还是很俭。所以读到《世说新语》这一则，便有一点惭愧。

先严在世的时候，每次出门回来必定买回一包包的书籍。他喜欢研究的主要是小学，旁及于金石之学，积年累月，收集渐多。我少时无形中亦感染了这个嗜好，见有合意的书即欲购来而后快。限于资力学力，当然谈不到什么藏书的规模。不过汗牛充栋的情形却是体会到了，搬书要爬梯子，晒一次书要出许多汗；只是出汗的是人，不是牛。每晒一次书，全家老小都累得气咻咻然，真是天翻地覆的一件大事。见有衣鱼蛀蚀，先严必定蹙额太息，感慨地说："有书不读，叫蠹鱼去吃也罢。"刻了一颗小印，曰"饱蠹楼"，藏书所以饱蠹而已。我心里很难过，家有藏书而用以饱蠹，子女不肖，贻先人羞。

丧乱以来，所有的藏书都弃置在家乡，起先还叮嘱家人要按时晒书，后来音信断绝也就无法顾到了。仓皇南下之日，我只带了一箱书籍，辗转播迁，历尽艰苦。曾穷三年之力搜购杜诗六十余种版本，因体积过大亦留在大陆。从此不敢再作藏书之想。此间炎热，好像蠹鱼繁殖特快，随身带来的一些书籍竟被蛀蚀得体无完肤，情况之烈前所未有。日前放晴，运到阶前展晒，不禁想起从前在家乡晒书，往事历历，如在目前。南渡诸贤，新亭对泣，联想当时确有不得不然的道理在。我正在佝偻着背，一册册地拂拭，有客适适然来，看见阶上阶下五色缤纷的群籍杂陈，再看到书上蛀蚀透背的惨状，对我发出轻微的嘲笑道:“读书人竟放任蠹虫猖狂乃尔。”我回答说:“书有未曾经我读，还需拿出曝晒，正有愧于郝隆；但是造物小儿对于人的身心之蛀蚀，年复一年，日益加深，使人意气消沉，使人形销骨毁，其惨烈恐有甚于蠹鱼之蛀书本者。人生贵适意，蠹鱼求一饱，两俱相忘，何必戚戚？”客嘿然退。乃收拾残卷，抱入室内。而内心激动，久久不平。想起饱蠹楼前趋庭之日，自惭老大，深愧未学，忧思百结，不得了脱，夜深人静，爰濡笔为之记。

写字

在从前，写字是一件大事，在“念背打”教育体系当中占一个很重要的位置，从描红模子的横平竖直，到写墨卷的黑大圆光，中间不知有多大艰苦。记得小时候写字，老师冷不防地从你脑后把你的毛笔抽走，弄得你一手掌的墨，这证明你执笔不坚，是要受惩罚的。这样恶作剧还不够，有的在笔管上套大铜钱，一个，两个，乃至三四个，摇动笔管只觉头重脚轻，这原理是和国术家腿上绑沙袋差不多，一旦解开重负便会身轻似燕极尽飞檐走壁之能事，如果练字的时候笔管上驮着好几两重的金属，一旦握起不加附件的竹管，当然会龙飞蛇舞，得心应手了。写一寸径的大字，也有人主张用悬腕法，甚至悬肘法。写字如站桩，挺起腰板，咬紧牙关，正襟危坐，道貌岸然；在这种姿态中写出来的字，据说是能力透纸背。现代的人无须受这种折磨。“科举”已经废除了，只会写几个“行”“阅”“如拟”“照办”，便可为官。自来水笔代替了毛笔，横行左行也可以应酬问世；写字一道，渐渐地要变成“国粹”了。

当作一种艺术看，中国书法是很独特的。因为字是艺术，所以什么“永字八法”之类的说教，其效用也就和“新诗作法”“小说作法”相差不多。绳墨当然是可以教的，而巧妙各有不同，关键在于个人。写字最容易泄露一个人的个性，所谓“字如其人”大抵不诬。如果每个字都方方正正，其人大概拘谨；如果伸胳臂拉腿的都逸出格外，其人必定豪放；字瘦如柴，其人必如排骨；字如墨猪，其人必近于“五百斤油”。所以郑板桥的字，就应该是那样的倾斜古怪，才和他那吃狗肉傲公卿的气概相称；颜鲁公的字就应该是那样的端庄凝重，才和他的临难不苟的品格相合，其间无丝毫勉强。

在“文字国”里，需要写字的地方特别多，擘窠大字至蝇头小楷，都有用途。可惜的是，写字的人往往不能用其所长，且常用错了地方。譬如，凿石摹壁的大字，如果不能使山川生色，就不如给当铺酱园写写招牌，至不济也可以给煤栈写“南山高煤”。有些人的字不宜在壁上题诗，改写春联或“抬头见喜”就合适得多。有的人写字技术非常娴熟，在茶壶盖上写“一片冰心”是可以胜任的，却偏爱给人题跋字画。中堂条幅对联，其实是人人都可以写的，不过悬挂的地点应该有个分别；有的宜于挂在书斋客堂，有的宜于挂在饭铺理发馆，求其环境配合，气味相投，如是而已。

“善书者不择笔”，此说未必尽然，秃笔写铁线篆，未尝不可，临赵孟頫《心经》就有困难。字写得坚挺俊俏，所用大概是尖毫。笔墨纸砚，对于字的影响是不可限量的。有时候写字的人除了工具之外还讲究一点特殊的技巧。最妙者无过于某公之一笔虎，八尺的宣纸，布满了一个虎字，气势磅礴，一气呵成；尤其是那一直竖，顶天立地的笔直一根杉木似的，煞是吓人。据说，这是有特别办法的，法用马弁一名，牵着纸端，在写到那一竖的时候把笔顿好，喊一声“拉”，马弁牵着纸就往后扯，笔直的一竖自然完成。

写字的人有瘾，瘾大了就非要替人写字不可，看着人家的白扇面，就觉得上面缺点什么，至少也应该有“精气神”三个字。相传有人爱写字，尤其是爱写扇子，后来腿坏，以至无扇可写；人问其故，原来是大家见了他就跑，他追赶不上了。如果字真写到好处，当然不需腿健，但写字的人究竟是腿健者居多。

群芳小记

“老子爱花成癖”，这话我不敢说。爱花则有之，成癖则谈何容易。需要有一块良好的场地，有一间宽敞的温室，有各种应用的器材。更重要的是有健壮的体格和充分的闲暇。我何足以语此？好不容易我有了余力，有了闲暇，但是曾几何时，人垂垂老矣！两臂乏力，腰不能弯，腿不能蹲。如何能够剪草、搬盆、施肥、换土？请一位园丁，几天来一次，只能帮做一点粗重的活。而且花是要自己亲手培养，看着它抽芽放蕊，才有趣味。像鲁迅所描写的“吐两口血，扶着丫鬟，到阶前看秋海棠”，那能算是享受么？

迁台以来，几度播迁，看到了不少可爱的花。但是我经过多少次的移徙后，“乔迁”上了高楼，竟没有立锥之地可资利用，种树莳花之事乃成为不可能。无已，只好寄情于盆栽。幸而菁清爱花有甚于我者，她拓展阳台安设铁架，常不惜长途奔走载运花盆、肥土，戴上手套做园艺至于忘寝废食。如今天晴日丽，我们的窗前绿意盎然。尤其是她培植的“君子兰”由一盆分为十余盆，绿叶黄花，葳蕤多姿。我常想起黄山谷的句子:“白发黄花相牵挽，付与傍人冷眼看。”

菁清喜欢和我共同赏花，并且要我讲述一些有关花木的见闻，爰就记忆所及，拉杂记之。

一、海棠

海棠的风姿艳质，于群芳之中颇为突出。

我第一次看到繁盛缤纷的海棠是在青岛的第一公园。二十年（指 1931 年，编者注）春，值公园中樱花盛开，夹道的繁花如簇，交叉蔽日，蜜蜂嗡嗡之声盈耳，游人如织。我以为樱花无色无香，纵然蔚为雪海，亦无甚足观，只是以多取胜。徘徊片刻，乃转去苗圃，看到一排排西府海棠，高及丈许，而花枝招展，绿鬓朱颜，正在风情万种、春色撩人的阶段，令人有忽逢绝艳之感。

海棠的品种繁多，以“西府”为最胜，其姿态在“贴梗”“垂丝”之上。最妙处是每一花苞红得像胭脂球，配以细长的花茎，斜欹挺出而微微下垂，三五成簇。凡是花，若是紧贴在梗上，便无姿态，例如茶花，好的品种都是花朵挺出的。樱花之所以无姿态，便是因为无花茎。榆叶梅之类更是品斯下矣。海棠花苞最艳，开放之后花瓣的正面是粉红色，背面仍是深红，俯仰错落，浓淡有致。海棠的叶子也陪衬得好，嫩绿光亮而细致。给人整个的印象是娇小艳丽。我立在那一排排的西府海棠前面，良久不忍离去。

十余年后我才有机会在北平寓中垂花门前种植四棵西府海棠，着意培植，春来枝枝花发，朝夕品赏，成为毕生快事之一。明初诗人袁士元和刘德彝《海棠》诗有句云："主人爱花如爱珠，春风庭院如画图。"似此古往今来，同嗜者不在少。两蜀花木素盛，海棠尤为著名。昌州（今大足县）且有"海棠香国"之称。但是杜工部经营草堂，广栽花木，独不及海棠，诗中亦不加吟咏，或谓避母讳，不知是否有据。唐诗人郑谷《蜀中赏海棠》诗云："浓淡芳春满蜀乡，半随风雨断莺肠。浣花溪上堪惆怅，子美无心为发扬。"其言若有憾焉。

以海棠与美人春睡相比拟，真是联想力的极致。《唐书·杨贵妃传》，"明皇登沉香亭，召杨妃，妃被酒新起，命力士从侍儿扶掖而至。明皇笑曰：'此真海棠睡未足耶？'"大概是海棠的那副懒洋洋的娇艳之状像是美人春睡初起。究竟是海棠像美人，还是美人像海棠，倒是一个有趣的问题。苏东坡一首《海棠》诗有句云:“林深雾暗晓光迟，日暖风清春睡足。”是把海棠比作美人。

秦少游对于海棠特别感兴趣。宋释惠洪《冷斋夜话》:“少游在横州，饮于海棠桥，桥南北多海棠，有老书生家于海棠丛间。少游醉宿于此，明日题其柱云:‘唤起一声人悄，衾暖梦寒窗晓。瘴雨过，海棠开，春色又添多少。社瓮酿成微笑，半破瘿瓢共舀。觉倾倒，急投床，醉乡广大人间小。’”家于海棠丛中，多么风流！少游醉后题词，又是多么潇洒！少游家中想必也广植海棠，因为同为苏门四学士的晁补之有一首《喜朝天》，注“秦宅海棠作”，有句云:“碎锦繁绣，更柔柯映碧，纤挡匀殷。谁与将红间白。采薰笼，仙衣覆斑斓。如有意，浓妆淡抹，斜倚阑干。”刻画得淋漓尽致。

二、含笑

白朴的曲子《广东原》有这样的一句:“忘忧草，含笑花，劝君闻早宜冠挂。”以忘忧草（即萱草）与含笑花作对，很有意思。大概是语出欧阳修《归田录》:“丁晋公在海南，篇咏尤多，如‘草解忘忧忧底事，花名含笑笑何人’，尤为人所传诵。”含笑花是什么样子，我从未见过，因为它是南方花木，北地所无。

我来到台湾之后十年，开始经营小筑，花匠为我在庭园里栽了一棵含笑。是一人来高的灌木，叶小枝多，毫无殊相。可是枝上有累累的褐色花苞，慢慢长大，长到像莲实一样大，颜色变得淡黄，在燠热湿蒸的天气中，突然绽开。不是突然展瓣，是花苞突然裂开小缝，像是美人的樱唇微绽，一缕浓烈的香气荡漾而出。所以名为含笑。那香气带着甜味，英文俗名称之为“香蕉灌木”（banana shrub），名虽不雅，确是贴切。宋人陈善《扪虱新话》：“含笑有大小，小含笑香尤酷烈。四时有花，惟夏中最盛。又有紫含笑、茉莉含笑。皆以日夕入稍阴则花开。初开香尤扑鼻。予山居无事，每晚凉坐山亭中，忽闻香风一阵，满室郁然，知是含笑开矣。”所记是实。含笑易谢，不待隔日即花瓣敞张，露出棕色花心，香气亦随之散尽。落花狼藉满地。但是翌日又有一批花苞绽开，如是持续很久。淫雨之后，花根积水，遂渐呈枯零之态。急为垫高地基，盖以肥土，以利排水，不久又欣欣向荣，花苞怒放了。

大抵花有色则无香，有香则无色。不知是否上天造物忌全？含笑异香袭人，而了无姿色，在群芳中可独树一格。宋人姚宽《西溪丛语》载“三十客”之说，品藻花之风格，其说曰：“牡丹，贵客。梅，清客。李，幽客。桃，妖客。杏，艳客。莲，溪客。木樨，严客。海棠，蜀客。……含笑，佞客。……”含笑竟得佞客之名，殊难索解。佞有伪善或谄媚之意。含笑芬芳馥郁，何佞之有？我对于含笑特有一份好感，因为本地人喜欢采择未放的含笑花苞，浸以净水，供奉在亡亲灵前或佛龛案上，一瓣心香，情意深远，美极了。有一位送货工友，在我门外就嗅到含笑香，向我乞讨数朵。问以何用，答称新近丧母，欲以献在灵前。我大为感动，不禁鼻酸。

三、牡丹

牡丹不是我国特产，好像是传自西方。隋唐以来，始盛播于中土，朝野为之风靡。天宝中，杨贵妃在沉香亭赏木芍药，李白作清平乐词三章，有“云想衣裳花想容”之句。木芍药即牡丹。百年之后，裴度退隐，“寝疾永乐里，暮春之月，忽过游南园，令家仆童升至药栏，语曰：‘我不见花而死，可悲也。’怅然而返。明早报牡丹一丛先发，公视之，三日乃薨。”是真所谓牡丹花下死。白居易为钱塘守，携酒赏牡月，张祜题诗云：“浓艳初开小药栏，人人惆怅出长安。风流却是钱塘守，不踏红尘看牡丹。”刘禹锡赏牡丹诗：“惟有牡丹真国色，花开时节动京城。”其他诗人吟咏牡丹者不计其数。

周敦颐《爱莲说》:“自李唐来，世人甚爱牡丹。……牡丹，花之富贵者也。……牡丹之爱宜乎众矣。”濂溪先生独爱莲，这也罢了，但是字里行间对于牡丹似有贬意。国色天香好像蒙上了羞。富贵中人和向往富贵的人当然仍是趋牡丹如鹜。许多志行高洁的人就不免要受《爱莲说》的影响，在众芳之中别有所爱而讳言牡丹了。一般人家里没有药栏，也没有盆栽的牡丹，但至少壁上可以悬挂一幅富贵花图。通常是一画就是五朵，而是颜色不同，魏紫姚黄之外再加上绛色的、粉红色的和朱红色的。据说这表示五世其昌。五朵花都是同时在盛开怒放的姿态之中，花蕊暴露，而没有一瓣是萎腇褪色的。同时，还必须多画上几个含苞待放的蓓蕾，表示不会断子绝孙。因此牡丹益发沾染了俗气。

其实，牡丹本身不俗。花大而瓣多，色彩淡雅，黄蕊点缀其间，自有雍容丰满之态。其质地细腻，不但花瓣的纹路细致，而且厚薄适度。叶子的脉理停匀，形状色彩，亦均秀丽可观。最难得的是其近根处的木本，在泡松的木干之中抽出几根，透润的枝条，极有风致。比起芍药不可同日而语。尝看恽南田工笔画的没骨牡丹，只觉其美，不觉其俗，也许因为他不是画给俗看的。

名花多在寺院中，除了庄严佛土，还可吸引众生前去随喜。苏东坡知杭州，就常到明庆寺、吉祥寺赏牡丹，有诗为证。《雨中明庆寺赏牡丹》:“霏霏雨露作清妍，烁烁明灯照欲然。明日春阴花未老，故应未忍着酥煎。”末句有典故，五代后蜀有一兵部贰卿李昊，牡丹开时分赠亲友，附兴采酥，于花谢时煎食之。牡丹花瓣裹上面糊，下油煎之，也许有一股清香的味道，犹之菊花可以下火锅，不过究竟有些煞风景。北平崇孝寺的牡丹是有名的，据说也有所谓名士在那里吃油炸牡丹花瓣，饱尝异味。崂山的下清寺，有牡丹高与檐齐，可惜我几度游山不曾有一见的机会。

牡丹娇嫩，怕冷又怕热。东坡说“应笑春风木芍药，丰肌弱骨要人医”。我在故乡曾植牡丹一栏，天寒时以稻草束之，一任冰雪埋覆，来春启之施肥，使根干处通风，要灌水但是也要宜排水。届时花必盛开，似不需特别调护。在台湾亦曾参观过一次牡丹展，细小羸弱，全无妖妍之致，可能是时地不宜。

四、莲

《古乐府》:“江南可采莲，莲叶何田田。”不只江南可采莲，凡是有水的地方，大概都可以有莲，除非是太寒冷的地方。“曲院荷风”是西湖十景之一。南京玄武湖里一片荷花，多少人在那里荡小舟，钻进去偷吃莲蓬。可是莲花在北方依然是常见的，济南的大明湖，北平的什刹海，都是暑日菡萏敷披风送荷香的胜地，而北海靠近金鳌栋一带的荷芰，在炎夏时候更是青年男女闹舡寻幽谈爱的好地方。

初来台湾，一日忽动乡思，想吃一碗荷叶粥，而荷叶不可得。市公园池塘内有莲花，那是睡莲，非我所欲。后来看到植物园里有一相当大的荷塘，近边处的花和叶都已被人摧折殆尽。有一天去郊游，看见稻田中居然有一塘荷花，停身觅主人请购荷叶，主人不肯收资，举以相赠。回家煮粥，俟熟乘沸以荷叶盖在上面，少顷粥现淡绿色，有香气扑鼻。多余的荷叶弃之可惜，实以米粉肉，裹而蒸之，亦有情趣。其实这也是类似莼鲈之想，慰情聊胜于无而已。

小时家里种了好几大盆荷花。春水既泮，便从温室取出置阳光下，截除烂根细藕，换泥加水，施特殊肥料（车厂出售之修马掌、骡掌的角质碎片）。到了夏初，则荷叶突出，荷花挺现，不及池塘里的高大，但亦丰腴可喜。清晨露尚未晞，露珠在荷叶上滚来滚去。静看荷花展瓣，瓣上有细致的纹路，花心露出淡黄的花蕊和秀嫩的莲房，有说不出的一股纯洁之致。而微风过处，茎细而圆大的荷叶，微微摇晃，婀娜多姿，尤为动人。陈造《早夏》诗:“凉荷高叶碧田田。”画家写风竹，枝叶披拂，令人如闻风飕飕声，但我尚未见有人画出饶有动态的风荷。

先君甚爱种荷。晨起辄徘徊荷盆间，计数其当日开放之花朵，低吟慢唱，自得其乐。记得有一次折下一枝半开的红莲插入一只仿古蟹爪纹细长素白的胆瓶里，送到书房几上。塾师援笔在瓶上写了“出淤泥而不染，濯清涟而不妖”几个大字，犹如俗匠在白瓷壶上题“一片冰心”一般。“花如解语还多事”，何况是陈腐的题句？欲其雅，适得其反。

近闻有人提议定莲花为花莲的县花。这显然是效法美国人之所谓“州花”。广植莲花，未尝不好，赐以封号，似可不必。

五、辛夷

辛夷，属木兰科，名称很多，一名新雉，又名木笔，因其花未开时形如毛笔。又名侯桃，因其花苞如小桃，有茸毛。辛夷南北皆有之。王维辋川别业中即有一处名辛夷坞，有诗为证:“木末芙蓉花，山中发红萼。涧户寂无人，纷纷开且落。”北平颐和园的正殿之前有棵辛夷，花开极盛，但我一向不曾在花时游览，仅于画谱中略识其面貌。蜀中花事夙盛，大街小巷辄有花户设摊贩花。民国二十八年（即1939年，编者注）春，我在重庆，一日踱出中国旅行社招待所，于路隅花摊购得辛夷一大枝，花苞累累有百数十朵，有如杈枝繁多之蜡烛台。向逆旅主人乞得大花瓶一只，注满清水，插花入瓶，置于梳妆台上；台三面有镜，回光交映，一室生春。

辛夷有紫红、纯白两种，纯白者才是名副其实的木笔。而且真像是毛笔头，溜尖溜尖的一个个的笔直的矗立在枝上。细小者如小楷兔毫，稍大者如寸楷羊毫，更大如小型羊毫抓笔。着花时不生叶，赭色枝头遍插白笔头，纯洁无疵，蔚为奇观。花开六瓣，瓣厚而实，晨展而夕收，插瓶六七日始谢尽。北碚后山公园有辛夷数十本，高约二丈，红白相间，非常绚烂，我于偕友登小丘时无意中发现之。其处鲜有人去观赏，花开花谢，狼藉委地，没有人管。

美国西雅图市，家家户前芳草如茵，莳花种树，一若争奇斗艳。于篱落间偶然亦可见有辛夷杂于其内，率皆修剪其枝干不令过高。我的寄寓之所，院内也有一棵，而且是不落叶的那一种，一年四季都有绿叶，花开时也有绿叶扶持，比较难于培植，但是花香特别浓郁。有一次我发现一只肥肥大大的蜜蜂卧在花心旁边，近视之则早已僵死。杜工部句：“不是爱花即欲死，只恐花尽老相催。”这只蜜蜂莫非是爱花即欲死？

来到台湾，我尚未见过辛夷。

六、水仙

岁朝清供，少不得水仙。记得小时候，一到新春，家人就把大大小小的瓷钵搬了出来，连同里面盛着的小圆石子一起洗刷干净，然后一钵钵的把水仙的鳞茎栽植其中，用石子稳定其根须，注以清水，置诸案头。那些小圆石子，色洁白，或椭圆，或略扁，或大或小，据说是产自南京的雨花台。多少年下来，雨花台的石子被人捡光了，所以家藏的几钵石子就很宝贵，好像比水仙还更被珍惜。为了点缀色彩，石子中间还洒上一些碎珊瑚，红白相间，别有情趣。

水仙一花六瓣，作白色，花心副瓣，作黄色，宛然盏样，故有“金盏银台”之称。它怕冷，需要阳光。我们把它放在窗内有阳光处去晒它，它很快的展瓣盛开。天天搬来搬去，天天换水，要小心的伺候它。它有袭人的幽香，它有淡雅的风致。虽是多年生草本，但北地苦寒难以过冬，不数日花开花谢，只得委弃。盛产水仙之地在闽南，其地有专家培植修割，及春则运销各地供人欣赏。英国十七世纪诗人赫立克（Herrick）看了水仙（narcissus）辄有春光易老之叹，他说：

We have short time to stay, as you,
We have as short a spring;
As quick a growth to meet decay,
As you, or anything.

人生苦短，和你一样，
我们的春天一样的短；
很快的长成，面临死亡，
和你，和一切，没有两般。

西方的水仙，和我们的品种略异，形色完全一样，而花朵特大，唯香气则远逊。他们不在盆里供养，而是在湖边泽地任其一大片一大片地自由滋生。诗人华兹华斯有一首名诗《我孤独的漂荡像一朵云》，歌咏的就是水边瞥见成千成万朵的水仙花，迎风据展，引发诗人一片欢愉之情而不能自已，而他最大的快乐是日后寂寞之时回想当时情景益觉趣味无穷。我没有到过英国的湖区，但是我在美洲若干公园里看见过成片的水仙，仿佛可以领略到华次渥兹当年的感受。不过西方人喜欢看大片的花丛，我们的文人雅士则宁可一株、一枝、一花、一叶地细细观赏，黄山谷所云“坐对真成被花恼”，情调完全不同。(《离骚》中有“既滋兰之九畹兮，又树蕙之百亩”，我想是想象之辞，不可能真有其事。)

在台湾，几乎家家户户有水仙点缀春景。植水仙之器皿，花样翻新，奇形怪状，似不如旧时瓷钵之古朴可爱；至于粗糙碎石块代替小圆石，那就更无足论了。

七、丁香

提起丁香，就想起杜甫一首小诗：

丁香体柔弱，乱结枝犹垫。
细叶带浮毛，疏花披素艳。
深栽小斋后，庶近幽人占。
晚堕兰麝中，休怀粉身念。

这是他的《江头五咏》之一，见到江畔丁香发此咏叹。时在宝应元年。诗中的“垫”字费解。仇注根据说文，“垫，下也。凡物之下坠皆可云垫。”好像是说丁香枝弱，故此下坠。施鸿保《读杜诗说》:“下堕义，与犹字不合。今人常语衬垫，若训作衬，则谓子结枝上，犹衬垫也。”施说有见地。末两句意义嫌晦，大概是说丁香可制为香料，与兰麝同一归宿，未可视为粉身碎骨之厄。仇注认为是寓意“身名隳于脱节”，《杜臆》亦谓“公之咏物，俱有为而发，非就物赋物者。……丁香体虽柔弱，气却馨香，终与兰麝为偶，虽粉身甘之，此守死善道者。”似皆失之迂。

丁香结就是丁香蕾，形如钉，长三四分，故云丁香。北地俗人以为丁钉同音，出出入入地碰钉子，不吉利，所以正院堂前很少种丁香，只合“深栽小斋后”了。二十四年（即1935年，编者注）春我在北平寓所西跨院里种了四棵紫丁香。“白菡萏香，紫丁香肥。”丁香要紫的。起初只有三四尺高。十年后重来旧居，四棵高大的丁香打成一片，一半翻过了墙垂到邻家，一半斜坠下来挡住我从卧室走到书房的路。这跨院是我的小天地，除了一条铺砖的路和一个石几，两个石墩之外，本来别无长物，如今三分之二的空间付与了丁香。春暖花开的时候招蜂引蝶，满院香气四溢，尽是营营嗡嗡之声。又隔三十年，现在丁香如果无恙，不知谁是赏花人了。

八、兰

兰花品种繁多。所谓洋兰（卡特丽亚），顾名思义是外国来的品种，尽管花朵大，色彩鲜艳，我总觉得我们应该视如外宾，不但不可亵玩，而且不耐长久观赏。我们看一朵花，还要顾及它在我们文化历史中的渊源，这样才能引起较深的情愫。看花要如遇故人，多少旧事一齐兜上心来。在台湾，洋兰却大得其道，花展中姹紫嫣红，大半是洋兰的天下，态浓意远的丽人出入“贵宾室”中，衣襟上佩戴的也多半是洋兰。我喜欢品赏的是我们中国的兰。

我是北方人，小时不曾见过兰。只从芥子园画谱上学得东一撇西一撇地画成为一个凤眼，然后再加一笔破凤眼。稍长，友人从福建捧着一盆兰花到北平，不但真的是捧着，而且给兰花特制一个木条笼子，避免沿途磕碰。我这才真的见到了兰，素心兰。这个名字就雅，令人想起陶诗的句子：“闻多素心人，乐与数晨夕。”花心是素的，花瓣也是素的，素白之品微泛一点绿意。面对素心兰，不禁联想到“弱不好弄，长实素心”的高士。兰的香味不是馥郁，是若有若无的缕缕幽香。讲到品格，兰的香地位极高。我们常说“桂馥兰薰”，其实桂香太甜太浓，尚不能与兰相比。

来到台湾，我大开眼界。友人中颇有几位善于艺兰，所以我的窗前几上，有时候叨光也居然兰蕊驰馨。尝有客款扉，足尚未入户，就大叫起来：“君家有素心兰耶？”这位朋友也是素心人，我后来给他送去一盆素心兰。我所有的几盆兰，不数年分植为数十盆，乃于后院墙角搭起一丈见方的小棚，用疏隔的竹篾遮覆以避骄阳直晒，竹篾上面加铺玻璃以防淫雨，因此还招致了“违章建筑”的罪名，几乎被报请拆除。竹篾上的玻璃引起了墙外行人的注意，不久就有半大不小的各色人物用砖石投掷，大概是因为玻璃破碎之声清脆悦耳之故。小棚因此没有能持久，跟着我的数十盆兰花也渐渐地支离破碎了。和我望衡对宇的是胡伟克先生，我发现他家里廊上、阶前、墙头、树下，到处都是兰花，大部分是洋兰，素心兰也有，而且他有一间宽大的温室，里面也堆满了兰花。胡先生有一只工作台子，上面放着显微镜，他用科学方法为兰花品种作新的交配，使兰花长得更肥，色泽更为鲜艳多姿，他的兰花在千盆以上。我听他的夫人抱怨：“为了这些捞什子，我的手指都磨粗了。”我经常看见一车一车的盛开的兰花从他门前运走。他的家不仅是芝兰之室，真是芝兰工厂。

兰本来是来自山间，有苔藓覆根，雨露滋润，不需要什么肥料。移在盆里，它所需要的也只是适量的空气和水，盆里不可用普通的泥土，最好是用木炭、烧过的黏土、缸瓦碎片的三种的混合物，取其通空气而易排水。也有人主张用砂、桂圆树皮、蛇木屑、木炭、碎石子混拌，然后每隔三个月用（NH_4）$_2SO_4$+KCE液麝水喷洒一次。叶子上生虫也需勤加拂拭。总之，兰来自幽谷，在案头供养是不大自然的，要小心伺候了。

九、菊

花事至菊而尽，故曰蘜，蘜是菊之本字。蘜者，尽也。“兰有秀兮菊有芳，怀佳人兮不能忘。”这是汉武帝看着时光流转，自春徂秋，由花事如锦到花事阑珊，借着秋风而发的歌咏。菊和九月的关系密切，故九月被称为菊月，或称为菊秋，重阳日或径称为菊节。是日也，饮菊花茶，设菊花宴，还可以准备睡菊花枕，百病不生；平素饮菊潭水，可以长生到一百多岁。没有一种比菊花和人的关系打得更火热。

自从陶渊明“采菊东篱下”之后，菊就代表一种清高的风格，生长在篱笆旁边，自然也就带着几分野趣。吕东莱的句子“短篱残菊一枝黄，正是乱山深处过重阳”，是很好的写照。经人工加意培养，菊好像是变了质。宋《乾淳岁时记》：“禁中例于八日作重九排当，于庆瑞殿分列万菊，灿然眩眼，且点菊灯，略如元夕。”这是在殿堂之上开菊展，当然又是一种情况。

菊是多年生草本，摘下幼枝插在土里就活。曩昔在北平家园中，一年之内曾蕃殖数十盆，竟以秽恶之粪土培养之，深觉戚戚然于心未安。幼苗长大之后，枝弱不能挺立，则树细竹竿或秸秫以为支撑，并标以红纸签，写上“绿云”“紫玉”“蟹爪”“小白梨”……奇奇怪怪的名称。一盆一盆地放在“兔儿爷摊子”上，（一排比一排高的梯形架），看上去一片花朵，闹则闹矣，但是哪能令人想到一丝一毫的“元亮遗风”？

台湾艺菊之风很盛，但是似乎不取其清瘦，而爱其痴肥。每一盆菊都修剪成独花孤挺，叶子的正面反面经常喷药，讲究从根到顶每片叶子都是肥大绿光，顶上的一朵花盛开时直像是特大的馒头一个，胖胖大大的，需要铁丝做盘撑托着它。千篇一律，朵朵如此。当然是很富态相。“帘卷西风，人比黄花瘦”，那时的黄花，一定不像如今的这样肥。

十、玫瑰

玫瑰，属蔷薇科。唐朝有一位徐夤，作过一首咏玫瑰的诗：

芳菲移自越王台，最似蔷薇好并栽。

秾艳尽怜胜彩绘，嘉名谁赠作玫瑰？
春城锦绣风吹折，天染琼瑶日照开。
为报朱衣早邀客，莫教零落委苍苔。

诗不见佳，但是让我们知道在唐朝玫瑰即已成了吟咏的对象。《群芳谱》说："花亦类蔷薇，色淡紫，青囊黄蕊，瓣末白，娇艳芬馥，有香有色，堪入茶、入酒、入蜜。"这玫瑰，是我们固有品种的玫瑰，花朵小，红得发紫，香味特浓。可以熏茶，可以调酒（玫瑰露），可以做蜜汁（玫瑰木樨）。娇小玲珑，惹人怜爱。玫瑰多刺，被人视若蛇蝎，其实玫瑰何辜，他本不预备供人采摘。《三十客》列玫瑰为"刺客"，也是冤枉的。

外国的蔷薇品种不一，亦统称为玫瑰。常见有高至五六尺以上者，俨然成一小树，花朵肥大，除了深绯、浅红者外，还有黄色的，别有风致。也有蔓生的一种，沿着篱笆墙壁伸展，可达一二丈外。白色的尤为盛旺。我有朋友蛰居台中，莳花自遣，曾贻我海外优良品种之玫瑰数本，我悉心培护，施以舶来之"玫瑰食粮"，果然绰约妩媚不同凡响，不过气候、土壤皆不相宜，越年逐渐凋萎。员林有玫瑰专家，我曾专程探访，畦圃广阔，洋洋大观，唯几乎全是外来品种，绚烂有余，韵味不足。求其能入茶、入酒、入蜜者，竟不可得，乃废然返。

信

早起最快意的一件事，莫过于在案上发现一大堆信——平、快、挂，七长八短的一大堆。明知其间未必有多少令人欢喜的资料，大概总是说穷诉苦琐屑累人的居多，常常令人终日寡欢，但是仍希望有一大堆信来。Marcus Aurelius 曾经说："每天早晨离家时，我对我自己说，'我今天将要遇见一个傲慢的人，一个忘恩负义的人，一个说话太多的人。这些人之所以如此，乃是自然而且必要的；所以不要惊讶。'"我每天早晨拆阅来信，亦先具同样心理，不但不存奢望，而且预先料到我今天将要接到几封催命符式的讨债信，生活比我优裕而反来向我告贷的信，以及看了不能令人喜欢的喜柬，不能令人不喜欢的讣闻等。世界上是有此等人，此等事，所以我当然也要接得此等信，不必惊讶。最难堪的，是遥望绿衣人来，总是过门不入，那才是莫可名状的凄凉，仿佛是有人遗弃之感。

有一种人把自己的文字润格订得极高，颇有一字千金之概，轻易是不肯写信的。你写信给他，永远是石沉大海。假如忽然间朵云遥颁，而且多半是又挂又快，隔着信封摸上去，沉甸甸的，又厚又重——放心，里面第一页必是抄自尺牍大全，“自违雅教，时切遐思，比维起居清泰为颂为祷”这么一套。正文自第二页开始，末尾于顿首之后，必定还要标明“鹄候回音”四个大字，外加三个密圈；此外必不可少的是另附恭楷履历硬卡一张。这种信也有用处，至少可以令我们知道此人依然健在，此种信不可不复，复时以“……俟有机缘，定当驰告”这么一套为最得体。

另一种人，好以纸笔代喉舌，不惜工本，写信较勤。刊物的编者大抵是以写信为其主要职务之一，所以不在话下。因误会而恋爱的情人们，见面时眼睛都要迸出火星，一旦隔离，焉能不情急智生，烦邮差来传书递简？Herrick 有句云：“嘴唇只有在不能接吻时才肯歌唱。”同样的，情人们只有在不能喁喁私语时才要写信。情书是一种紧急救济，所以亦不在话下。我所说的写信的人，是指家人朋友之间聚散匆匆，暌违之后，有所见，有所闻，有所忆，有所感，不愿独秘，愿人分享，则乘兴奋笔，藉通情愫。写信者并无所求，受信者但觉情谊翕如，趣味盎然，不禁色起神往。在这种心情之下，朋友的信可作为宋元人的小简读，家书亦不妨当做社会新闻看。看信之乐，莫过于此。

写信如谈话。痛快人写信，大概总是开门见山。若是开门见雾，模模糊糊，不知所云，则其人谈话亦必是丈八罗汉，令人摸不着头脑。我又尝接得另外一种信，突如其来，内容是讲学论道，洋洋洒洒，作者虽未要我代为保存，我则觉得责任太大，万一庋藏不慎，岂不就要湮没名文。老实讲，我是有收藏信件的癖好的，但亦略有抉择：多年老友，误入仕途，使有书记代笔者，不收；讨论人生观一类大题目者，不收；正文自第二页开始者，不收；用钢笔写在宣纸上，有如在吸墨纸上写字者，不收；横写或左边写起者，不收；有加新式标点之必要者，不收；没有加新标点之可能者，亦不收；恭楷者，不收；潦草者，亦不收；作者未归道山，即可公开发表者，不收；如果作者已归道山，而仍不可公开发表者，亦不收！……因为有这样许多限制，所以收藏不富。

信里面的称呼最足以见人情世态。有一位业教授的朋友告诉我，他常接到许多信件，开端如果是“夫子大人函丈”或“×× 老师钧鉴”，写信者必定是刚刚毕业或失业的学生，甚而至于并不是同时同院系的学生，其内容泰半是请求提携的意思。如果机缘凑巧，真个提携了他，以后他来信时便改称“×× 先生”了。若是机缘再凑巧，再加上铨叙合格，连米贴房贴算在一起足够两个教授的薪水，他写起信来便干干脆脆地称兄道弟了！我的朋友言下不胜欷歔，其实是他所见不广。师生关系，原属雇佣性质，焉能不受阶级升黜的影响？

书信写作西人尝称之为“最温柔的艺术”，其亲切细腻仅次于日记。我国尺牍，尤多精粹之作。但居今之世，心头萦绕者尽是米价涨落问题，一袋袋的邮件之中要检出几篇雅丽可诵的文章来，谈何容易！

相声记

我要记的不是听相声，而是我自己说相声。

在抗战期间有一次为了筹什么款开游艺大会，有皮黄，有洋歌，有杂耍。少不了要一段相声。后台老板瞧中了老舍和我，因为我们两个平素就有点儿贫嘴刮舌，谈话就有一点像相声，而且焦德海草上飞也都瞻仰过。别的玩艺儿不会，相声总还可以凑合。老舍的那一口北平话真是地道，又干脆又圆润又沉重，而且土音土语不折不扣，我的北平话稍差一点儿，真正的北平人以为我还行，外省人而自以为会说官话的人就认为我说得不大纯粹。老舍的那一张脸，不用开口就够引人发笑，老是绷着脸，如果龇牙一笑，能立刻把笑容敛起，像有开关似的。头顶上乱蓬蓬的一撮毛，没梳过，倒垂在又黑又瘦的脸庞上。衣领大约是太大了一点儿，扣上纽扣还是有点儿松，把那个又尖又高的“颏里嗦（北平土话，谓喉结）”露在外面。背又有点儿驼，迈着八字步，真是个相声的角色。我比较起来，就只好去（当）那个挨打的。我们以为这事关抗战，义不容辞，于是就把这份差事答应了下来。老舍挺客气，决定头一天他逗我捧，第二天我逗他捧。不管谁逗谁捧，事实上我总是那个挨打的。

本想编一套新词儿，要与抗战有关，那时候有这么一股风气，什么都讲究抗战，在艺坛上而不捎带上一点儿抗战，有被驱逐出境的危险。老舍说：“不，这玩艺儿可不是容易的，老词儿都是千锤百炼的，所谓雅俗共赏，您要是自己编，不够味儿。咱们还是挑两段旧的，只要说得好，陈旧也无妨。”于是我们选中了《新洪洋洞》《一家六口》。老舍的词儿背得烂熟，前面的帽子也一点儿不含糊，真像是在天桥长大的。他口授，我笔记。我回家练了好几天，醒来睁开眼就嚷：“你是谁的儿子……我是我爸爸的儿子……”家里人听得真腻烦。我也觉得一点儿都不好笑。

练习熟了，我和老舍试着预演一次。我说爸爸儿子地乱扯，实在不大雅，并且我刚说爸爸二字，他就“啊”一声，也怪别扭的。他说：“不，咱们中国群众就爱听这个，相声里面没有人叫爸爸就不是相声。这一节可千万删不得。”对，中国人是觉得当爸爸是便宜事。这就如同做人家的丈夫也是便宜事一样。我记得抬滑竿的前后二人喜欢一唱一答，如果他们看见迎面走来一位摩登女郎，前面的就喊："远看一朵花。"后面的接声说："叫我的儿子喊他妈！"我们中国人喜欢在口头上讨这种阿Q式的便宜，所谓"夜壶掉了把儿"，就剩了一个嘴了。其实做了爸爸或丈夫，是否就是便宜，这笔账只有天知道。

照规矩说相声得有一把大折扇，到了紧要关头，敲在头上，啪的一声，响而不疼。我说："这可以免了。"老舍说："行，虚晃一下好了，别真打。可不能不有那么一手儿，否则煞不住。"

一切准备停当，游艺大会开幕了，我心里直扑通。我先坐在池子里听戏，身旁一位江苏模样的人说了："你说什么叫相声？"旁边另一位高明的人说："相声，就是昆曲。"我心想真糟。

锣鼓歇了，轮到相声登场。我们哥儿俩大摇大摆地踱到台前，深深地向观众鞠了一躬，然后一边一块，面部无表情，直挺挺地一站，两件破纺绸大褂，一人一把大扇子。台下已经笑不可抑。老舍开言道："刚才那个小姑娘的洋歌唱得不错。"我说："不错！"一阵笑。"现在咱们两个小小子儿伺候一段相声。"又是一阵笑。台下的注意力已经被抓住了。后台刚勾上半个脸的张飞也蹭到台上听来了。

老舍预先嘱咐我，说相声讲究"皮儿薄"，一戳就破。什么叫“皮儿薄”，就是说相声的一开口，底下就得立刻哗的一阵笑，一点儿不费事。这一回老舍可真是“皮儿薄”，他一句话，底下是一阵笑，我连捧的话都没法说了，有时候我们需要等半天笑的浪潮消下去之后才能继续说。台下越笑，老舍的脸越绷，冷冰冰的，像是谁欠他二百两银子似的。

最令观众发笑的一点是我们所未曾预料到的。老舍一时兴起，忘了他的诺言，他抽冷子恶狠狠地拿扇子往我头上敲来，我看他来势不善往旁一躲，扇子不偏不倚地正好打中我的眼镜框上，眼镜本来很松，平常就往往出溜到鼻尖上，这一击可不得了，哗啦一声，眼镜掉下来了，我本能地两手一捧，把眼镜接住了。台下鼓掌喝彩大笑，都说这一手儿有功夫。

我们的两场相声，给后方的几百个观众以不少的放肆的大笑，可是我很惭愧，内容与抗战无关。人生难得开口笑。我们使许多愁眉苦脸的人开口笑了。事后我在街上行走，常有人指指点点地说:“看，那就是那个说相声的！”

白猫王子五岁

五年前的一个夜晚，菁清从门外檐下抱进一只小白猫，时蒙雨凄其，春寒尚厉。猫进到屋里，仓皇四顾，我们先飨以一盘牛奶，他舔而食之。我们揩干了他身上的雨水，他便呼呼地倒头大睡。此后他渐渐肥胖起来，菁清又不时把他刷洗得白白净净，戏称之为白猫王子。

他究竟生在哪一天，没人知道，我们姑且以他来我家的那一天定为他的生日（三月三十日），今天他五岁整，普通猫的寿命据说是十五六岁，人的寿命则七十就是古稀之年了，现在大概平均七十。所以猫的一岁在比例上可折合人的五岁。白猫王子五岁相当于人的二十五岁，正是青春旺盛的时候。

凡是我们所喜欢的对象，我们总会觉得他美。白猫王子并不一定是怎样的美丰姿，可是他眉清目秀，蓝眼睛、红鼻头、须眉修长，而又有一副楚楚可怜的样子。腰臀一部分特别硕大，和头部不成比例，腹部垂腴，走起来摇摇摆摆，有人认为其状不雅，我们不以为嫌。去年七月二十日报载，“二十四日在美国佛罗里达州巴马布耳所举行的一九八一年‘全美迷人小猫竞赛’中，一只名叫邦妮贝尔的小猫得了首奖。可是他虽然顶着后冠，却不见得很高兴。”高兴不是猫，是猫的主人。我们不会教白猫王子参加任何竞赛，他已经有了王子的封号，还急着需要什么皇冠？他就是我们的邦妮贝尔。

刘克庄有一首《诘猫诗》，有句云：

> 饭有溪鱼眠有毯，
> 忍教鼠啮案头书？

我们从来没有要求过猫做什么事。他吃的不只是溪鱼，睡的也不只是毛毯，我们的住处没有鼠，他无用武之地，顶多偶然见了蟑螂而惊叫追逐，菁清说这是他对我们的服务。我们吃饭的时候他常蹲在餐桌上，虎视眈眈，但是他不伸爪，顶多走近盘边闻闻。喂他几块鱼虾鸡鸭之类，他浅尝辄止。他从不偷嘴。他吃饱了，抹抹脸就睡，弯着腰睡，趴着睡，仰着睡，有时候爬到我们床上枕着我们的臂腿睡。他有二十六七磅重，压得人腿脚酸麻，我们外出，先把他安顿好，鱼一钵，水一盂，有时候给他盖一床被，或是搭一个篷。等我们回来，门锁一响，他已蹿到门口相迎。这样，他便已给了我们很大的满足。

“花如解语还多事，石不能言最可人。”猫相当的解语，我们喊他一声“猫咪！”“胖胖！”他就喵的一声。我耳聋，听不见他那细声细气的一声喵，但是我看见他一张嘴，腹部一起落，知道他是回答我们的招呼。他不会说话，但是菁清好像略通猫语，她能辨出猫的几种不同的鸣声。例如：他饿了，他要人给他开门，他要人给他打扫卫生设备，他因寂寞而感到烦躁，都有不同的声音发出来。无论有什么体己话，说给他听，或是被他听见，他能珍藏秘密不泄露出去。不过若是以恶声叱责他，他是有反应的，他不回嘴，他转过身去趴下，做无奈状。

有人不喜欢猫。我的一位朋友远道来访，先打电话来说：“听说府上有猫，请先把他藏起来，我怕猫。”真的，有人一见了猫就会昏倒。有人见了老鼠也会昏倒，何况猫？据民生报七十一年四月二十三日一篇文章报道，法国国王亨利三世一见到猫就会昏倒。法国国王查理九世时的大诗人龙沙有这样的诗句：

> 当今世上谁也没我那么厌恶猫。
>
> 我厌恶猫的眼睛、脑袋，还有凝视的模样，一看见猫，我掉头就跑。

人之好恶本不相同。我不否认猫有一些短处，诸如倔强、自尊、自私、缺乏忠诚等等。不过，猫，和人一样，总不免有一点脾气，一点自私，不必计较了。家里有装潢、有陈设、有家具、有花草，再有一只与虎同科的小动物点缀其间来接受你的爱抚，不是很好么？

菁清对于苦难中小动物的怜悯心是无止境的，同时又觉得白猫王子太孤单，于是去年又抱进来一个小黑猫。这个“黑猫公主”性格不同，活泼善斗、体态轻盈、白须黄眼，像是平剧中的“开口跳”。两只猫在一起就要斗，追逐无已时。不得已我们把黑猫关在笼子里，或是关在一间屋里，实行黑白隔离政策。可是黑猫隔着笼子还要伸出爪子撩惹白猫，白猫也常从门缝去逗黑猫。相见争如不见，无情还似有情。我想有一天我们会逐渐解除这个隔离政策的。

白猫倏已五岁，我们缘分不浅，同时我亦不免兴起春光易老之感。多少诗人词人唤取春留驻，而春不肯留！我们只好“片时欢乐且相亲”，愿我的猫长久享受他的鱼餐锦被，吃饱了就睡，睡足了就吃。

放风筝

偶见街上小儿放风筝，拖着一根棉线满街跑，嬉戏为欢，状乃至乐。那所谓风筝，不过是竹篾架上糊一点纸，一尺见方，顶多底下缀着一些纸穗，其结果往往是绕挂在街旁的电线上。

常因此想起我小时候在北平放风筝的情形。我对放风筝有特殊的癖好，从孩提时起直到三四十岁，遇有机会从没有放弃过这一有趣的游戏。在北平，放风筝有一定的季节，大约总是在新年过后开春的时候为宜。这时节，风劲而稳。严冬时风很大，过于凶猛，春季过后则风又嫌微弱了。开春的时候，蔚蓝的天，风不断地吹，最好放风筝。

北平的风筝最考究。这是因为北平的有闲阶级的人多，如八旗子弟，凡属耳目声色之娱的事物都特别发展。我家住在东城，东四南大街，在内务部街与史家胡同之间有一个二郎庙，庙旁边有一爿风筝铺，铺主姓于，人称“风筝于”。他做的风筝在城里颇有小名。我家离他近，买风筝特别方便。他做的风筝，种类繁多，如肥沙雁、瘦沙雁、龙井鱼、蝴蝶、蜻蜓、鲇鱼、灯笼、白菜、蜈蚣、美人儿、八卦、蛤蟆以及其他形形色色的。鱼的眼睛是活动的，放起来滴溜溜地转，尾巴拖得很长，临风波动。蝴蝶蜻蜓的翅膀也有软的，波动起来也很好看。风筝的架子是竹制的，上面绷起高丽纸面，讲究的要用绢绸，绘制很是精致，彩色缤纷。风筝于的出品，最精彩是“提线”拴得角度准确，放起来不“折筋斗”，平平稳稳。风筝小者三尺，大者一丈以上，通常在家里玩玩有三尺到六尺就很够。新年厂甸开放，风筝摊贩也很多，品质也还可以。

放风筝的线，小风筝用棉线即可，三尺以上就要用棉线数绺捻成的“小线”，小线也有粗细之分，视需要而定。考究的要用“老弦”：取其坚牢，而且分量较轻，放起来可以扭成直线，不似小线之动辄出一圆兜。线通常绕在竹制的可旋转的“线桄子”上。讲究的是硬木制的线桄子，旋转起来特别灵活迅速。用食指打一下，桄子即转十几转，自然地把线绕上去了。

有人放风筝，尤其是较大的风筝，常到城根或其他空旷的地方去，因为那里风大，一抖就起来了。尤其是那一种特制的巨型风筝，名为“拍子”，长方形的，方方正正没有一点花样，最大的没有超过九尺。北平的住宅都有个院子，放风筝时先测定风向，要有人带起一根大竹竿，竿顶置有铁叉头或铜叉头（即挂画所用的那种叉子），把风筝挑起，高高举起到房檐之上，等着风一来，一抖，风筝就飞上天去，竹竿就可以撤了，有时候风不够大，举竹竿的人还要爬上房去踞坐在房脊上面。有时候，费了不少手脚，而风姨不至，只好废然作罢。不过这种扫兴的机会并不太多。

风筝和飞机一样，在起飞的时候和着陆的时候最易失事。电线和树都是最碍事的，须善为躲避。风筝一上天，就没有事，有时候进入罡风境界，则不需用手牵着，大可以把线拴在屋柱上面，自己进屋休息，甚至拴一夜，明天再去收回。春寒料峭，在院子里久了会冻得涕泗交流，线弦有时也会把手指勒得青疼，甚至出血，是需要到屋里去休息取暖的。

风筝之“筝”字，原是一种乐器，似瑟而十三弦。所以顾名思义，风筝也是要有声响的，《询刍录》云：“五代李邺于宫中作纸鸢，引线乘风为戏，后于鸢首，以竹为笛，使风入竹，声如筝鸣。”这记载是对的。不过我们在北平所放的风筝，倒不是“以竹为笛”，带响的风筝是两种，一种是带锣鼓的，一种是带弦弓的，二者兼备的当然也不是没有。所谓锣鼓，即是利用风车的原理捶打纸制的小鼓，清脆可听。弦弓的声音比较更为悦耳。有诗为证：

> 夜静弦声响碧空，宫商信任往来风。
> 依稀似曲才堪听，又被风吹别调中。
>
> ——高骈《风筝》诗

我以为放风筝是一件颇有情趣的事。人生在世上，局促在一个小圈圈里，大概没有不想偶然远走高飞一下的。出门旅行，游山逛水，是一个办法，然亦不可常得。放风筝时，手牵着一根线，看风筝冉冉上升，然后停在高空，这时节仿佛自己也跟着风筝飞起了，俯瞰尘寰，怡然自得。我想这也许是自己想飞而不可得，一种变相的自我满足吧。春天的午后，看着天空飘着别人家放起的风筝，虽然也觉得很好玩，究不若自己手里牵着线的较为亲切，那风筝就好像是载着自己的一片心情上了天。真是的，在把风筝收回来的时候，心里泛起一种异样的感觉，好像是游罢归来，虽然不是扫兴，至少也是尽兴之后的那种疲惫状态，懒洋洋的，无话可说，从天上又回到了人间，从天上翱翔又回到匍匐地上。

放风筝还可以“送幡”（俗呼为“送饭儿”）。用铁丝圈套在风筝线上，圈上附一长纸条，在放线的时候铁丝圈和长纸条便被风吹着慢慢地滑上天去，纸幡在天空飞荡，直到抵达风筝脚下为止。在夜间还可以把一盏一盏的小红灯笼送上去，黑暗中不见风筝，只见红灯朵朵在天上游来游去。

放风筝有时也需要一点点技巧。最重要的是在放线松弛之间要控制得宜。风太劲，风筝陡然向高处跃起，左右摇晃，把线拉得绷紧，这时节一不小心风筝便会倒栽下去。栽下去不要慌，赶快把线一松，它立刻又会浮起，有时候风筝已落到视线所不能及的地方，依然可以把它挽救起来，凡事不宜操之过急，放松一步，往往可以化险为夷，放风筝亦一例也。技术差的人，看见风筝要栽筋斗，便急忙往回收，适足以加强其危险性，以至于不可收拾。风筝落在树梢上也不要紧，这时节也要把线放松，乘风势轻轻一扯便会升起，性急的人用力拉，便愈纠缠不清，直到把风筝扯碎为止。在风力弱的时候，风筝自然要下降，线成兜形，便要频频扯抖，尽量放线，然后再及时收回，一松一紧，风筝可以维持于不坠。

好斗是人的一种本能。放风筝时也可表现出战斗精神。发现邻近有风筝飘起，如果位置方向适宜，便可向它斗争。法子是设法把自己的风筝放在对方的线兜之下，然后猛然收线，风筝陡地直线上升，势必与对方的线兜交缠在一起，两只风筝都摇摇欲坠，双方都急于向回扯线，这时候就要看谁的线粗，谁的手快，谁的地势优了。优胜的一方面可以扯回自己的风筝，外加一只俘虏，可能还有一段的线。我在一季之中，时常可以俘获四五只风筝。把俘获的风筝放起，心里特别高兴，好像是在炫耀自己的胜利品，可是有时候战斗失利，自己的风筝被俘，过一两天看着自己的风筝在天空飘荡，那便又是一种滋味了。这种斗争并无伤于睦邻之道，这是一种游戏，不发生侵犯领空的问题。并且风筝也只好玩一季，没有人肯玩隔年的风筝。迷信说隔年的风筝不吉利，这也许是卖风筝的人造的谣言。

Part 4

参差百态是人生

恶劳好逸，

人之常情。

就因为这就是人之常情，

人才需要鞭策自己。

“旁若无人”

在电影院里，我们大概都常遇到一种不愉快的经验。在你聚精会神地静坐着看电影的时候，会忽然觉得身下坐着的椅子颤动起来，动得很匀，不至于把你从座位里掀出去；动得很促，不至于把你颠摇入睡；颤动之快慢急徐，恰好令你觉得他讨厌。大概是轻微地震吧？左右探察震源，忽然又不颤动了。在你刚收起心来继续看电影的时候，颤动又来了。如果下决心寻找震源，不久就可以发现，毛病大概是出在附近的一位先生的大腿上。他的足尖踏在前排椅掌上，绷足了劲，利用腿筋的弹性，很优游地在那里发抖。如果这拘挛性的动作是由于羊癫疯一类的病症的暴发，我们要原谅他，但是不像，他嘴里并不吐白沫。看样子也不像是神经衰弱，他的动作是能收能发的，时作时歇，指挥如意。若说他是有意使前后左右两排座客不得安生，却也不然。全是陌生人无仇无恨，我们站在被害人的立场上看，这种变态行为只有一种解释，那便是他的意志过于集中，忘记旁边还有别人；换言之，便是“旁若无人”的态度。

“旁若无人”的精神表现在日常行为上者不只一端。例如欠伸，原是常事，“气乏则欠，体倦则伸”。但是在稠人广众之中，张开血盆巨口，做吃人状，把口里的獠牙显露出来，再加上伸胳臂伸腿如演太极，那样子就不免吓人。有人打哈欠还带音乐的，其声呜呜然，如吹号角，如鸣警报，如猿啼，如鹤唳，音容并茂。《礼记》:“侍坐于君子，君子欠伸，撰杖履，视日蚤莫，侍坐者请出矣。”是欠伸合于古礼，但亦以“君子”为限，平民岂可援引！对人伸胳臂张嘴，纵不吓人，至少令人觉得你是在逐客，或是表示你自己不能管制你自己的肢体。

邻居有叟，平常不大回家，每次归来必令我闻知。清晨有三声喷嚏，不只是清脆，而且洪亮，中气充沛；根据那声音之响我揣测必有异物入鼻，或是有人插入纸捻，那声音撞击在脸盆之上有金石声！随后是大排场的漱口，真是排山倒海，犹如骨鲠在喉，又似苍蝇下咽。再随后是三餐的饱嗝，一串串的嗝声，像是下水道不甚畅通的样子。可惜隔着墙没能看见他剔牙，否则那一份刮垢磨光的钻探工程，场面也不会太小。

这一切“旁若无人”的表演究竟是偶然突发事件，经常令人困恼的乃是高声谈话。在喊救命的时候，声音当然不嫌其大，除非是脖子被人踩在脚底下；但是普通的谈话似乎可以令人听见为度，而无须一定要力竭声嘶地去振聋发聩。生理学告诉我们，发音的器官是很复杂的，说话一分钟要有九百个动作，有一百块筋肉在弛张；但是大多数人似乎还嫌不足，恨不得嘴上再长一个扩大器。有个外国人疑心我们国人的耳鼓生得异样，那层膜许是特别厚，非扯着脖子喊不能听见，所以说话总是像打架。这批评有多少真理，我不知道。不过我们国人会嚷的本领，是谁也不能否认的。电影场里电灯初灭的时候，总有几声“嗳呦，小三儿，你在哪儿哪？”在戏院里，演员像是演哑剧，大锣大鼓之声依稀可闻，主要的声音是观众鼎沸，令人感觉好像是置身蛙塘。在旅馆里，好像前后左右都是庙会，不到夜深休想安眠，安眠之后难免没有响皮底的大皮靴，毫无惭愧地在你门前踱来踱去。天未大亮，又有各种市声前来侵扰。一个人大声说话，是本能；小声说话，是文明。以动物而论，狮吼，狼嗥，虎啸，驴鸣，犬吠，即是小如促织蚯蚓，声音都不算小，都不会像人似的有时候也会低声说话。大概文明程度愈高，说话愈不以声大见长。群居的习惯愈久，愈不容易存留“旁若无人”的幻觉。我们以农立国，乡间地旷人稀，畎亩阡陌之间，低声说一句“早安”是不济事的，必得扯长了脖子喊一声“你吃过饭啦？”可怪的是，在人烟稠密的所在，人的喉咙还是不能缩小。更可异的是，纸驴嗓，破锣嗓，喇叭嗓，公鸡嗓，并不被一般认为是缺陷，而且麻衣相法还公然说，声音洪亮者主贵！

叔本华有一段寓言：

> 一群豪猪在一个寒冷的冬天挤在一起取暖；但是他们的刺毛开始互相击刺，于是不得不分散开。可寒冷又把他们驱在一起，于是同样的事故又发生了。最后，经过几番的聚散，他们发现最好是彼此保持相当的距离。同样的，群居的需要使得人形的豪猪聚在一起，只是他们本性中的带刺的令人不快的刺毛使得彼此厌恶。他们最后发现的使彼此可以相安的那个距离，便是那一套礼貌；凡违犯礼貌者便要受严词警告——用英语来说——请保持相当距离。用这方法，彼此取暖的需要只是相当的满足了；可是彼此可以不至互刺。自己有些暧气的人情愿走得远远的，既不刺人，又可不受人刺。

逃避不是办法。我们只是希望人形的豪猪时常提醒自己：这世界上除了自己还有别人。人形的豪猪既不止我一个，最好是把自己的大大小小的刺毛收敛一下，不必像孔雀开屏似的把自己的刺毛都尽量地伸张。

暴发户

暴发户，外国也有，叫作 Parvenu 或 Nouveau Riche，义为新贵新富。这一种人有鲜明的特征，在人群中自成一格，令人一眼就可以辨认出来。旧戏里有一个小丑曾说过这样的一句话：“树小墙新画不古，此人必是内务府。”挖苦暴发户，入木三分。

内务府是前清的一个衙门，掌管大内的财务出纳，以及祭礼、宴飨、膳馐、衣服、赐予、刑法、工作、教习，职务繁杂，组织庞大，下分七司三院，其长官名为总理大臣。凡能厕身其间者，无不被人艳羡，视为肥缺。“三年清知府，十万雪花银”，何况是给皇帝佬儿办总务？经手三分肥，内务府当差的几乎个个暴发。

人在暴发之后，第一桩事多半是求田问舍。锯木头，盖房子，叱咤立办；山节藻棁，玉砌雕栏，亦非难致。唯独想在庭院之中立即拥有三槐五柳，婆娑掩映于朱门绣户之间，则非人力财力所能立即实现。十年树木，还是保守的说法；十年过后也许几株龙柏可以不再需要木架扶持，也许那些七杈八杈韵味毫无的油加利猛窜三两丈高。时间没有成熟之前，房子尽管富丽堂皇，堂前也只好放四盆石榴树，几窠夹竹桃，南墙脚摆几盆秋海棠。树，如果有，一定是小的。新盖的房子，墙也一定是新的，丹、青、赭、垩，光艳照人，还没来得及风雨剥蚀，还没来得及接受行人题名、顽童刻画、野狗遗溺。此之谓树小墙新。

暴发户对于室内装潢是相当考究的。进得门来，迎面少不得一个特大号的红地洒金的福字斗方，是倒挂着的，表示福到了。如果一排五个斗方当然更好，那是五福临门。室内灯饰，不比寻常。通常是八盏粗制滥造的仿古宫灯，因为楠木框花毛玻璃已不可得，象牙饰丝线穗更不必说。此外墙上、柱上、梁上、天花板上，还有无数的大大小小的电灯，甚至还有一串串的跑灯、霓虹灯，略似电视综艺节目之豪华场面。墙上也许还挂起一两幅政要亲笔题款的玉照，主人借以对客指点曰："某公厚我，某公厚我。"但是墙上没有画是不行的，乃斥巨资定绘牡丹图。牡丹是五色的，象征五福临门；未放的花苞要多，象征多子多孙，题曰"富贵满堂"。如果这一幅还不够，可再加一幅猫蝶图；或是一幅"鹤鹿同春"，鹤要红顶，鹿要梅花。总之是画不古，顶多也许有一张仇十洲的仕女或是郑板桥的墨竹，好像稍为古一点点，但是谁愿说穿是真迹还是赝品?

新屋落成而不宴宾客，那简直是衣锦夜行。于是詹吉折简，大张盛筵，席开三桌，座位次序都经过审慎的考虑安排：中间一桌是政界，大小首长；右边一桌是商界，公司大亨；左边一桌只能算是“各界”，非官非商的一些闲杂人等。整套的银器出笼，也许是镀银，光亮耀眼；大型的器皿都是下有保温的热水屉，上有覆罩的碗盖。如果是鸡鸭，碗盖雕塑成鸡鸭形；如果是鱼，则成鱼形。碗足上、筷子上都刻有题字曰“某某自置”。一旁伺候的男女用人，全穿制服，白布长衫旗袍，领口、袖口、下摆还绲着红边。至于席上的珍馐，则殽旅重叠，燔炙满案。客人连声夸好，主人则忙不迭地说：“家常便饭不成敬意。”

饭前饭后少不得要引导宾客参观新居，这是宴客的主要项目。先从客厅看起，长廊广庑，敞豁有容，中间是一块大地毯，主人说明是波斯制品，可是很明显，图案不像。几套皮垫大沙发之外，有一套远看像是楠木雕花长案、小几、太师椅之类的古老家具。长案之上有百古架、玉如意、百鹿敦、金钟、玉磬，挤得密密杂杂。小几前面居然还有蓝花白瓷的痰盂。旁边可能有一大箱热带鱼，另一边可能有大型立体音响；至于电视机，那就一定不止一台了。寝室里四壁至少有两面全是镜子，花灯照耀之下，有如置身水晶宫中。高广大床，锦帱绣帐，松软的弹簧床垫像是一大块天使蛋糕；浴缸则像是小型游泳池。书房也有一间，几净窗明，文房四宝罗列井然。书柜里有二十五史、百科全书，以及六法全书，一律布面烫金，金光熠熠。后院有温室一间，里面挂着几盆刚开败了的洋兰。众宾客参观完毕，啧啧称赞，可是其中也有一位冷冷地低声地说："这全是邓闲之功！"人问其语出何典，他说："不记得《水浒传》王婆贪贿说风情，有所谓五字诀么？"众皆粲然，主人也似懂非懂地跟着大家哈、哈、哈。

主人在仰着头打哈哈的时候，脖梗子上明显地露出三道厚厚的肥肉折叠起来的沟痕。大腹便便，虽不至"垂腴尺余"，也够瞧老大半天。"乐然后笑"，心里欢畅，自然就面团团，不时地粫然而笑。常言道："人非横财不富，马无青草不肥。"横财自何处来？没有人事前知道，只能说是逼人而来；说得玄虚一点便是自来处来。不过事后分析，也可找出一些蛛丝马迹，不会没有因缘。大抵其人投机冒险，而又遭逢时会，遂令竖子暴发。"君子之泽，五世而斩。"暴发户呢？其兴也暴，很可能"眼看他起高楼，眼看他宴宾客，眼看他楼塌了！"

骂人的艺术

古今中外没有一个不骂人的人。骂人就是有道德观念的意思，因为在骂人的时候，至少在骂人者自己总觉得那人有该骂的地方。何者该骂，何者不该骂，这个抉择的标准，是极道德的。所以根本不骂人，大可不必。骂人是一种发泄感情的方法，尤其是那一种怨怒的感情。想骂人的时候而不骂，时常在身体上弄出毛病；所以想骂人时，骂骂何妨？

但是，骂人是一种高深的学问，不是人人都可以随便试的。有因为骂人挨嘴巴的，有因为骂人吃官司的，有因为骂人反被人骂的，这都是不会骂人的原故。今以研究所得，公诸同好，或可为骂人时之一助乎？

一、知己知彼

骂人是和动手打架一样的，你如其敢打人一拳，你先要自己忖度下，你吃得起别人的一拳否。这叫作知己知彼。骂人也是一样。譬如你骂他是“屈死”，你先要反省，自己和“屈死”有无分别。你骂别人荒唐，你自己想想曾否吃喝嫖赌。否则别人回敬你一二句，你就受不了。所以别人有着某种短处，而足下也正有同病，那么你在骂他的时候只得割爱。

二、无骂不如己者

要骂人须要挑比你大一点的人物，比你漂亮一点的，或者比你坏得万倍而比你得势的人物。总之，你要骂人，那人无论在好的一方面或坏的一方面都要能胜过你，你才不吃亏的。你骂大人物，就怕他不理你；他一回骂，你就算骂着了。因为身份相同的人才肯对骂。在坏的一方面胜过你的，你骂他就如教训一般，他即便回骂，一般人仍不会理会他的。假如你骂一个无关痛痒的人，你越骂他他越得意，时常可以把一个无名小卒骂出名了，你看冤与不冤？

三、适可而止

骂大人物骂到他回骂的时候，便不可再骂；再骂则一般人对你必无同情，以为你是无理取闹。骂小人物骂到他不能回骂的时候，便不可再骂；再骂下去则一般人对你也必无同情，以为你是欺负弱者。

四、旁敲侧击

他偷东西，你骂他是贼；他抢东西，你骂他是盗，这是笨伯。骂人必须先明虚实掩映之法，须要烘托旁衬，旁敲侧击，于要紧处只一语便得，所谓杀人于咽喉处着刀。越要骂他你越要原谅他，即便说些恭维话亦不为过，这样的骂法才能显得你所骂的句句是真实确凿，让旁人看起来也可见得你的度量。

五、态度镇定

骂人最忌浮躁。一语不合，面红筋跳，暴躁如雷，此灌夫骂座，泼妇骂街之术，不足以言骂人。善骂者必须态度镇静，行若无事。普通一般骂人，谁的声音高便算谁占理，谁来得势猛便算谁骂赢，唯真善骂人者，乃能避其锋而击其懈。你等他骂得疲倦的时候，你只消轻轻地回敬他一句，让他再狂吼一阵。在他暴躁不堪的时候，你不妨对他冷笑几声，包管你不费力气，把他气得死去活来，骂得他针针见血。

六、出言典雅

骂人要骂得微妙含蓄，你骂他一句要使他不甚觉得是骂，等到想过一遍才慢慢觉悟这句话不是好话，让他笑着的面孔由白而红，由红而紫，由紫而灰，这才是骂人的上乘。欲达到此种目的，深刻之用词故不可少，而典雅之言词尤为重要。言词典雅则可使听者不致刺耳。如要骂人骂得典雅，则首先要在骂时万万别提起女人身上的某一部分，万万不要涉及生理学范围。骂人一骂到生理学范围以内，底下再有什么话都不好说了。譬如你骂某甲，千万别提起他的令堂令妹。因为那样一来，便无是非可言，并且你自己也不免有令堂令妹，他若回敬起来，岂非势均力敌，半斤八两？再者骂人的时候，最好不要加人以种种难堪的名词，称呼起来总要客气，即使他是极卑鄙的小人，你也不妨称他先生；越客气，越骂得有力量。骂的时节最好引用他自己的词句，这不但可以使他难堪，还可以减轻他对你骂的力量。俗话少用，因为俗话一览无遗，不若典雅古文曲折含蓄。

七、以退为进

两人对骂，而自己亦有理屈之处，则处于开骂伊始，特宜注意，最好是毅然将自己理屈之处完全承认下来，即使道歉认错均不妨事。先把自己理屈之处轻轻遮掩过去，然后你再重整旗鼓，方可无后顾之忧。即使自己没有理屈的地方，也绝不可自行夸张，务必要谦逊不遑，把自己的位置降到一个不可再降的位置，然后骂起人来，自有一种公正光明的态度。否则你骂他一两句，他便以你个人的事反唇相讥，一场对骂，会变成两人私下口角，是非曲直，无从判断。所以骂人者自己要低声下气，此所谓以退为进。

八、预设埋伏

你把这句话骂过去，你便要想想看，他将用什么话骂回来。有眼光的骂人者，便处处留神，或是先将他要骂你的话替他说出来，或是预先安设埋伏，令他骂回来的话失去效力。他骂你的话，你替他说出来，这便等于缴了他的械一般。预安设埋伏，便是在要攻击你的地方，你先轻轻地安下话根，然后他骂过来就等于枪弹打在沙包上，不能中伤。

九、小题大做

如对方有该骂之处，而题目身小，不值一骂；或你所知不多，不足一骂，那时节你便可用小题大做的方法，来扩大题目。先用诚恳而怀疑的态度引申对方的意思，由不紧要之点引到大题目上去，处处用严谨的逻辑逼他说出不逻辑的话来，或是逼他说出合于逻辑但不合乎理的话来，然后你再大举骂他，骂到体无完肤为止；而原来惹动你的小题目，轻轻一提便了。

十、远交近攻

一个时候，只能骂一个人，或一种人，或一派人。决不宜多树敌。所以骂人的时候，万勿连累旁人；即使必须牵涉多人，你也要表示好意，否则回骂之声纷至沓来，使你无从应付。

骂人的艺术，一时所能想起来的有上面十条，信手拈来，并无条理。我作此文的用意，是助人骂人，同时也是想把骂人的技术揭破一点，供爱骂人者参考。挨骂的人看看，骂人的心理原来是这样的，也算是揭破一张黑幕给你瞧瞧！

吃相

一位外国朋友告诉我，他旅游西南某地的时候，偶于餐馆进食，忽闻壁板砰砰作响，其声清脆，密集如联珠炮，向人打听才知道是邻座食客正在大啖其糖醋排骨。这一道菜是这家餐馆的拿手菜，顾客欣赏这个美味之余，顺嘴把骨头往旁边喷吐，你也吐，我也吐，所以把壁板打得叮叮当当响。不但顾客为之快意，店主人听了也觉得脸上光彩，认为这是大家为他捧场。这位外国朋友问我这是不是国内各地普遍的风俗，我告诉他我走过十几个省还不曾遇见过这样的场面；而且当场若无壁板设备，或是顾客嘴部筋肉不够发达，此种盛况即不易发生。可是我心中暗想，天下之大，无奇不有，这样的事恐怕亦不无发生的可能。

《礼记》有“毋啮骨”之诫，大概包括啃骨头的举动在内。糖醋排骨的肉与骨是比较容易脱离的，大块的骨头上所联带着的肉若是用牙齿咬断下来，那龇牙咧嘴的样子便觉不大雅观。所以“割不正不食”“席不正不食”都是对在桌面上进膳的人而言的，啮骨应该是桌底下另外一种动物所做的事。不要以为我们一部分人把排骨吐得噼啪响便断定我们的吃相不佳。各地有各地的风俗习惯。世界上至今还有不少地方是用手抓食的。听说他们是用右手取食，左手则专供做另一种肮脏的事，不可混用，可见也还注重清洁。我不知道像咖喱鸡饭一类黏糊糊儿的东西如何用手指往嘴里送。用手取食，原是古已有之的老法。罗马皇帝尼禄大宴群臣，他从一只硕大无比的烤鹅身上扯下一条大腿，手举着鼓槌，歪着脖子啃而食之，那副贪婪无厌的饕餮相我们可于想象中得之。罗马的光荣不过尔尔，等而下之不必论了。欧洲中古时代，餐桌上的刀叉是奢侈品，从十一世纪到十五世纪不曾被普遍使用；有些人自备刀叉随身携带，这种作风一直延至十八世纪还偶尔可见。据说在酷嗜通心粉的国度里，市尘道旁随处都有贩卖通心粉（与不通心粉）的摊子，食客都是伸出右手，像五股钢叉一般把粉条一卷就送到口里，干净利落。

不要耻笑西方风俗鄙陋，我们泱泱大国自古以来也是双手万能。《礼记》:“共饭不泽手。”吕氏注曰:“不泽手者，古之饭者以手，与人共饭，摩手而有汗泽，人将恶之而难言。”饭前把手洗洗揩揩也就是了。樊哙把一块生猪肘子放在铁楯上拔剑而啖之，那是鸿门宴上的精彩节目，可是那个吃相也就很可观了。我们不愿意在餐桌上挥刀舞叉，我们的吃饭工具主要是筷子，筷子即箸，古称饭攲。细细的两根竹筷，搦在手上，运动自如，能戳、能夹、能撮、能扒，神乎其技。不过我们至今也还有用手进食的地方，像从兰州到新疆，“抓饭”“抓肉”都是很驰名的。我们即使运用筷子，也不能不有相当的约束；若是频频夹取如金鸡乱点头，或挑肥拣瘦地在盘碗里翻翻弄弄如拨草寻蛇，就不雅观。

餐桌礼仪，中西都有一套。外国的餐前祈祷，兰姆的描写可谓淋漓尽致。家长在那里低头闭眼口中念念有词，孩子们很少不在那里做鬼脸的。我们幸而极少宗教观念，小时候不敢在碗里留下饭粒，是怕长大了娶麻子媳妇；不敢把饭粒落在地上，是怕天打雷劈。喝汤而不准吮吸出声是外国规矩，我想这规矩不算太苛，因为外国的汤盆很浅，好像都是狐狸请鹭鸶吃饭时所使用的器皿；一盆汤端到桌上不可能是烫嘴热的，慢一点灌进嘴里就可以不至于出声。若是喝一口我们所谓的“天下第一菜”口蘑锅巴汤而不出一点声音，岂不强人所难？从前我在北方家居，邻户是一个治安机关，隔着一堵墙，墙那边经常有几十口人在院子里进膳，我可以清晰地听到“呼噜，呼噜，呼——噜”的声响，然后“咔嚓！”一声。他们是在吃炸酱面，于猛吸面条之后咬一口生蒜瓣。

餐桌的礼仪要重视，不要太重视。外国人吃饭不但要席正，而且要挺直腰板，把食物送到嘴边。我们“食不厌精，脍不厌细”，要维持那种姿势便不容易。我见过一位女士，她的嘴并不比一般人小多少，但是她喝汤的时候真能把上下唇撮成一颗樱桃那样大，然后以匙尖触到口边徐徐吮饮之。这和把整个调羹送到嘴里面去的人比较起来，又近于矫枉过正了。人生贵适意，在环境许可的时候不妨稍为放肆一点。吃饭而能充分享受，没有什么太多礼法的约束，细嚼烂咽，或风卷残云，均无不可。吃的时候怡然自得，吃完之后抹抹嘴鼓腹而游，像这样的乐事并不常见。我看见过两次真正痛快淋漓的吃，印象至今犹新。一次在北京的“灶温”，那是一爿道地的北京小吃馆。棉帘启处，进来了一位赶车的，即是赶轿车的车夫，辫子盘在额上，衣襟掀起塞在褡布底下，大摇大摆，手里托着菜叶裹着的生猪肉一块，提着一根马兰系着的一撮韭黄，把食物往柜台上一拍：“掌柜的，烙一斤饼！再来一碗炖肉！”等一下，肉丝炒韭黄端上来了，两张家常饼一碗炖肉也端上来了。他把菜肴分为两份，一份倒在一张饼上，把饼一卷，比拳头要粗，两手扶着矗立在盘子上，张开血盆巨口，左一口，右一口，中间一口！不大的工夫，一张饼下肚，又一张也不见了，直吃得他青筋暴露满脸大汗，挺起腰身连打两个大饱嗝。又一次，我在青岛寓所的后山坡上看见一群石匠在凿山造房，晌午歇工，有人送饭，打开笼屉热气腾腾，里面是半尺来长的发面蒸饺。工人蜂拥而上，每人拍拍手掌便抓起饺子来咬，饺子里面露出绿韭菜馅。又有人挑来一桶开水，上面漂着一个瓢，一个个红光满面围着桶舀水吃。这时候又有挑着大葱的小贩赶来兜售那像甘蔗一般粗细的大葱，登时又人手一截，像是饭后进水果一般。上面这两个景象，我久久不能忘，他们都是自食其力的人，心里坦荡荡的，饿来吃饭，取其充腹，管什么吃相！

商店礼貌

常听人说起北平商店的伙计接待客人如何的彬彬有礼，一团和气，并且举出许多实例以证明其言之不虚。我是北平人，应知北平事，这一番夸奖的话的确不算是过誉。不过“北平”二字最好改为“北京”，因为大约自从北京改称北平那年以后，北平商店也渐渐起了变化，向若干沿海通商大埠的作风慢慢地看齐了。

到瑞蚨祥买绸缎，一进门就可以如入无人之境，照直地往里闯，见楼梯就上，上面自有人点头哈腰，奉茶献烟，陪着聊两句闲天；然后依照主顾的吩咐支使徒弟东搬一块锦缎，西搬一块丝绒，抖搂满一大台面。任你褒贬挑剔，把嘴撇得瓢儿似的，店伙在一旁只是赔笑脸，不吭一口大气。多买少买，甚至不买，都没有关系，客人扬长而去，伙计恭送如仪。凡是殷实的正派的商店，所用的伙计都是科班学徒出身，从端尿盆捧夜壶起，学习至少三年，才有资格出任艰巨，更磨练一段时间才能站在柜台后面应付顾客，最后方能晃来晃去地招待来宾。那“和气生财”的作风是后天慢慢熏陶出来的。若是临时招聘的职员，他们的个性自然比较发达，谁还肯承认顾客至上?

从前饭馆的伙计也是训练有素的，大概都是山东人，不是烟台的就是济南的。一进门口就有人起立迎迓，“二爷来啦！”“三爷来啦！”客人排行第几，他都记得，因为这个古城流动户口很少，而且饭馆顾客喜欢责临他所习惯去的地方。点菜的时候，跑堂的会插嘴:“二爷，别吃虾仁，虾仁不新鲜！”他会提供情报:“鲫鱼是才打包的，一斤多重。”一阵磋商之后，恰到好处的菜单拟好了。等菜不来，客人不耐烦拿起筷子敲盘叮当声，在从前这是极严重的事，这表示招待不周。执事先生一听见敲盘声就要亲自出面道歉，随后有人打起门帘让客人看看那位值班跑堂的扛着铺盖走出大门——被辞退了。事实上他是从大门出去又从后门回来了。客人要用什么样的酒，不需开口，跑堂早打了电话给客人平素有交往的酒店:“××× 街的 × 二爷在我们这里，送三斤酒来。”二爷惯用的那种多少钱一斤的酒就送来了，没有错。客人临去的时候，由堂口直到账房，一路有人喝送客，像是官府喝道一般。到了后来才有高呼小账若干若干的习惯，不是为客人听了脸上光彩，是为了小账目公开预备聚在一起大家均分，防止私弊。以后世风日下如果小账太少，堂倌怪声怪调地报告数目，那就是有意的挖苦了，哪里还有半点礼貌？

不消说，最讲礼貌的是桅厂，桅厂即是制售棺木的商店。给老人家预订寿材，不失为有备无患之举，虽然不是愉快的事，交易的气氛却是愉快之极。掌柜的一团和气，领客去看木板，楠木的，杉木十三圆的，一副一副地看；他不劝你买，不催你买，更不怂恿你多看几具，也不张罗着给你送到府上，只是一味地随和。这真是模范商店！这种商店后来是否也沾染了时代的潮流，是否伙计也是直眉竖眼，冷若冰霜，拒人千里之外，就不得而知了。

同仁堂丸散膏丹天下闻名，柜台前永远是里三层外三层地挤满顾客，只消远远地把购药单高高举起，店伙看到单子上密密麻麻，便争着伸手来抢——因为他们的店规是伙计们按照实绩提成计酬。用不着排队，无所谓先来后到，大主顾先伺候，小生意慢慢来，也不是全无秩序。可怜挤在柜台前面的，尽是些闻名而来的乡巴佬！

买东西的人并不希冀什么礼遇，交易而来，成交而返，只要不遭白眼不惹闲气。逐什一之利的人也不必整日价堆着笑脸，除非他是天生的笑面虎。北平几度沧桑，往日的生活方式早已不可复见。我一听起有人谈到北平人的礼貌，便不免有今昔之感。

礼失而求诸野。在“野”的地方我倒是常受到礼貌的待遇。到银行去取款，行员一个个的都是盛装，男的打着领结，女的花枝招展，点头问讯，如遇故旧。把折子还给你，是用双手拿着递给你，不是老远地像掷铁环似的飞抛给你。如果是星期五，临去时还会祝你有一个快乐的周末；这一声祝语有好大的效力，真能使你有一个快乐的周末，还可能不止一个！有一次在一家杂货店给孩子买一只手表，半月后秒针脱落，不费任何唇舌就换了一只回来，而且店员连声道歉，说明如再出毛病仍可再换或是退款，一点也没有伤了和气。还有一回在超级市场买一个南瓜馅饼，回来切开一看却是苹果馅，也就胡乱吃了下去。过了一个月，又见标签为南瓜的馅饼，便叮问店员是否名副其实的南瓜馅饼，具以过去经验告之。店员不但没有愠意，而且大喜过望，自承以前的确有过一次张冠李戴的误失，只是标签贴错无法查明改正。“你是第二个前来指正我们的顾客，无以为敬，谨以这个南瓜馅饼奉赠。”相与呵呵大笑。这样的事随时随处皆可遇到，不算是好人好事，也不算是模范店员，没有人表扬。

为什么在野的地方一般人的表现反倒不野？我想没有方法可以解释，除非是他们的牛奶喝得多，睡觉睡得足。管子曰：“仓廪实则知礼节，衣食足则知荣辱。”这道理我们早就懂得。

穷

人生下来就是穷的，除了带来一口奶之外，赤条条的，一无所有，谁手里也没有握着两个钱。在稍稍长大一点，阶级渐渐显露，有的是金枝玉叶，有的是“杂和面口袋”。但是就大体而论，还是泥巴里打滚袖口上抹鼻涕的居多。儿童玩具本是少得可怜，而大概其中总还免不了一具“扑满”，瓦做的，像是陶器时代的出品，大的小的挂绿釉的都有，间或也有形如保险箱，有铁制的，这种玩具的用意就是警告孩子们，有钱要积蓄起来，免得在饥荒的时候受穷。穷的阴影在这时候就已罩住了我们！好容易过年赚来几块压岁钱，都被骗弄丢在里面了；丢进去就后悔，想从缝里倒出来是万难，用小刀拨也是枉然。积蓄是稍微有一点，穷还是穷。而且事实证明，凡是积在扑满里的钱，除了自己早早下手摔破的以外，大概后来就不知怎样就没有了，很少能在日后发生什么救苦救难的功效。等到再稍稍长大一点，用钱的欲望更大，看见什么都要流涎，手里偏偏是空空如也，那时候真想来一个十月革命。就是富家子也是一样，尽管是绮襦纨绔，他还是恨继承开始太晚。这时候他最感觉穷，虽然他还没认识穷。人在成年之后，开始面对着糊口问题，不但糊自己的口，还要糊附属人员的口；如果脸皮欠厚心地欠薄，再加上祖上是“忠厚传家诗书继世”的话，他这一生就休想能离开穷的掌握。人的一生，就是和穷挣扎的历史。和穷挣扎的一生，无论胜利或失败，都是惨。能不和穷挣扎，或于挣扎之余还有点闲工夫做些别的事，那人是有福了。

所谓穷，也是比较而言。有人天天喊穷，不是今天透支，就是明天举债，数目大得都惊人，然后指着身上衣服的一块补丁或是皮鞋上的一条小小裂缝作为他穷的铁证。这是寓阔于穷，文章中的反衬法。也有人量入为出，温饱无虞，可是又担心他的孩子将来自费留学的经费没有着落，于是于自我麻醉中陷入于穷的心理状态。若是西装裤的后方越磨越薄，由薄而破，由破而织，由织而补上一大块布，细针密缝，老远地看上去像是一个圆圆的箭靶（说也奇怪，人穷是先从裤子破起），那么，这个人可是真有些近于穷了。但是也不然，穷无止境。“大雪纷纷落，我往柴火垛，看你们穷人怎么过！”穷人眼里还有更穷的人。

穷也有好处。在优裕环境里生活着的人，外加的装饰与铺排太多，可以把他的本来面目掩没无遗，不但别人认不清他真的面目，往往对他发生误会（多半往好的方面误会），就是自己也容易忘记自己是谁。穷人则不然，他的褴褛的衣裳等于是开着许多窗户，可以令人窥见他的内容，他的荜门蓬户，尽管是穷气冒三尺，却容易令人发现里面有一个人。人越穷，越靠他本身的成色，其中毫无夹带藏掖。人穷还可落个清闲，既少“车马驻江干”，更不会有人来求谋事，讣闻请柬都不会常常上门，他的时间是他自己的。穷人的心是赤裸的，和别的穷人之间没有隔阂，所以穷人才最慷慨。金错囊中所余无钱，买房置地都不够，反正是吃不饱饿不死，落得来个爽快，求片刻的快意，此之谓“穷大手”。我们看见过富家弟兄析产的时候把一张八仙桌子劈开成两半，不曾看见两个穷人抢食半盂残羹剩饭。

穷时受人白眼是件常事，狗不也是专爱对着鹑衣百结的人汪汪吗？人穷则颈易缩，肩易耸，头易垂，须发许是特别长得快；擦着墙边逡巡而过，不是贼也像是贼。以这种姿态出现，到处受窘。所以人穷则往往自然地有一种抵抗力出现，是名曰：酸。穷一经酸化，便不复是怕见人的东西。别看我衣履不整，我本来不以衣履见长！人和衣服架子本来是应该有分别的。别看我囊中羞涩，我有所不取；别看我落魄无聊，我有所不为。这样一想，一股浩然之气火辣辣地从丹田升起，腰板自然挺直，胸膛自然凸出，徘徊啸傲，无往不宜。在别人的眼里，他是一块茅厕砖——臭而且硬，可是，人穷而不志短者以此，布衣之士而可以傲王侯者亦以此，所以穷酸亦不可厚非，他不得不如此。穷若没有酸支持着，它不能持久。

扬雄有逐贫之赋，韩愈有送穷之文，理直气壮地要与贫穷绝缘，反倒被穷鬼说服，改容谢过肃之上座，这也是酸极一种变化。贫而能逐，穷而能送，何乐而不为？逐也逐不掉，送也送不走，只好硬着头皮甘与穷鬼为伍。穷不是罪过，但也究竟不是美德，值不得夸耀，更不足以傲人。典型的穷人该是颜回，一箪食，一瓢饮，在陋巷，不改其乐。不改其乐当然是很好，箪食瓢饮究竟不大好，营养不足，所以颜回活到三十二岁短命死矣。孔子所说“饭疏食饮水，曲肱而枕之，乐亦在其中矣”。譬喻则可，当真如此就嫌其不大卫生。

怒

一个人在发怒的时候，最难看。纵然他平素面似莲花，一旦怒而变青变白，甚至面色如土，再加上满脸的筋肉扭曲，眦裂发指，那副面目实在不仅是可憎而已。俗语说，“怒从心上起，恶向胆边生”，怒是心理的也是生理的一种变化。人逢不如意事，很少不勃然变色的。年少气盛，一言不合，怒气相加，但是许多年事已长的人，往往一样的火发暴躁。我有一位姻长，已到杖朝之年，并且半身瘫痪，每晨必阅报纸，戴上老花镜，打开报纸，不久就要把桌子拍得山响，吹胡瞪眼，破口大骂。报上的记载，他看不顺眼。不看不行，看了怄气。这时候大家躲他远远的，谁也不愿逢彼之怒。过一阵雨过天晴，他的怒气消了。

诗云:“君子如怒，乱庶遄沮；君子如祉，乱庶遄已。”这是说有地位的人，赫然震怒，就可以收拨乱反正之效。一般人还是以少发脾气少惹麻烦为上。盛怒之下，体内血球不知道要伤损多少，血压不知道要升高几许，总之是不卫生。而且血气沸腾之际，理智不大清醒，言行容易逾分，于人于己都不相宜。希腊哲学家哀皮克蒂特斯说:“计算一下你有多少天不曾生气。在从前，我每天生气，有时每隔一天生气一次，后来每隔三四天生气一次；如果你一连三十天没有生气，就应该向上帝献祭表示感谢。”减少生气的次数便是修养的结果。修养的方法，说起来好难。另一位同属于斯多亚派的哲学家罗马的玛可斯·奥瑞利阿斯这样说:“你因为一个人的无耻而愤怒的时候，要这样的问你自己:‘那个无耻的人能不在这世界存在么？’那是不能的。不可能的事不必要求。”坏人不是不需要制裁，只是我们不必愤怒。如果非愤怒不可，也要控制那愤怒，使发而中节。佛家把“瞋”列为三毒之一，“瞋心甚于猛火”，克服瞋恚是修持的基本功夫之一。燕丹子说:“血勇之人，怒而面赤；脉勇之人，怒而面青；骨勇之人，怒而面白；神勇之人，怒而色不变。”我想那神勇是从苦行修炼中得来的。生而喜怒不形于色，那天赋实在太厚了。

清朝初叶有一位李绂，著《穆堂类稿》，内有一篇《无怒轩记》，他说:“吾年逾四十，无涵养性情之学，无变化气质之功，因怒得过，旋悔旋犯，惧终于忿泪而已，因以‘无怒’名轩。”是一篇好文章，而其戒谨恐惧之情溢于言表，不失读书人的本色。

懒

人没有不懒的。

大清早，尤其是在寒冬，被窝暖暖的，要想打个挺就起床，真不容易。荒鸡叫，由他叫。闹钟响，何妨按一下纽，在床上再赖上几分钟。白香山大概就是一个惯睡懒觉的人，他不讳言“日高睡足犹慵起，小阁重衾不怕寒”。他不仅懒，还馋，大言不惭地说：“慵馋还自哂，快乐亦谁知？”白香山活了七十五岁，可是写了两千七百九十首诗，早晨睡睡懒觉，我们还有什么说的？

嬾（懒的异体字——编者注）字从女，当初造字的人好像是对于女性存有偏见。其实勤与懒与性别无关。历史人物中，疏懒成性者嵇康要算是一位。他自承：“不涉经学，性复疏懒，筋驽肉缓，头面常一月十五日不洗，不大闷痒，不能沐也。每常小便，而忍不起，令胞中略转，乃起耳。”同时，他也是“卧喜晚起”之徒，而且“性复多蚤，把搔无已”。他可以长期地不洗头、不洗脸、不洗澡，以至于浑身生虱！和扪虱而谈的王猛都是一时名士。白居易“经年不沐浴，尘垢满肌肤”，还不是由于懒？苏东坡好像也够邋遢的，他有“老来百事懒，身垢犹念浴”之句，懒到身上蒙垢的时候才做沐浴之想。女人似不至此，尚无因懒而昌言无隐引以自傲的。主持中馈的一向是女人，缝衣捣砧的也一向是女人。“早起三光，晚起三慌”是从前流行的女性自励语，所谓三光、三慌是指头上、脸上、脚上。从前的女人，夙兴夜寐，没有不患睡眠不足的，上上下下都要伺候周到，还要揪着公鸡的尾巴就起来，来照顾她自己的“妇容”。头要梳，脸要洗，脚要裹。所以朝晖未上就花朵盛开的牵牛花，别称为“勤娘子”，懒婆娘没有欣赏的份，大概她只能观赏昙花。时到如今，情形当然不同，我们放眼观察，所谓前进的新女性，哪一个不是生龙活虎一般，主内兼主外，集家事与职业于一身？世上如果真有所谓懒婆娘，我想其数目不会多于好吃懒做的男子汉。北平从前有一个流行的儿歌：“头不梳，脸不洗，拿起尿盆儿就舀米。”是夸张的讽刺。懒（嬾）字从女，有一点冤枉。

凡是自安于懒的人，大抵有他或她的一套想法。可以推给别人做的事，何必自己做？可以拖到明天做的事，何必今天做？一推一拖，懒之能事尽矣。自以为偶然偷懒，无伤大雅。而且世事多变，往往变则通；在推拖之际，情势起了变化，可能一些棘手的问题会自然解决。“不需计较苦劳心，万事元来有命！”好像有时候馅饼是会从天上掉下来似的。这种打算只有一失，因为人生无常，如石火风灯，今天之后有明天，明天之后还有明天，可是谁也不知道自己还有没有明天。即使命不该绝，明天还有明天的事，事越积越多，越多越懒得去做。“虱多不痒，债多不愁”，那是自我解嘲！懒人做事，拖拖拉拉，到头来没有不丢三落四狼狈慌张的。你懒，别人也懒，一推再推，推来推去，其结果只有误事。

懒不是不可医，但须下手早，而且须从小处着手。这事需劳做父母的帮一把手。有一家三个孩子都贪睡懒觉，遇到假日还理直气壮地大睡，到时候母亲拿起晒衣服用的竹竿在三张小床上横扫，三个小把戏像鲤鱼打挺似的翻身而起。此后他们养成了早起的习惯，一直到大。父亲房里有几份报纸，欢迎阅览，但是他有一个怪毛病，任谁看完报纸之后，必须折好叠好放还原处，否则他就大吼大叫。于是三个小把戏触类旁通，不但看完报纸立即还原，对于其他家中日用品也不敢随手乱放。小处不懒，大事也就容易勤快。

我自己是一个相当的懒的人，常走抵抗最小的路，虚掷不少的光阴。“架上非无书，眼慵不能看”（白香山句）。等到知道用功的时候，徒惊岁晚而已。英国十八世纪的绥夫特，偕仆远行，路途泥泞，翌晨呼仆擦洗他的皮靴。仆有难色，他说：“今天擦洗干净，明天还是要泥污。”绥夫特说：“好，你今天不要吃早餐了。今天吃了，明天还是要吃。”唐朝的高僧百丈禅师，以“一日不作，一日不食”自励，每天都要劳动做农事，至老不休。有一天他的弟子们看不过，故意把他的农具藏了起来，使他无法工作，他于是真个地饿了自己一天没有进食。得道的方外的人都知道刻苦自律。清代画家石溪和尚在他一幅“溪山无尽图”上题了这样一段话，特别令人警惕：

> 大凡天地生人，宜清勤自持，不可懒惰。若当得个懒字，便是懒汉，终无用处。……残衲住牛首山房，朝夕焚诵，稍余一刻，必登山选胜，一有所得，随笔作山水数幅或字一段，总之不放闲过。所谓静生动，动必作出一番事业。端教一个人立于天地间无愧。若忽忽不知，懒而不觉，何异草木！

一株小小的含羞草，尚且不是完全的“忽忽不知，懒而不觉！”若是人而不如小草，羞！羞！羞！

男人

男人令人首先感到的印象是脏！当然，男人当中亦不乏刷洗干净洁身自好的，甚至还有油头粉面衣冠楚楚的，但大体讲来，男人消耗肥皂和水的数量要比较少些。某一男校，对于学生洗澡是强迫的，入浴签名，每周计核，对于不曾入浴的初步惩罚是宣布姓名，最后的断然处置是定期强迫入浴，并派员监视；然而日久玩生，签名簿中尚不无浮冒情事。有些男人，西装裤尽管挺直，他的耳后脖根，土壤肥沃，常常宜于种麦！袜子手绢不知随时洗涤，常常日积月累，到处塞藏；等到无可使用时，再从那一堆污垢存货当中拣选比较干净的去应急。有些男人的手绢，拿出来硬像是土灰面制的百果糕，黑糊糊黏成一团，而且内容丰富。男人的一双脚，多半好像是天然地具有泡菜霉干菜再加糖蒜的味道，所谓“濯足万里流”是有道理的，小小的一盆水确是无济于事；然而多少男人却连这一盆水都吝而不用，怕伤元气。两脚既然如此之脏，偏偏有些“逐臭之夫”喜于脚上藏垢纳污之处往复挖掘，然后嗅其手指，引以为乐！多少男人洗脸都是专洗本部，边疆一概不理；洗脸完毕，手背可以不湿。有的男人是在结婚后才开始刷牙。“扪虱而谈”的是男人。还有更甚于此者，曾有人当众搔背，结果是从袖口里面摔出一只老鼠！除了不可挽救的脏相之外，男人的脏大概是由于懒。

对了！男人懒。他可以懒洋洋坐在旋椅上，五官四肢，连同他的脑筋（假如有），一概停止活动，像呆鸟一般；“不闻夫博弈者乎……”那段话是专对男人说的。他若是上街买东西，很少时候能令他的妻子满意；他总是不肯多问几家，怕跑腿，怕费话，怕讲价钱。什么事他都嫌麻烦，除了指使别人替他做的事之外，他像残废人一样，对于什么事都愿坐享其成，而名之曰“室家之乐”。他提前养老，至少提前三二十年。

紧毗连着“懒”的是“馋”。男人大概有好胃口的居多。他的嘴，用在吃的方面的时候多，他吃饭时总要在菜碟里发现至少一英寸见方的半英寸厚的肉，才能算是没有吃素。几天不见肉，他就喊“嘴里要淡出鸟儿来”！若真个三月不知肉味，怕不要淡出毒蛇猛兽来！有一个人半年没有吃鸡，看见了鸡毛帚就流涎三尺。一餐盛馔之后，他的人生观都能改变，对于什么都乐观起来。一个男人在吃一顿好饭的时候，他脸上的表情硬是感谢上天待人不薄；他饭后衔着一根牙签，红光满面，硬是觉得可以骄人。主中馈的是女人，修食谱的是男人。

男子多半自私。他的人生观中有一基本认识，即宇宙一切均是为了他的舒适而安排下来的。除了在做事赚钱的时候不得不忍气吞声地向人奴颜婢膝外，他总是要做出一副老爷相。他的家是他的国度，他在家里称王。他除了为赚钱而吃苦努力外，他是一个“伊比鸠派”，他要享受。他高兴的时候，孩子可以骑在他的颈上，他引颈受骑，他可以像狗似的满地爬；他不高兴时，他看着谁都不顺眼，在外面受了闷气，回到家里来加倍地发作。他不知道女人的苦处。女人对于他的殷勤委曲，在他看来，就如同犬守户鸡司晨一样稀松平常，都是自然现象。他说他爱女人，其实他不是爱，他是享受女人。他不问他给了别人多少，但是他要在别人身上尽量榨取。他觉得他对女人最大的恩惠，便是把赚来的钱全部或部分拿回家来，但是当他把一卷卷的钞票从衣袋里掏出来的时候，他的脸上的表情是骄傲的成分多，亲爱的成分少，好像是在说：“看我！你行么？我这样待你，你多幸运！”他若是感觉到这里不复是他的乐园，他便有多样的借口不回到家里来。他到处云游，他另辟乐园。他有聚餐会，他有酒会，他有桥会，他有书社画会棋会，他有夜会，最不济的还有个茶馆。他的享乐的方法太多。假如轮回之说不假，下世侥幸依然投胎为人，很少男人情愿下世做女人的。他总觉得这一世生为男身，而享受未足，下一世要继续努力。

“群居终日，言不及义”原是人的通病，但是言谈的内容，却男女有别。女人谈的往往是“我们家的小妹又病了！”“你们家每月开销多少？”之类；男人的是另一套，普通的方式，男人的谈话，最后不谈到女人身上便不会散场。这一个题目对男人最有兴味。如果有一个桃色案他们唯恐其和解得太快。他们好议论人家的隐私，好批评别人的妻子的性格相貌。“长舌男”是到处有的，不知为什么这名词尚不甚流行。

女人

有人说女人喜欢说谎；假如女人所捏撰的故事都能抽取版税，便很容易致富。这问题在什么叫作说谎。若是运用小小的机智，打破眼前小小的窘僵，获取精神上小小的胜利，因而牺牲一点点真理，这也可以算是说谎，那么，女人确是比较地富于说谎的天才。有具体的例证！你没有陪过女人买东西吗？尤其是买衣料，她从不干干脆脆地说要做什么衣，要买什么料，准备出多少钱。她必定要东挑西拣，翻天覆地，同时口中念念有词，不是嫌这匹料子太薄，就是怪那匹料子花样太旧；这个不禁洗，那个不禁晒；这个缩头大，那个门面窄，批评得人家一文不值。其实，满不是这样一回事，她只是嫌价码太贵而已！如果价钱便宜，其他的缺点全都不成问题，而且本来不要买的也要购储起来。一个女人若是因为炭贵而不生炭盆，她必定对人解释说：“冬天生炭盆最不卫生，到春天容易喉咙痛！”屋顶渗漏，塌下盆大的灰泥，在未修补之前，女人便会向人这样解释：“我预备在这地方安装电灯。”自己上街买菜的女人，常常只承认散步和呼吸新鲜空气是她上市的唯一理由。艳羡汽车的女人常常表示她最厌恶汽油的臭味。坐在中排看戏的女人常常说前排的头等座位最不舒适。一个女人馈赠别人，必说：“实在买不到什么好的……”其实这东西根本不是她买的，是别人送给她的。一个女人表示愿意陪你去上街走走，其实是她顺便要买东西。总之，女人总欢喜拐弯抹角的，放一个小小的烟幕，无伤大雅，颇占体面。这也是艺术，王尔德不是说过“艺术即是说谎”么？这些例证还只是一些并无版权的谎话而已。

女人善变，多少总有些哈姆雷特式，拿不定主意；问题大者如离婚结婚，问题小者如换衣换鞋，都往往在心中经过一读二读三读，决议之后再复议，复议之后再否决。女人决定一件事之后，还能随时做一百八十度的大转弯，做出那与决定完全相反的事，使人无法追随。因为变得急速，所以容易给人以“脆弱”的印象。莎士比亚有一名句：“‘脆弱’呀，你的名字叫作‘女人’！”但这脆弱，并不永远使女人吃亏。越是柔韧的东西越不易摧折。女人不仅在决断上善变，即便是一个小小的别针位置也常变，午前在领扣上，午后就许移到了头发上。三张沙发，能摆出若干阵势；几根头发，能梳出无数花头。讲到服装，其变化之多，常达到荒谬的程度。外国女人的帽子，可以是一根鸡毛，可以是半只铁锅，或是一个畚箕。中国女人的袍子，变化也就够多，领子高的时候可以使她像一只长颈鹿，袖子短的时候恨不得使两腋生风；至于钮扣盘花，滚边镶绣，则更加是变幻莫测。“上帝给她一张脸，她能另造一张出来。”“女人是水做的”，是活水，不是止水。

女人善哭。从一方面看，哭常是女人的武器，很少人能抵抗她这泪的洗礼。俗语说“一哭二睡三上吊”，这一哭确实其势难当。但从另一方面看，哭也常是女人的内心的“安全瓣”。女人的忍耐的力量是伟大的，她为了男人，为了小孩，能忍受难堪的委屈。女人对于自己的享受方面，总是属于“斯多亚派”的居多。男人不在家时，她能立刻变成为素食主义者，火炉里能爬出老鼠；开电灯怕费电，再关上又怕费开关。平素既已极端刻苦，一旦精神上再受刺激，便忍无可忍，一腔悲怨天然地化作一把把的鼻涕眼泪，从“安全瓣”中汩汩而出，腾出空虚的心房，再来接受更多的委屈。女人很少破口骂人（骂街便成泼妇，其实甚少），很少揎袖挥拳，但泪腺就比较发达。善哭的也就常常善笑，迷迷的笑，吃吃的笑，格格的笑，哈哈的笑；笑是常驻在女人脸上的，这笑脸常常成为最有效的护照。女人最像小孩，她能为了一个滑稽的姿态而笑得前仰后合，肚皮痛，淌眼泪，以至于翻筋斗！哀与乐都像是常川有备，一触即发。

女人的嘴，大概是用在说话方面的时候多。女孩子从小就往往口齿伶俐，就是学外国语也容易琅琅上口，不像嘴里含着一个大舌头。等到长大之后，三五成群，说长道短，声音脆，嗓门高，如蝉噪，如蛙鸣，真当得好几部鼓吹！等到年事再长，万一堕入“长舌”型，则东家长，西家短，飞短流长，搬弄多少是非，惹出无数口舌；万一堕入“喷壶嘴”型，则琐碎繁杂，絮聒唠叨，一件事要说多少回，一句话要说多少遍，如喷壶下注，万流齐发，当者披靡，不可向迩！一个人给他妻子买一件皮大衣，朋友问他：“你是为使她舒适吗？”那人回答说：“不是，为使她少说些话！”

女人胆小。看见一只老鼠而当场昏厥，在外国不算是奇闻。中国女人胆小不至如此，但是一声霹雳使得她拉紧两个老妈子的手而战栗不止，倒是确有其事。这并不是做作，并不是故意在男人面前做态，使他有机会挺起胸脯说：“不要怕，有我在！”她是真怕。在黑暗中或荒僻处，没有人，她怕；万一有人，她更怕！屠牛宰羊，固然不是女人的事；杀鸡宰鱼，也不是不费手脚。胆小的原故，大概主要的是体力不济。女人的体温似乎较低一些，有许多女人怕发胖而食无求饱，营养不足；再加上怕臃肿而衣裳单薄，到冬天瑟瑟打战。袜薄如蝉翼，把小腿冻得作“浆米藕”色，两只脚放在被里一夜也暖不过来；双手捧热水袋，从八月捧起，捧到明年五月，还不忍释手。抵抗饥寒之不暇，焉能望其胆大。

女人的聪明，有许多不可及处，一根棉线，一下子就能穿入针孔，然后一下子就能在线的尽头处打上一个结子，然后扯直了线在牙齿上砰砰两声，针尖在头发上擦抹两下，便能开始解决许多在人生中并不算小的苦恼，例如缝上衬衣的扣子，补上袜子的破洞之类。至于几根篾棍，一上一下地编出多少样物事，更是令人叫绝。有学问的女人，创辟“沙龙”，对任何问题能继续谈论至半小时以上，不但不令人入睡，而且令人疑心她是内行。

计程车

观光客（包括洋人与华裔洋人）来此观光，临去时，有些人总是爱问他们有何感想。其实何需问。其感想如何，我们早已耳熟能详，其中有一项几乎是每人都会提到的：“交通秩序太乱，计程车横冲直撞，坐上去胆战心惊。”言下犹有余悸的样子。我们听了惭愧。许多国家都比我们强，交通秩序井然，开车的较有礼貌。但是，我们自己的国家究竟是我们自己的国家。

尽管我们的计程车不满人意，但不要忘记计程车的前一代的三轮车，更前一代的人力车。居住过上海租界的人应能记得，高大的外国水兵跷起腿坐在人力车上，用一根小木棒敲着飞奔的人力车夫的头，指挥他左转右转，把人当畜生看待，其间可有丝毫礼貌？居住过重庆的人应能记得，人力车过了两路口冲着都邮街大斜坡向东急行，猛然间车夫为了省力将车把向上一扬，登时车夫悬吊在半空中，两脚乱蹬而不着地，口里大喊大叫，名曰“钓鱼”，坐在车上的人犹如御风而行，大气都不敢喘，岂只是胆战心惊？三轮脚踏车，似乎是较合于人道，可是有一阵子我每日从德惠街到洛阳街，那段路可真不短。有一回遇到台风放雨尾，三轮车好像是扯着帆逆风而行，足足走了将近两个小时，进退不得，三轮车夫累个半死。如今车有四轮，而且马达代替人工，还不知足？

不知足才能有进步。对。不过进步是要一步一步走的，否则便是“大跃进”了。不会走，休想跳。要追赶须从后面加紧脚步向前赶，“迎头赶上”怕没有那样的便宜事。

外国的计程车大抵都是较高级的车，钻进去不至于碰脑袋；坐下来不至于伸不开腿；走起来平平稳稳，不至于蹦蹦跳跳。即使不是高级车，多数是干干净净的。开车的人衣履整齐，从没有赤脚穿拖鞋或是穿背心短裤的。但是他们的计程车并不满街跑，不是招手就来的。如果大清早到飞机场，有时候还须前一晚预约，而且车资之高，远在我们的之上。初履日本东京的人，坐计程车由机场到市内，看着计程表由一千两千还往上跳，很少人心脏不跟着猛跳的。我们的计程车，全是小型低级的，且不要问什么自制率。就算它是国货吧，这不足为耻（我们有的是高级大轿车，那是达官巨贾用的，小民只合坐小车）。一个五呎六吋高的人坐在车里，头顶就会和车顶摩擦。车垫用手一摸，沙楞楞的全是尘土，谁知道哪里来的这么多灰尘。不过若能佝偻着身子钻进车厢，拳着腿坐下，这也就很不错了。我们的计程车会进步的，总有一天会进步到数目渐渐减少，价格渐渐提高到大家坐不起而不得不自己买车开车。现在计程车满街跑，应该算是畸形的全盛时代，不会久。

计程车司机劫财施暴的事偶有所闻，究竟是其中的极少数。我个人所遇到的令人恼火的司机只有下述几个类型。长头发一脸渍泥，服装不整；当然士大夫也有囚首垢面的，对计程车司机也就不必深责。曾经有一阵子要司机都穿制服；若要统一服装，没有希特勒一般的蛮干的力量能办得通吗？有时候他口里叼着一根纸烟开车，风吹火星直扑后座，我请他不要吸烟，他理都不理；再请求他一遍他就赌气把烟向窗外一丢，顺势啐一口，唾沫星子飞到我脸上来。又有些个雅好音乐，或是误会乘客都是喜欢音乐的，把音响开得震耳欲聋（已经相当聋的也吃不消），而所播唱的无非是那些靡靡之音。我请他把声音放小一些，他勉强从命，老大不愿意地作象征性的调整；我请他干脆关掉，这下子他可光火了，他说：“这车子是我的！”显然地他忘记了付车资的人暂时也有一点权利可以主张。但是我没有作声，我报以“沉默的抗议”。更有一回，司机以为我是人生地不熟的外来客，南辕北辙地大兜圈子。我发现有异，加以指正。他恼羞成怒，立刻脸红脖子粗，猛踩油门，突转硬弯，在并不十分空荡的路面上蛇行急驶，遇到红灯表演紧急刹车。我看他并没有与我偕亡的意思，大概只是要我受一点刺激，紧张一下而已。为了使他满足，我紧握把手，故作紧张状，好像是准备要和他同归于尽的样子。遇到这样的事，无需惊异，天下是有这等样的人，不过偶然让我遇到罢了。从前人说，同搭一条船便是缘。坐计程车，亦然。遇上什么样的司机也是前缘注定，没得说。

绝大多数司机是和善的。尤其是年纪比较大些的，胖胖敦敦的，一脸的老实相，有些个还颇为健谈。

“老先生哪里人呀？”

“北平。”

“我一听就知道啦。”

“您高寿啦？”

“还小呢，八十出头。”

“喝！”他吓一跳，“保养得好！”

就这样攀谈下去，一直没个完，到我下车为止。更有些个善于看相，劈头就问：“您在什么地方上班？”

我没作声。他在反光镜中再瞄我一眼，自言自语地说：“不像是做官的。”我哼了一声。他又补充一句：“也不像做买卖的。”他逗起了我的好奇，我就反问：

“你说我像是干什么的呢？”

“大约是教书的吧？”我听到心头一凛，被他一语摸清了我的底牌。退休了二十年，还没有褪尽穷酸气。

又有一次我看见车里挂着一张优良驾驶奖状，好像是说什么多少年未出事故。我的几句赞扬引出司机的一番不卑不亢的话：“干我们这一行的，唉，要说行车安全，其实我们只有百分之五十的把握。”说到这里话一顿，他继续说：“另外百分之五十是操在别人手里。”我深讳其言，其实无论干哪一行，要成功当然靠自己，然而也要看因缘。

Part 5

相思便是春常驻

人与疲马羁禽无异，

高飞远走，

疲于津梁，

不免怀念自己的旧家园。

旧

“我爱一切旧的东西——老朋友，旧时代，旧习惯，古书，陈酿；而且我相信，陶乐赛，你一定也承认我一向是很喜欢一位老妻。”这是高尔斯密的名剧《委曲求全》（She Stoops to Conquer）中那位守旧的老头儿哈德卡索先生说的话。他的夫人陶乐赛听了这句话，心里有一点高兴，这风流的老头子还是喜欢她，但是也不是没有一点愠意，因为这一句话的后半段说透了她的老。这句话的前半段没有毛病，他个人有此癖好，干别人什么事？而且事实上有很多人颇具同感，也觉得一切东西都是旧的好，除了朋友、时代、习惯、书、酒之外，有数不尽的事物都是越老越古越旧越陈越好。所以有人把这半句名言用花体正楷字母抄了下来，装在玻璃框里，挂在墙上，那意思好像是在向喜欢除旧布新的人挑战。

俗语说，“人不如故，衣不如新”。其实，衣着之类还是旧的舒适。新装上身之后，东也不敢坐，西也不敢靠，战战兢兢。我看见过有人全神贯注在他的新西装裤管上的那一条直线，坐下之后第一桩事便是用手在膝盖处提动几下，生恐膝部把他的笔直的裤管撑得变成了口袋。人生至此，还有什么趣味可说！看见过爱因斯坦的小照么？他总是披着那一件敞着领口胸怀的松松大大的破夹克，上面少不了烟灰烧出的小洞，更不会没有一片片的汗斑油渍，但是他在这件破旧衣裳遮盖之下优哉游哉地神游于太虚之表。《世说新语》记载着："桓车骑不好着新衣，浴后妇故进新衣与，车骑大怒，催使持去，妇更持还，传语云，'衣不经新，何由得故？'桓公大笑着之。"桓冲真是好说话，他应该说："有旧衣可着，何用新为？"也许他是为了保持阃内安宁，所以才一笑置之。"杀头而便冠"的事情，我还没有见过；但是"削足而适履"的行为，则颇多类似的例证。一般人穿的鞋，其制作设计很少有顾到一只脚是有五个趾头的，穿这样的鞋虽然无需"削"足，但是我敢说五个脚趾绝对缺乏生存空间。有人硬是觉得，新鞋不好穿，敝履不可弃。

"新屋落成"，金圣叹列为"不亦快哉"之一，快哉尽管快哉，随后那"树小墙新"的一段暴发气象却是令人难堪。"欲存老盖千年意，为觅霜根数寸栽"，但是需要等待多久！一栋建筑要等到相当破旧，才能有"树林阴翳，鸟声上下"

之趣，才能有“苔痕上阶绿，草色入帘青”之乐。西洋的庭园，不时地要剪草，要修树，要打扮得新鲜耀眼，我们的园艺的标准显然地有些不同，即使是帝王之家的园囿也要在亭阁楼台画栋雕梁之外安排一个“濠濮间”“谐趣园”，表示一点点陈旧古老的萧瑟之气。至于讲学的上庠，要是墙上没有多年蔓生的常春藤，基脚上没有远年积留的苔藓，那还能算是第一流么？

旧的事物之所以可爱，往往是因为它有内容，能唤起人的回忆。例如阳历尽管是我们正式采用的历法，在民间则阴历仍不能废，每年要过两个新年，而且只有在旧年才肯“新桃换旧符”。明知地处亚热带，仍然未能免俗要烟熏火燎的制造常常带有尸味的腊肉。端午的龙舟粽子是不可少的，有几个人想到那“露才扬己怨怼沉江”的屈大夫？还不是旧俗相因虚应故事？中秋赏月，重九登高，永远一年一度地引起人们的不可磨灭的兴味。甚至腊八的那一锅粥，都有人难以忘怀。至于供个人赏玩的东西，当然是越旧越有意义。一把宜兴砂壶，上面有陈曼生制铭镌句，纵然破旧，气味自然高雅。“樗蒲锦背元人画，金粟笺装宋版书”更是足以使人超然远举，与古人游。我有古钱一枚，“临安府行用，准参百文省”，把玩之余不能不联想到南渡诸公之观赏西湖歌舞。我有胡桃一对，祖父常常放在手里揉动，噶咯噶咯地作响，后来又在我父亲手里揉动，也噶咯噶咯地响了几十年，圆滑红润，有如玉髓，真是先人手泽，现在轮到在我手里噶咯噶咯地响了，好几次险些儿被我的儿孙辈敲碎取出桃仁来吃！每一个破落户都可以拿出几件旧东西来，这是不足为奇的事。国家亦然。多少衰败的古国都有不少的古物，可以令人惊羡，欣赏，感慨，唏嘘！

旧的东西之可留恋的地方固然很多，人生之应该日新又新的地方亦复不少。对于旧日的典章文物我们尽管喜欢赞叹，可是我们不能永远盘桓在美好的记忆境界里，我们还是要回到这个现实的地面上来。在博物馆里我们面对商周的吉金，宋元明的书画瓷器，可是溜酸双腿走出门外便立刻要面对挤死人的公共汽车，丑恶的市招，和各种饮料一律通用的玻璃杯！

旧的东西大抵可爱，唯旧病不可复发。诸如夜郎自大的脾气，奴隶制度的残余，懒惰自私的恶习，蝇营狗苟的丑态，畸形病态的审美观念，以及罄竹难书的诸般病症，皆以早去为宜。旧病才去，可能新病又来，然而总比旧疴新恙一时并发要好一些。最可怕的是，倡言守旧，其实只是迷恋骸骨；唯新是骛，其实只是摭拾皮毛，那便是新旧之间两俱失之了。

爆竹

爆竹，顾名思义，是把一截竹竿放在火里使之发出爆声。《荆楚岁时记》："正月一日……鸡鸣而起，先于庭前爆竹，以辟山臊恶鬼。"山臊是什么？《神异经》云："西方山中有人焉。其长尺余，一足，性不畏人，犯之则令人寒热，名曰山臊。"这一尺多高的小怪物及其他恶鬼，真是胆小，怕听那一声爆竹！而且山臊恶鬼也蠢得很，一定要在那三元行始之日担惊受怕地挨门逐户去听那爆竹响！

由于我们的三大发明之一的火药出现．爆竹乃向前迈一大步，不用竹而改用纸，实以火药，比投竹于火的爆烨之声要响亮得多。名之曰爆仗，可能是竹与仗的一声之转。爆仗便于取携施放，其用途乃大为推广，时至今日，除了一声除旧之外，任何季节大典或细端小故皆可随时随地试爆，法所不禁。娶媳妇当然要放，出殡发丧也要放，店铺开张要放，股役入营也要放，竞选游街要放，陪礼遮羞也要放，破土上梁要放，小孩打球赢了也要放……而且放的不是单个的小小的爆仗，是千头百子的旺鞭，震地价响！响声起后，万众欢腾，也许有高卧未起的人，或胆比山臊还小的人，或耳鼓膜不大健全的人，会暗地里发出一声诅咒，但被那鞭声掩了，没有人听得见。一串鞭照例是殿以一声巨响，表示告一段落，窄街小巷之间，往往硝烟密布，等着微风把它吹散，同时邻人、路人当然也不免每人帮忙吸取几口，最多是呛得咳嗽一阵。爆仗壳早已粉身碎骨狼藉满地，难得有人肯不辞劳苦打扫一番，时常是风吹雨淋，一部分转入沟壑，以为异日下水道阻塞之一助。

记得儿歌有云："新年来到，糖瓜祭灶，姑娘要花，小子要炮，老头子要买新毡帽，老婆子要吃大花糕。"小子要炮，就是要放爆竹。予小子就从来没有玩过炮。"大麻雷子"的轰然巨响能吓死人，我固不敢动它；即使最小的"滴滴金儿"最多刺的一声，我也不敢碰；要我拿着一根点着了的香去放，我也手颤。院子中间由别人放一两只"太平花"，我在一旁观看，那火树银花未尝不可一顾，但是北地苦寒，要我久立冻得发抖，我就敬谢不敏了。稍长，在学校里每逢国庆必放烟火，大家都集在操场里。先是一阵"炮打镫""二踢脚子"，最后大轴子戏是放"盒子"。盒子高高地在木架上悬起，点放之后，一层层地翻开挂落下来，无非是一些通俗故事，辉煌灿烂，蔚为奇观。最后，照例的是“中华民国万岁”几个大字，在熊熊的火焰之中燃烧着，这时候大家一起鼓掌欢呼，礼成，退。

我家世居北平，未能免俗。零售爆竹的地方是在各茶叶铺里，通常是在店内临时设立摊子贩卖，营业所得是伙计们过年的外快。我家里的爆竹，例由先君统筹统办，不假孩子们之手。年关将届之时，家君就到琉璃厂九隆号去采办。九隆号是北平最老的爆竹制造厂，店主郑七嫂和我还有一点亲戚的关系，我应称为舅妈。九隆在琉璃厂西头路北，小小的门面一间，可是生意做得很大，一本万利。半年没有生意，全家动员制作爆竹，干了存着，年终发售。家君采办的货色，相当齐全，我印象较深的是“飞天七响”“炮打襄阳”，尤其是“炮打襄阳”，蓬然一声，火弹飞升，继之以无数小灯纷纷腾射，状至美观，而且还有一点历史的意义。以黑色火药及石弹为炮，始自元人，攻打襄阳时即是使用此一利器。观赏“炮打襄阳”时，就想到我们发明火药虽非停留在儿童玩具阶段，实际上亦使用于战争，唯以后未能进步而已。几小时所见爆竹烟火花色甚多，唯“旗火”则不准进我家门，因为容易引起火灾。我如今看到爆竹，望望然去之，我觉得爆竹远不如新毡帽之重要。若是在街上行走，有顽童从暗处抛掷一枚爆竹到我脚下，像定时炸弹似的爆发，我在心里卜卜跳之际也会报以微笑，怜悯他没有较好的家教与玩具。

七月四日是美国独立纪念日，就算是他们的国庆，前一星期在街道上就有征候。不是悬灯结彩，也不是搭临时的三合板牌楼，而是街边隙地建立一些因陋就简的木舍，里面陈列着稀稀拉拉的一些爆竹。在纪念日前夕，就有成群的孩子围在那里挑挑拣拣地购买。木舍盖在隙地，大有道理。我在九隆亲见一位老者。口衔雪茄走进店里，店主大骇，来不及开言就把他推出店外，然后才向他解释点燃的雪茄就像划着了的火柴。我在旁观，也不由得一怔。美国平日禁止燃放爆竹。只有在纪念日前后才解禁数天，所以孩子们憋一年才能放肆一次。婚丧大事之类，美国人静悄悄地真不知是怎样过的！那些木舍，我也曾挤进去参观，尽是些小品，甚少巨制，而且质地粗糙，不堪入目。可是我伸手拿起一看，大部分是我们的外销品。我的观感登时又有改变，好像是他乡遇故知，另有一番亲热。只是盼望我们的外销品能有大手笔，不尽是小儿科。

窗外

窗子就是一个画框，只是中间加些棂子，从窗子望出去，就可以看见一幅图画。那幅图画是妍是媸，是雅是俗，是闹是静，那就只好随缘。我今寄居海外，栖身于“白屋”楼上一角，临窗设几，作息于是，沉思于是，只有在抬头见窗的时候看到一幅幅的西洋景。现在写出窗外所见，大概是近似北平天桥之大金牙的拉大篇吧？

“白屋”是地地道道的一座刷了白颜色油漆的房屋，既没有白茅覆盖，也没有外露木材，说起来好像是《韩诗外传》里所谓的“穷巷白屋”，其实只是一座方方正正的见棱见角的美国初期形式的建筑物。我拉开窗帘，首先看见的是一块好大好大的天。天为盖，地为舆，谁没看见过天？但是，不，以前住在人烟稠密天下第一的都市里，我看见的天仅是小小的一块，像是坐井观天，迎面是楼，左面是楼，右面是楼，后面还是楼；楼上不是水塔，就是天线，再不然就是五色缤纷的晒洗衣裳。井底蛙所见的天只有那么一点点。“白屋”地势荒僻，眼前没有遮挡，尤其是东边隔街是一个小学操场，绿草如茵，偶然有些孩子在那里蹦蹦跳跳；北边是一大块空地，长满了荒草，前些天还绽出一片星星点点的黄花，这些天都枯黄了，枯草里有几株参天的大树，有枞有枫，都直挺挺地稳稳地矗立着；南边隔街有两家邻居；西边也有一家。有一天午后，小雨方住，蓦然看见天空一道彩虹，是一百八十度完完整整的清清楚楚的一条彩带，所谓虹饮江皋，大概就是这个样子。虹销雨霁的景致，不知看过多少次，却没看过这样规模壮阔的虹。窗外太空旷了，有时候零雨潸潸，竟不见雨脚，不闻雨声，只见有人撑着伞，坡路上的水流成了渠。

路上的汽车往来如梭，而行人绝少。清晨有两个头发斑白的老者绕着操场跑步，跑得气咻咻的，不跑完几个圈不止，其中有一个还有一条大黑狗做伴。黑狗除了运动健身之外，当然不会轻易放过一根电线杆子而不留下一点记号，更不会不选一块芳草鲜美的地方施上一点肥料。天气晴和的时候常有十八九岁的大姑娘穿着斜纹布蓝工裤，光着脚在路边走，白皙的两只脚光光溜溜的，脚底板踩得脏兮兮；路上万一有个图钉或玻璃碴之类的东西，不知如何是好？日本的武者小路实笃曾经说起：“传有久米仙人者，因逃情，入山苦修成道。

一日腾云游经某地，见一浣纱女，足胫甚白，目眩神驰，凡念顿生，飘忽之间已自云头跌下。”（见周梦蝶诗《无题》附记）我不会从窗头跌下，因为我没有目眩神驰。我只是想：裸足走路也算是年轻一代之反传统反文明的表现之一，以后恐怕还许有人要手脚着地爬着走，或索性倒竖蜻蜓用两只手走路，岂不更为彻底更为前进？至于长头发大胡子的男子现在已经到处皆是，甚至我们中国人也有沾染这种习气的（包括一些学生与餐馆侍者），习俗移人，一至于此！

星期四早晨清除垃圾，也算是一景。这地方清除垃圾的工作不由官办，而是民营。各家的垃圾贮藏在几个铅铁桶里，上面有盖，到了这一天则自动送到门前待取。垃圾车来，并没有八音琴乐，也没有叱咤吆喝之声，只闻稀里哗啦的铁桶响。车上一共两个人，一律是彪形黑大汉，一个人搬铁桶往车里掼，另一个司机也不闲着，车一停他也下来帮着搬，而且两个人都用跑步，一点也不从容。垃圾掼进车里，机关开动，立即压绞成为碎渣，要想从垃圾里捡出什么瓶瓶罐罐的分门别类的放在竹篮里挂在车厢上，殆无可能。每家月纳清洁费二元七角钱，包商叫苦，要求各家把铁桶送到路边，节省一些劳力，否则要加价一元。

公共汽车的一个招呼站就在我的窗外。车里没有车掌，当然也就没有晚娘面孔。所有开门，关门，收钱，掣给转站票，全由司机一人兼理。幸亏坐车的人不多，司机还有闲情逸致和乘客说声早安。二十分钟左右过一班车，当然是亏本生意，但是贴本也要维持。每一班车都是疏疏落落的三五个客人，凄凄清清惨惨，许多乘客是老年人，目视昏花，手脚失灵，耳听聋聩，反应迟缓，公共汽车是他们唯一交通工具。也有按时上班的年轻人搭乘，大概是怕城里没处停放汽车。有一位工人模样的候车人，经常准时在我窗下出现，从容打开食盒，取出热水瓶，喝一杯咖啡，然后登车而去。

我没有看见过一只过街鼠，更没看见过老鼠肝脑涂地的陈尸街心。狸猫多得很，几乎个个是肥头胖脑的，毛也泽润。猫有猫食，成瓶成罐地在超级食场的货架上摆着。猫刷子，猫衣服，猫项链，猫清洁剂，百货店里都有。我几乎每天看见黑猫白猫在北边荒草地里时而追逐，时而亲昵，时而打滚。最有趣的是松鼠，弓着身子一窜一窜地到处乱跑，一听到车响，仓卒地爬上枞枝。窗下放着一盘鸟食，黍米之类，麻雀群来果腹，红襟鸟则望望然去之，他茹荤，他要吃死的蛞蝓活的蚯蚓。

窗外所见的约略如是。王粲登楼，一则曰："虽信美而非吾土兮，曾何足以少留！"再则曰："昔尼父之在陈兮，有归欤之叹音。钟仪幽而楚奏兮，庄舄显而越吟。人情同于怀土兮，岂穷达而异心？"临楮凄怆，吾怀吾土。

树

北平的人家，差不多家家都有几棵相当大的树。前院一棵大槐树是很平常的。槐荫满庭，槐影临窗，到了六七月间槐黄满树，使得家像一个家，虽然树上不时地由一根细丝吊下一条绿颜色的肉虫子，不当心就要粘得满头满脸。槐树寿命很长，有人说唐槐到现在还有生存在世上的，这种树的树干就有一种纠绕蟠屈的姿态，自有一股老丑而并不自谦的神气。有这样一棵矗立在前庭，至少可以把“树小墙新画不古”的讥诮免除三分之一。后院照例应该有一棵榆树，榆与余同音，示有余之意，否则榆树没有什么特别值得令人喜爱的地方，成年地往下洒落五颜六色的毛毛虫，榆钱做糕也并不好吃。至于边旁跨院里，则只有枣树的份，“叶小如鼠耳”，到处生些怪模怪样的能刺伤人的小毛虫。枣实只合做枣泥馅子，生吃在肚里就要拉枣酱，所以左邻右舍的孩子老妪任意扑打也就算了。院子中央的四盆石榴树，那是给天棚鱼缸做陪衬的。

我家里还有些别的树。东院里有一棵柿子树，每年结一二百个高庄柿子，还有一棵黑枣。垂花门前有四棵西府海棠，艳丽到极点。西院里有四棵紫丁香，占了半个院子。后院有一棵香椿和一棵胡椒，椿芽椒芽成了烧黄鱼和拌豆腐的最好的佐料。榆树底下有一个葡萄架，年年在树根左近要埋一只死猫（如果有死猫可得）。在从前的一处家园里，还有更多的树，桃、李、胡桃、杏、梨、藤萝、松、柳，无不俱备。因此，我从小就对于树存有偏爱。我尝面对着树生出许多非非之想，觉得树虽不能言、不解语，可是它也有生老病死，它也有荣枯，它也晓得传宗接代，它也应该算是“有情”。

树的姿态各个不同。亭亭玉立者有之，矮墩墩的有之；有张牙舞爪者，有佝偻其背者；有戟剑森森者，有摇曳生姿者，各极其致。我想树沐浴在熏风之中，抽芽放蕊，它必有一番愉快的心情。等到花簇簇，锦簇簇，满枝头红红绿绿的时候，招蜂引蝶，自又有一番得意。落英缤纷的时候可能有一点伤感，结实累累的时候又会有一点迟暮之思。我又揣想，蚂蚁在树干上爬，可能会觉得痒痒出溜的；蝉在枝叶间高歌，也可能会觉得聒噪不堪。总之，树是活的，只是不会走路，根扎在那里便住在那里，永远没有颠沛流离之苦。

小时候听“名人演讲”，有一次是一位什么“都督”之类的角色讲演“人生哲学”，我只记得其中一点点。他说：“植物的根是向下伸；兽畜的头是和身躯平的；人是立起来的，他的头是在最上端。”我当时觉得这是一大发现，也许是生物进化论的又一崭新的说法。怪不得人为万物之灵，原来他和树比较起来是本末倒置的。人的头高高在上，所以“清气上升，浊气下降”。有道行的人，有坐禅，有立禅，不肯倒头大睡，最后还要讲究坐化。

可是历来有不少诗人并不这样想，他们一点也不鄙视树。美国的佛洛斯特有一首诗，名《我的窗前树》，他说他看出树与人早晚是同一命运的，都要倒下去；只有一点不同，树担心的是外在的险厄，人烦虑的是内心的风波。又有一位诗人名 Kilmer，他有一首著名的小诗《树》，有人批评说那首诗是“坏诗”，我倒不觉得怎样坏，相反的，“诗是像我这样的傻瓜作的，只有上帝才能造出一棵树”，这两行诗颇有一点意思。人没有什么了不起，侈言创造，你能造出一棵树来么？树和人，都是上帝的创造。最近我到阿里山去游玩，路边见到那株“神木”，据说有三千年了，比起庄子所说的“以八千岁为春，以八千岁为秋”的上古大椿还差一大截子，总算有一把年纪。可是看那一副形容枯槁的样子，只是一具枯骸，何神之有！我不相信“枯树生华”那一套。我只能生出“树犹如此，人何以堪”的感想。

我看见阿里山上的原始森林，一片片，黑压压，全是参天大树，郁郁葱葱。但与我从前在别处所见的树木气象不同。北平公园大庙里的柏，以及梓橦道上的所谓“张飞柏”，号称“翠云廊”，都没有这里的树那么直、那么高。像黄山的迎客松，屈铁交柯，就更不用提，那简直是放大了的盆景。这里的树大部分是桧木，全是笔直的，上好的电线杆子材料。姿态是谈不到，可是自有一种榛莽未除、入眼荒寒的原始山林的意境。局促在城市里的人走到原始森林里来，可以嗅到“高贵的野蛮人”的味道，令人精神上得到解放。

疲马恋旧秣，羁禽思故栖

“疲马恋旧秣，羁禽思故栖”是孟郊的句子，人与疲马羁禽无异，高飞远走，疲于津梁，不免怀念自己的旧家园。

我的老家在北平，是距今一百几十年前由我祖父所置的一所房子。坐落在东城相当热闹的地区，出胡同东口往北是东四牌楼，出胡同西口是南小街子。东四牌楼是四条大街的交叉口，所以商店林立，市容要比西城的西四牌楼繁盛得多。牌楼根儿底下靠右边有一家干果子铺，是我家投资开设的，领东的掌柜的姓任，山西人，父亲常在晚间带着我们几个孩子溜达着到那里小憩。掌柜的经常飨我们以汽水，用玻璃球做塞子的那种小瓶汽水，仰着脖子对着瓶口汩汩而饮之，还有从蜜饯缸里抓出来的蜜饯桃脯的一条条的皮子，当时我认为那是一大享受。南小街子可是又脏又臭又泥泞的一条路，我小时候每天必须走一段南小街去上学，时常在羊肉床子看宰羊，在切面铺买“乾蹦儿”或糖火烧吃。胡同东口外斜对面就是灯市口，是较宽敞的一条街，在那里有当时唯一可以买到英文教科书《汉英初阶》及墨水钢笔的汉英图书馆，以后又添了一家郭纪云，路南还有一家小有名气的专卖卤虾小菜臭豆腐的店。往南走约十五分钟进金鱼胡同便是东安市场了。

我的家是一所不大不小的房子。地基比街道高得多，门前有四层石台阶，情形很突出，人称“高台阶”。原来门前还有左右分列的上马石凳，因妨碍交通而拆除了。门不大，黑漆红心，浮刻黑字“忠厚传家久，诗书继世长”，门框旁边木牌刻着“积善堂梁”四个字，那时人家常有堂号，例如三槐堂王、百忍堂张等等，积善堂梁出自何典我不知道。积善之家必有余庆，语见《易经》，总是勉人为善的好话，作为我们的堂号亦颇不恶。打开大门，里面是一间门洞，左右分列两条懒凳，从前大门在白昼是永远敞着的，谁都可以进来歇歇脚。一九一一年兵变之后才把大门关上，进了大门迎面是两块金砖镂刻的“戬谷”两个大字，戬谷一语出自《诗经》“俾尔戬谷”，戬是福，谷是禄，取其吉祥之义。前面放着一大缸水葱（正名为莞，音冠），除了水冷成冰的时候总是绿油油的，长得非常旺盛。

向左转进四扇屏门，是前院，坐北朝南三间正房，中间一间辟为过厅，左右两间一为书房一为佛堂。辛亥革命前两年，我的祖父去世，佛堂取消，因为我父亲一向不喜求神拜佛，这间房子成了我的卧室。那间书房属于我的父亲，他镇日价在里面摩挲他的那些有关金石小学的书籍，前院的南边是临街的一排房，作为用人的居室。前院的西边又是四扇屏门，里面是西跨院，两间北房由塾师居住，两间南房堆置书籍，后来改成了我的书房。小跨院种了四棵紫丁香，高逾墙外，春暖花开时满院芬芳。

走进过厅，出去又是一个院子，迎面是一个垂花门，门旁有四大盆石榴树，花开似火，结实大而且多，院里又有几棵梨树，后来砍伐改种四棵西府海棠，院子东头是厨房，绕过去一个月亮门通往东院，有一棵高庄柿子树，一棵黑枣树，年年收获累累，此外还有紫荆、榆叶梅等等。我记得这个东院主要用途是摇煤球，年年秋后就要张罗摇煤球，要敷一冬天的使用。煤黑子把煤渣与黄土和在一起，加水，和成稀泥，平铺在地面，用铲子剁成小方粒，放在大簸箩里像滚元宵似的滚成圆球，然后摊在地上晒。这份手艺真不简单，我儿时常在一旁参观，十分欣赏，如遇天雨，还要急速动员抢救，否则化为一汪黑水全被冲走了。在那厨房里我是不受欢迎的，厨师嫌我们碍手碍脚，拉面的时候总是塞给我一团面教我走得远远的，我就玩那一团面，直玩到那团面像是一颗煤球为止。

进了垂花门便是内院，院当中是一个大鱼缸，一度养着金鱼，缸中还矗立着一座小型假山，山上有桥梁房舍之类，后来不知怎么水也涸了，假山也不见了，干脆作为堆置煤灰煤渣之处，一个鱼缸也有它的沧桑！东西厢房到夏天晒得厉害，虽有前廊也无济于事，幸有宽幅一丈以上的帐篷三块每天及时支起，略可遮抗骄阳。祖父逝后，内院建筑了固定的铅铁棚，棚中心设置了两扇活动的天窗，至是“天棚鱼缸石榴树……”乃初具规模，民元之际，家里的环境突然维新，一日之内小辫子剪掉了好几根，而且装上了庞然巨物钉在墙上的“德律风”，号码是六八六，照明的工具原来都是油灯，猪蜡，只有我父亲看书时才能点白光熠熠的僧帽牌的洋蜡，煤油灯认为危险，一向抵制不用，至是里里外外装上了电灯，大放光明，还有两架电扇，西门子制造的，经常不准孩子们走近五尺距离以内，生怕削断了我们的手指。

内院上房三间，左右各有套间两间，祖父在的时候，他坐在炕上，隔着玻璃窗子外望，我们在院里跑都不敢跑。有一次我们几个孩子听见胡同里有“打糖锣儿的”的声音，一时忘形，蜂拥而出，祖父大吼：“跑什么？留神门牙！”打糖锣儿的乃是卖糖果的小贩，除了糖果之外兼卖廉价玩具，泥捏的小人、蜡烛台、小风筝、摔炮，花样很多，我母亲一律称之为“土筐货”。我们买了一些东西回来，祖父还坐在那里，唤我们进去。上房是我们非经呼唤不能进去的，而且是一经呼唤便非进去不可的。我们战战兢兢地鱼贯而入，他指着我问：“你手里拿着什么？”我说：“糖。”“什么糖？”我递出了手指粗细的两根，一支黑的，一支白的。我解释说：“这黑的，我们取名为狗屎橛；这白的为猫屎橛。”实则那黑的是杏干做的，白的是柿霜糖，祖父笑着接过去，一支咬一口尝尝，连说：“不错，不错。”他要我们下次买的时候也给他买两支，我们奉了圣旨，下次听到糖锣儿一响，一拥而出，站在院子里大叫：“爷爷，你吃猫屎橛，还是吃狗屎橛？”爷爷会立即答腔：“我吃猫屎橛！”这是我所记得的与祖父建立密切关系的开始。

父母带着我们孩子往西厢房，我同胞一共十一个，我记事的时候已经有四个，姊妹兄弟四个孩子睡一个大炕，好热闹，尤其是到了冬天，白天玩不够，夜晚钻进被窝齐头睡在炕上还是吱吱喳喳笑话不休，母亲走过来巡视，把每个孩子脖梗子后面的棉被塞紧，使不透风，我感觉得异常的舒适温暖，便怡然入睡了。我活到如今，夜晚睡时脖梗子后面透凉气，便想到母亲当年那一份爱抚的可贵。母亲打发我们睡后还有她的工作，她需要去伺候公婆的茶水点心，直到午夜，她要黎明即起，张罗我们梳洗，她很少睡觉的时间。可是等到“多年的媳妇熬成婆”，这情形又周而复始，于是女性惨矣！

大家庭的膳食是有严格规律的，祖父母吃小锅饭，父母和孩子吃普通饭，男女仆人吃大锅饭，只有吃煮饽饽吃热汤面是例外。我们北方人，饭桌上没有鱼虾，烩虾仁、溜鱼片是馆子里的菜，只有春夏之交黄鱼、大头鱼相继进入旺季，全家才能大快朵颐，每人可以分到一整尾。秋风起，要吃一两回铛爆羊肉，牛肉是永远不进家门的，院子里升起一大红泥火炉的熊熊炭火，有时也用柴，噼噼啪啪地响，铛上肉香四溢，颇为别致。秋高蟹肥，当然也少不了几回持螯把酒，平时吃的饭是标准的家常饭，到了特别的吉庆之日，看祖父母的高兴，说不定就有整只烤猪或是烧鸭之类的犒劳。祖父母的小锅饭也没有什么了不起，也不过是爆羊肉、烧茄子、焖扁豆之类，不过是细切细做而已。我记得祖父母进膳时，有时看到我们在院里拍皮球，便喊我们进去，教我们张开嘴巴，用筷子夹起半肥半瘦的羊肉片往嘴里塞。我们实在不欣赏肥肉，闭着嘴跑到外面就吐出来，祖父有时候吃得高兴，便教“跑上房的”小厮把厨子唤来，隔着窗子对他说：“你今天的爆羊肉做得好，赏钱两吊！”厨子在院中慌忙屈腿请安，连声谢谢，我觉得很好笑。我祖母天天要吃燕窝，夜晚由老张妈戴上老花眼镜坐在门旮旯儿弓着腰驼着背摘燕窝上的细茸毛，好可怜，一清早放在一个薄铫儿里在小炉子上煨。官燕木盒子是我们的，黑漆金饰，很好玩。

我母亲从来不下厨房，可是经我父亲特烦，并且亲自买回鱼鲜笋蕈之类。母亲亲操刀砧，做出来的菜硬是不同。我十四岁进了清华学校，每星期只准回家一次，除去途中往返，在家只有一顿午饭从容的时间。母亲怜爱我，总是亲自给我特备一道菜，她知道我爱吃什么，时常是一大盘肉丝韭黄加冬笋木耳丝，临起锅加一大勺花雕酒——菜的香，母的爱，现在回忆起来不禁涎欲滴而泪欲垂！

我生在西厢房，长在西厢房，回忆儿时生活大半在西厢房的那个大炕上。炕上有个被窝垛，由被褥堆垛起来的，十床八床被褥可以堆得很高，我们爬上爬下以为戏，直到把被窝垛压到连人带被一齐滚落下来然后已。炕上有个炕桌，那是我们启蒙时写读的所在。我同哥姐四个人，盘腿落脚地坐在炕上，或是把腿伸到桌底下，夜晚靠一盏油灯，三根灯草，描红模子，写大字，或是朗诵“一老人，入市中，买鱼两尾，步行回家”。我会满怀疑虑地问父亲：“为什么他买鱼两尾就不许他回家？”惹得一家大笑。有一回我们围着炕桌夜读，我两腿清酸，一时忘形把膝头一拱，哗啦啦一声炕桌滑落地上，油灯墨盒泼洒得一塌糊涂。母亲有时督促我们用功，不准我们淘气，手里握着笤帚疙瘩或是掸子把儿，做威吓状，可是从来没有实行过体罚。这西厢房就是我的窝，夙兴夜寐，没有一个地方比这个窝更为舒适。虽然前面有廊檐而后面无窗，上支下摘的旧式房屋就是这样的通风欠佳。我从小就是喜欢早起早睡，祖父生日有时叫一台“托偶戏”在院中上演，有时候是滦州影戏，唱的无非是什么盘丝洞、走鼓沾棉、三娘教子、武家坡之类，大锣大鼓，尖声细嗓，我吃不消，我依然是按时回房睡觉，大家目我为落落寡合的怪物。可是影戏里有一个角色我至今不忘，那就是每出戏完毕之后上来叩谢赏钱的那个小丑，满身袍褂靴帽而脑后翘着一根小辫，跪下来磕三个响头，有人用惊堂木配合着用力敲三下，砰砰砰，清脆可听。我所以对这个角色发生兴趣，是因为他滑稽，同时代表那种只为贪图一吊两吊的小利就不惜卑躬屈节向人磕头的奴才相。这种奴才相在人间世里到处皆是。

小时过年固然热闹，快意之事也不太多。除夕满院子洒上芝麻秸，踩上去咯吱咯吱响，一乐也；宫灯、纱灯、牛角灯全部出笼，而孩子们也奉准每人提一只纸糊的“气死风”，二乐也；大开赌戒，可以掷状元红，呼卢喝雉，难得放肆，三乐也。但是在另一方面，年菜年年如是，大量制造，等于是天天吃剩菜，几顿煮饽饽吃得人倒尽胃口。杂拌儿么，不管粗细，都少不了尘埃细沙杂拌其间，吃到嘴里牙碜。撤供下来的密供也是罩上了薄薄一层香灰。压岁钱则一律塞进

“扑满”，永远没满过，也永远没扑过，后来不知到哪里去了。天寒地冻，无处可玩，街上店铺家家闭户，里面不成腔调的锣鼓点儿此起彼落。厂甸儿能挤死人，为了“喝豆汁儿，就咸菜儿，琉璃喇叭大沙雁儿”，真犯不着。过年最使人窝心的事莫过于挨门去给长辈拜年，其中颇有些位只是年龄比我长些，最可恼的是有时候主人并不挡驾而教你进入厅堂朝上磕头，从门帘后面蓦的钻出一个不三不四的老妈妈，“哟，瞧这家的哥儿长得可出息啦！”辛亥革命以后我们家里不再有这些繁文缛节。

还有一个后院，四四方方的，相当宽绰。正中央有一棵两人合抱的大榆树。后边有榆（余）取其吉利。凡事要留有余，不可尽，是我们民族特性之一。这棵榆树不但高大而且枝干繁茂，其圆如盖，遮满了整个院子。但是不可以坐在下面乘凉，因为上面有无数的红毛绿毛的毛虫，不时地落下来，咕咕嚷嚷地惹人嫌。榆树下面有一个葡萄架，近根处埋一两只死猫，年年葡萄丰收，长长的马乳葡萄。此外靠边还有香椿一、花椒一、嘎嘎儿枣一。每逢春暮，榆树开花结荚，名为榆钱。榆荚纷纷落下时，谓之“榆荚雨”（见《荆楚岁时记》）。施肩吾《咏榆荚》诗：“风吹榆钱落如雨，绕林绕屋来不住。”我们北方人生活清苦，遇到榆荚成雨时就要吃一顿榆钱糕。名为糕，实则捡榆钱洗净，和以小米面或棒子面，上锅蒸熟，舀取碗内，加酱油醋麻油及切成段的葱白葱叶而食之。我家每做榆钱糕成，全家上下聚在院里，站在阶前分而食之。比《帝京景物略》所说“四月榆初钱，面和糖蒸食之”还要简省。仆人吃过一碗两碗之后，照例要请安道谢而退。我的大哥有一次不知怎的心血来潮，吃完之后也走到祖母跟前，屈下一条腿深深请了个安，并且说了一声“谢谢您”。祖母勃然大怒，“好哇！你把我当做什么人？……”气得几乎晕厥过去。父亲迫于形势，只好使用家法了。从墙上取下一根藤马鞭，高高举起，轻轻落下，一五一十地打在我哥哥的屁股上。我本想跟进请安道谢，幸而免，吓得半死，从此我见了榆钱就恶心，对于无理的专制与压迫在幼小时就有了认识。后院东边有个小院，北房三间，南房一间，其间有一口井。井水是苦的，只可汲来洗衣洗菜，但是另有妙用，夏季把西瓜系下去，隔夜取出，透心凉。

想起这栋旧家宅，顺便想起若干儿时事。如今隔了半个多世纪，房子一定是面目全非了，其实人也不复是当年的模样，纵使我能回去，探视旧居，恐怕我将认不得房子，而房子恐怕也认不得我了。

北平的冬天

说起冬天，不寒而栗。

我是在北平长大的。北平冬天好冷。过中秋不久，家里就忙着过冬的准备，做“冬防”。阴历十月初一屋里就要生火，煤球、硬煤、柴火都要早早打点。摇煤球是一件大事，一串骆驼驮着一袋袋的煤末子到家门口，煤黑子把煤末子背进门，倒在东院里，堆成好高的一大堆。然后等着大晴天，三五个煤黑子带着筛子、耙子、铲子、两爪钩子就来了，头上包块布，腰间褡布上插一根短粗的旱烟袋。煤黑子摇煤球的那一套手艺真不含糊。煤末子摊在地上，中间做个坑，倒好水，再加预先备好的黄土，两个大汉就搅拌起来。搅拌好了就把烂泥一般的煤末子平铺在空地上，做成一大块蛋糕似的，用铲子拍得平平的，光溜溜的，约一丈见方。这时节煤黑子已经满身大汗，脸上一条条黑汗水淌了下来，该坐下休息抽烟了。休毕，煤末子稍稍干凝，便用铲子在上面横切竖切，切成小方块，像厨师切菜切萝卜一般手法伶俐。然后坐下来，地上倒扣一个小花盆，把筛子放在花盆上，另一人把切成方块的煤末子铲进筛子，便开始摇了，就像摇元宵一样，慢慢地把方块摇成煤球。然后摊在地上晒。一筛一筛地摇，一筛一筛地晒。好辛苦的工作，孩子在一边看，觉得好有趣。

万一天色变，雨欲来，煤黑子还得赶来收拾，归拢归拢，盖上点什么，否则煤被雨水冲走，前功尽弃了。这一切他都乐为之，多开发一点酒钱便可。等到完全晒干，他还要再来收煤，才算完满，明年再见。

煤黑子实在很苦，好像大家并不寄予多少同情。从日出做到日落，疲乏地回家途中，遇见几个顽皮的野孩子，还不免听到孩子们唱着歌谣嘲笑他：

> 煤黑子，
> 打算盘，
> 你妈洗脚我看见！

我那时候年纪小，好久好久都没有能明白为什么洗脚不可以令人看见。

煤球儿是为厨房大灶和各处小白炉子用的，就是再穷苦不过的人家也不能不预先储备。有“洋炉子”的人家当然要储备的还有大块的红煤白煤，那也是要砸碎了才能用，也需一番劳力的。南方来的朋友们看到北平家家户户忙“冬防”，觉得奇怪，他不知道北平冬天的厉害。

一夜北风寒，大雪纷纷落，那景致有得瞧的。但是有几个人能有谢道韫女士那样从容吟雪的福分。所有的人都被那砭人肌肤的朔风吹得缩头缩脑，各自忙着做各自的事。我小时候上学，背的书包倒不太重，只是要带墨盒很伤脑筋，必须平平稳稳地拿着，否则墨汁要洒漏出来，不堪设想。有几天还要带写英文字的蓝墨水瓶，更加恼人了。如果伸手提携墨盒墨水瓶，手会冻僵。手套没有用。我大姐给我用绒绳织了两个网子，一装墨盒，一装墨水瓶，同时给我做了一副棉手筒，两手伸进筒内，提着从一个小孔塞进的网绳，于是两手不暴露在外而可提携墨盒墨水瓶了。饶是如此，手指关节还是冻得红肿，作奇痒。脚后跟生冻疮更是稀松平常的事。临睡时母亲为我们备热水烫脚，然后钻进被窝，这才觉得一日之中尚有温暖存在。

北平的冬景不好看么？那倒也不。大清早，榆树顶的软枝上经常落着几只乌鸦，呱呱地叫个不停，好一幅古木寒鸦图！但是远不及西安城里的乌鸦多。北平喜鹊好像不少，在屋檐房脊上吱吱喳喳地叫，翘着的尾巴倒是很好看的，有人说它是来报喜，我不知喜自何来。麻雀很多，可是竖起羽毛像披蓑衣一般，在地面上蹦蹦跳跳地觅食，一副可怜相。不知什么人放鸽子，一队鸽子划空而过，盘旋又盘旋，白羽衬青天，哨子忽忽响。又不知是哪一家放风筝，沙雁蝴蝶龙晴鱼，弦弓上还带着锣鼓。隆冬之中也还点缀着一些情趣。

过新年是冬天生活的高潮。家家贴春联、放鞭炮、煮饺子、接财神。其实是孩子们狂欢的季节，换新衣裳、磕头、逛厂甸儿，流着鼻涕举着琉璃喇叭大沙雁儿。五六尺长的大糖葫芦糖稀上沾着一层尘沙。北平的尘沙来头大，是从蒙古戈壁大沙漠刮来的，来时真是胡尘涨宇，八表同昏。脖领里、鼻孔里、牙缝里，无往不是沙尘，这才是真正的北平冬天的标帜。愚夫愚妇们忙着逛财神庙、白云观去会神仙，甚至赶妙峰山进头炷香，事实上无非是在泥泞沙尘中打滚而已。

在北平，裘马轻狂的人固然不少，但是极大多数的人到了冬天都是穿着粗笨臃肿的大棉袍、棉裤、棉袄、棉袍、棉背心、棉套裤、棉风帽、棉毛窝、棉手套。穿丝棉的是例外。至若拉洋车的、挑水的、掏粪的、换洋取灯儿的、换肥子儿的、抓空儿的、打鼓儿的……哪一个不是衣裳单薄，在寒风里打颤？在北平的冬天，一眼望出去，几乎到处是萧瑟贫寒的景象，无需走向粥厂门前才能体会到什么叫作饥寒交迫的境况。北平是大地方，从前是辇毂所在，后来也是首善之区，但也是“朱门酒肉臭，路有冻死骨”的地方。

北平冷，其实有比北平更冷的地方。我在沈阳度过两个冬天。房屋双层玻璃窗，外层凝聚着冰雪，内层若是打开一个小孔，冷气就逼人而来。马路上一层冰一层雪，又一层冰一层雪，我有一次去赴宴，在路上连跌了两跤，大家认为那是寻常事。可是也不容易跌断腿，衣服穿得多。一位老友来看我，觌面不相识，因为他的眉毛须发全都结了霜！街上看不到一个女人走路。路灯电线上踞着一排鸦雀之类的鸟，一声不响，缩着脖子发呆，冷得连叫的力气都没有。更北的地方如黑龙江，一定冷得更有可观。北平比较起来不算顶冷了。

冬天实在是很可怕。诗人说:“如果冬天来到，春天还会远么？”但愿如此。

过年

我小时候并不特别喜欢过年。除夕要守岁，不过十二点不能睡觉，这对于一个习于早睡的孩子是一种煎熬。前庭后院挂满了灯笼，又是宫灯，又是纱灯，烛光辉煌，地上铺了芝麻秸儿，踩上去咯咯吱吱响，这一切当然有趣，可是寒风凛冽，吹得小脸儿通红，也就很不舒服。炕桌上呼卢喝雉，没有孩子的份。压岁钱不是白拿，要叩头如捣蒜。大厅上供着祖先的影像，长辈指点曰："这是你的曾祖父，曾祖母，高祖父，高祖母……"虽然都是岸然道貌微露慈祥，我尚不能领略慎终追远的意义。"姑娘爱花，小子要炮……"我却怕那大麻雷子、二踢脚子。别人放鞭炮，我躲在屋里捂着耳朵。每人分一包杂拌儿，哼，看那桃脯、蜜枣沾上的一层灰尘，怎好往嘴里送？年夜饭照例是特别丰盛的。大年初几不动刀，大家歇工，所以年菜事实上即是大锅菜。大锅的炖肉，加上粉丝是一味，加上蘑菇又是一味；大锅的炖鸡，加上冬笋是一味，加上番薯又是一味，都放在特大号的锅、罐子、盆子里，此后随取随吃。大概历十余日不得罄，事实上是天天打扫剩菜。满缸的馒头，满缸的腌白菜，满缸的咸疙瘩，不知道什么时候才可以见底。芥末堆儿、素面筋、十香菜比较地受欢迎。除夕夜，一交子时，煮饽饽端上来了。我困得低枝倒挂，哪有胃口去吃？胡乱吃两个，倒头便睡，不知东方之既白。

初一特别起得早，梳小辫儿，换新衣裳，大棉袄加上一件新蓝布罩袍、黑马褂、灰鼠绒绿鼻脸儿的靴子。见人就得请安，口说："新喜。"日上三竿，骡子轿车已经套好，跟班的捧着拜匣，奉命到几家最亲近的人家拜年去也。如果运气好，人家"挡驾"，最好不过，递进一张帖子，掉头就走。否则一声"请"，便得升堂入室，至少要朝上磕三个头，才算礼成。这个差事我当过好几次，从心坎儿觉得窝囊。

民国前一两年，我的祖父母相继去世，家里由我父亲领导，在家庭生活方式上作维新运动，革除了许多旧习，包括过年的仪式在内。我不再奉派出去挨门磕头拜年。我从此不再是磕头虫儿。过年不再做年菜，而向致美斋定做八道大菜及若干小菜，分装四个圆笼，除日挑到家中，自己家里也购备一些新鲜菜蔬以为辅佐。一连若干天顿顿吃煮饽饽的怪事，也不再在我家出现。我父亲说:“我愿在哪一天过年就在哪一天过年，何必跟着大家起哄? ”逛厂甸，我们是一定要去的，不是为了喝豆汁儿、吃煮豌豆，或是那大糖葫芦，是为了要到海王村和火神庙去买旧书。白云观我们也去过一次，一路上吃尘土，庙里面人挤人，哪里有神仙可会，我再也不作第二次想。过年时，我最难忘的娱乐之一是放风筝，风和日丽的时候，独自在院子里挑起一根长竹竿，一手扶竿，一手持线桄子，看着风筝冉冉上升，御风而起，一霎时遇到罡风，稳稳地停在半天空，这时候虽然冻得涕泗横流，而我心滋乐。

民国元年初，大总统袁世凯唆使曹锟驻禄米仓部队兵变，大掠平津，那一天正是阴历正月十二，给万民欢腾的新年假期做了一个悲惨而荒谬的结束，从此每个新年我心里就有一个驱不散的阴影。大家都说恭贺新喜，我不知喜从何来。

我在小学

我在六七岁的时候开始描红模子，念字号儿。所谓“红模子”就是红色的单张字帖，小孩子用毛笔蘸墨把红字涂黑即可。帖上的字不外是“上大人孔乙己化三千……”“一去二三里烟村四五家……”以及“王子去求仙丹成上九天……”之类。描红模子很容易描成墨猪，要练得一笔下去就横平竖直才算得功夫。所谓“字号儿”就是小方纸片，我父亲在每张纸片上写一个字，每天要我认几个字，逐日复习。后来书局印售成盒“看图识字”，一面是字，一面是画，就更有趣了，我们弟兄姊妹一大群，围坐在一张炕上的矮桌周边写字认字，有说有笑。有一次我一拱腿，把炕桌翻到地上去。母亲经常坐在炕沿上，一面做活计，一面看着我们，身边少不了一把炕笤帚，那笤帚若是倒握着在小小的脑袋上敲一击是很痛的。在那时体罚是最简截了当的教学法。

不久，我们住的内政部街西口内路北开了一个学堂，离我家只有四五个门。校门横楣有砖刻的五个福字，故称之为五福门。后院有一棵合欢树，俗称马缨花，落花满地，孩子们抢着拾起来玩，每天早晨谁先到校谁就可以捡到最好的花，我有早起的习惯，所以我总是拾得最多。有一天我一觉醒来，窗棂上有一格已经有了阳光，急得直哭，母亲匆忙给我梳小辫，打发我上学，不大工夫我就回转了，学堂尚未开门。在这学堂我学得了什么已不记得，只记得开学那一天，学生们都穿戴一色的缨帽呢靴站在院里，只见穿戴整齐的翎顶袍褂的提调学监们摇摇摆摆地走到前面，对着至圣先师孔子的牌位领导全体行三跪九叩礼。

在这个学堂里浑浑噩噩地过了一阵，不知怎么，这学校关门大吉。于是家里请了一位教师，贾文斌先生，字宪章，密云县人，口音有一点怯，是一名拔贡。我的二姊、大哥和我三个人在西院书房受教于这位老师。所用课本已经是新编的国文教科书，从“人、手、足、刀、尺”起，到“一人二手，开门见山”，以至于“司马光幼时……”《三字经》《百家姓》《千字文》这一段就没有经历过。贾老师的教学法是传统的“念背打”三部曲，但是第三部“打”从未实行过。不过有一次我们惹得他生了大气，那是我背书时背不出来，二姊偷偷举起书本给我看，老师本来是背对着我们的，陡然回头撞见，气得满面通红，但是没有动用桌上放着的精工雕刻的一把戒尺。还有一次也是二姊惹出来的，书房有一座大钟，每天下午钟鸣四下就放学，我们时常暗自把时针向前拨快十来分钟。老师渐渐觉得座钟不大可靠，便利用太阳光照在窗纸上的阴影用朱笔画一道线，阴影没移到线上是不放学的。日久季节变幻阴影的位置也跟着移动，朱笔线也就一条条地加多。二姊想到了一个方法，趁老师不在屋里替他加上一条线，果然我们提早放学了，试行几次之后又被老师发现，我们都受了一顿训斥。

辛亥革命前二年，我和大哥进了大鹁鸽市的陶氏学堂。陶是陶端方，在当时是满清政府里的一位比较有知识的人，对于金石颇有研究，而且收藏甚富，历任要职，声势煊赫，还知道开办洋学堂，很难为他了。学堂之设主要的是为教育他的家族子弟，因为他家人口众多，不过也附带着招收外面的学生，收费甚昂，故有贵族学堂之称。父亲要我们受新式教育，所以不惜学费负担投入当时公认最好的学校，事实上却大失所望。所谓新式的洋学堂，只是徒有其表。我在这学堂读了一年可以说什么也没有学到，无非是让我认识了一些丑恶腐败的现象。

陶氏学堂是私立贵族学堂，陶氏子弟自成特殊阶级原无足异，但是有些现象却是令人难以置信的。陶氏子弟上课时随身携带老妈子，听讲之间可以唤老妈子外出买来一壶酸梅汤送到桌下慢慢饮用。听先生讲书，随时可以写个纸条，搓成一个纸团，丢到老师讲台上去，代替口头发问，老师不以为忤。陶氏子弟个个恣肆骄纵，横冲直撞，记得其中有一位名陶栻者，尤其飞扬跋扈。他们在课堂内外，成群地呼啸出入，动辄动手打人，大家为之侧目。

国文老师是一位南方人，已不记得他的姓名，教我们读《诗经》。他根据他的祖传秘方，教我们读，教我们背诵，就是不讲解，当然即使讲解也不是儿童所能领略。他领头扯着嗓子喊“击鼓其镗”，我们全班跟着喊“击鼓其镗”，然后我们一句句地循声朗诵“踊跃用兵，土国城漕，我独南行”。他老先生喉咙哑了，便唤一位班长之类的学生代他吼叫。一首诗朗诵过几十遍，深深地记入在我们的脑子里，迄今有些诗我能记得清清楚楚。脑子里记若干首诗当然是好事，但是付了多大的代价！一部分童时宝贵的光阴是这样耗去的！

有趣的是体操一课。所谓体操，就是兵操。夏季制服是白帆布制的，草帽，白线袜，黑皂鞋。裤腿旁边各有一条红带，衣服上有黄铜纽扣。辫子则需盘起来扣在草帽底下。我的父母瞒着祖父母给我们做了制服，因为祖父母的见解是属于更老一代的，他们无法理解在家里没有丧事的时候孩子们可以穿白衣白裤。因此我们受到严重的警告，穿好操衣之后要罩上一件竹布大褂，白色裤脚管要高高地卷起来，才可以从屋里走到院里，下学回家时依然要偷偷摸摸溜到屋里赶快换装。在民元以前我平时没有穿过白布衣裤。

武昌起义，鞞鼓之声动地而来，随后端方遇害，陶氏学堂当然立即瓦解，陶氏子弟之在课堂内喝酸梅汤的那几位，以后也不知下落如何了。这时节，祖父母相继逝世，父亲做了一件大事，全家剪小辫子。在剪辫子那一天，父亲对我们讲了一大套话，平素看的《大义觉迷录》《扬州十日记》供给他不少愤慨的资料，我们对于这污脏、麻烦的辫子本来就十分厌恶，巴不得把它齐根剪去，但是在发动并州快剪之际，我们的二舅爹爹还忍不住泫然流涕。民国成立，薄海腾欢，第一任正式大总统项城袁世凯先生不愿到南京去就职，嗾使第三镇曹锟驻禄米仓部队于阴历正月十二日夜晚兵变，大烧大抢，平津人民遭殃者不计其数。我亦躬逢其盛。兵变过后很久，家里情形逐渐稳定，我才有机会进入公立第三小学。

公立第三小学在东城根新鲜胡同，是当时办理比较良好的学校，离我家又近，所以父亲决定要我和大哥投入该校。校长赫杏村先生，旗人，精明强干，声若洪钟。我和大哥都编入高小一年级。主任教师是周士柔先生，号香如，山西人，年纪不大，约三十几岁，但是蓄了小胡子，道貌岸然。周先生是我真正的启蒙业师。他教我们国文、历史、地理、习字。

他的教学方法非常认真负责。在史地方面，于课本之外另编补充教材，每次上课之前密密杂杂地写满了两块大黑板，要我们抄写，月终呈缴核阅。例如历史一科，鸿门之宴、垓下之围、淝水之战、安史之乱、黄袍加身、明末三案，诸如此类的史料都有比较详细的补充，材料很平常，可是他肯费心讲授，而且不占用上课时间去写黑板。对于习字一项，他特别注意。他用黑板槽里积存的粉笔屑，和水做泥，用笔蘸着写字，在黑板上作为示范，灰泥干了之后显得特别地黑白分明，而且粗细停匀，笔意毕现。周老师的字属于柳公权一派，瘦劲方正。他要我们写得横平竖直，规规矩矩。同时他也没有忽略行草的书法，我们每人都备有一本草书《千字文》拓本，与楷书对照。我从此学得初步的草书写法，其中一部分终身未曾忘。大字之外还要写“白折子”，折子里面夹上一张乌丝格，作为练习小楷之用。他知道我们小学毕业之后能升学的不多，所以在此三年之内基础必须打好，而习字是基本技能之一。

周老师也还负起训育的责任，那时候训育叫作修身。我记得他特别注意生活上的小节，例如纽扣是否扣好，头发是否梳齐，以及说话的腔词、走路的姿势，无一不加指点。他要求于我们的很多，谁的笔记本子折角、卷角就要受申斥。我的课业本子永远不敢不保持整洁。老师本人即是一个榜样。

他布衣布履，纤尘不染，走起路来目不斜视，迈大步昂首前进，几乎两步一丈。讲起话来和颜悦色，但是永无戏言。在我们心目中他几乎是一个完人。我父亲很敬重周老师的为人，在我们毕业之后，特别请他到家里为我的弟弟妹妹补课多年，后来还请他租用我们的邻院做我们的邻居。我的弟弟妹妹都受业于周老师，至少我们写的字都像是周老师的笔法。

小学有英文一课，事实上我未进小学之前就已开始从父亲学习英文了。我父亲是同文馆第一期学生，所以懂些英文，庚子年乱起辍学的。小学的英文老师是王德先生，字仰臣。我们用的课本是华英初阶，教授的方法是由拼音开始，ba、be、bi、bo、bu，然后就是死背字句。记得第三课就有一句："Is he of us？"（"彼乃我辈中人否？"）这一句我背得滚瓜烂熟。老师一提"Is he of us？"我马上就回答出"彼乃我辈中人否？"老师大为惊异，其实我在家里早已学过了。这样教学的方法使初学英文的人费时很多，但未养成初步的语言习惯，实在是精力的浪费。后来老师换了一位程洵先生，是一位日本留学生，有时穿着半身西装，英语发音也比较流利正确一些。我因为预先学过一些英文，所以在班上特感轻松，老师也特别嘉勉。临毕业时，程老师送我一本原版的马考莱《英国史》。这本书当时还不能看懂，后来却也变成对我有用的一本参考书。

体操老师锡福先生，字辅臣，旗人。他有一副苍老而沙哑的喉咙，喊起立正、稍息、枪上肩、枪放下的时候很是威风。排起队来我是末尾，排头的一位有我两个高。老师特别喜欢我们这一班，因为我们平常把枪擦得亮，服装整齐一些，而且开正步的时候特别用力踏地作响，给老师作面子。学校在新鲜胡同东口路南，操场在西口路北，我们排队到操场去的时候精神抖擞，有时遇到操场上还有别班同学上操未散，我们便更着力操演，逼得其他各班只有木然呆立、瞠目赞叹的份儿。半小时操后，时常是踢足球。操场不画线，竖起竹竿便是球门，一半人臂缠红布，笛声一响便踢起球来，高头大马横冲直撞，像我这样的只能退避三舍以免受伤。结果是鸣笛收队皆大欢喜。

我的算术，像“鸡兔同笼”一类的题目，我认为是专门用来折磨孩子的，因为当时想鸡兔是不会同笼的，即使同笼亦无需又数头又数脚，一眼看上去就会知道是几只鸡几只兔。现在我当然明白，是我自己笨，怨不得谁。手工课也不容易应付，不是抟泥，就是削竹，最可怕的是编纸，用修脚刀把彩色纸划出线条，然后再用别种彩色纸条编织上去，真需要鬼斧神工。在这方面常常由我的大姊帮忙。教手工的老师患严重口吃，结结巴巴地惹人笑。教理化的李秉衡老师，保定府人，曾经表演氢二氧一变成水，水没有变出来，玻璃瓶炸得粉碎，但是有一次却变成功了。有一次表演冷缩热胀，一只烧得滚烫的铜珠，被一位多事的同学伸手抓了起来，烫得满手掌溜浆大泡。教唱歌的是一位时老师，他没有歌喉，但是会按风琴，他教我们唱的《春之花》我至今不能忘。

有一次远足是三年中一件大事。事先筹划了很久，决定目的地为东直门外的自来水厂。这一天特别起了个大早，晨曦未上就赶到了学校。大家啜柳叶汤果腹，柳叶汤就是细长菱形薄面片加菜煮成的一种平民食品，但这是学校里难得一遇的旷典，免费供应，大家都很高兴，有人连罄数碗。不知是谁出的主意，向步军统领衙门借了六位喇叭手，改着我们学校的制服，排在我们队伍前面开道，六只亮晶晶的喇叭上挂着红绸彩，嘀嘀打打地吹起来，招摇过市，好不威风！由新鲜胡同走到东直门外，约有四五里之遥，往返将近十里。自来水厂没有什么可看的，虽然那庞大的水池、水塔以前都没有见过。这是我第一次徒步走出北京城墙，有久困出柙之感。午间归来，两腿清酸。下次作文的题目是《远足记》，文章交卷，此一盛举才算是功德圆满。

我们一班二十几人，如今音容笑貌尚存脑海者不及半数，姓名未忘者更是寥寥可数了。年龄最大、身体最高的是一位名叫连祥的同学，约在二十开外，浓眉大眼，膀大腰圆，吹喇叭、踢足球都是好手，脑袋后面留着一根三寸多长的小辫，用红绳扎紧，挺然翘然地立在后脑勺子上，像是一根小红萝卜。听说他以后当步兵去了。一位功课好而态度又最安详的是常禧，后来冠姓栾，他是我们的班长，周老师很器重他。后来听周老师说他在江西某处任商务印书馆分馆经理。还有岳廉识君，后来进了交通部。我们同学绝大部分都是贫寒子弟，毕业之后各自东西，以我所知道的，有人投军，有人担筐卖杏，能升学的极少。我们在校的时候都相处得很好，有两种风气使我感到困惑。一个是喜欢打斗，动辄挥拳使绊，闹得桌翻椅倒。有一位同学长相不讨人喜欢，满脸疙瘩噜苏，绰号“小炸丸子”。他经常是几个好闹事的同学们欺弄的对象，有多少次被抬到讲台桌上，手脚被人按住，有人扯下他的裤子，大家轮流在他的裤裆里吐一口痰！还有一位同学名叫马玉岐，因为宗教的关系，饮食习惯与别人不同。几个不讲理的同学便使用武力，强迫他吃下他们不吃的东西，经常要酿出事端。在这样尚武的环境之中我小心翼翼，有时还不能免于受人欺凌。自卫的能力之养成，无论是斗智还是斗力，都需要实际体验。我相信我们的小学是很好的训练场所。另一件使我困惑的事是大家之口出秽言的习惯。有些人各自秉承家教，不只是“三字经”常挂在嘴边，高谈阔论起来，其内容往往涉及《素女经》，而且有几位特别大胆的还不惜把他在家中所见所闻的实例不厌其详地描写出来。讲的人眉飞色舞，听的人津津有味。学校好几百人共用一个厕所，其环境之脏可想，但是有些同学们入厕之后其嘴巴比那环境还脏。所以我视如厕为畏途。性教育在一群孩子们中间自由传播，这种情形当时在公立小学尤甚，我是深深拜受其赐了。

我在第三小学读了三年，每天早晨和我哥哥步行到校，无间风雪。天气不好的时候要穿家中自制的带钉的油鞋，手中举着雨伞，途中经常要遇到一只恶犬，多少要受到骚扰，最好的时候是适值它在安睡，我们就悄悄地溜过去了。那时我不明白为什么有人要养狗并且纵容它与人为难。内政部门口站岗和巡捕半醒半睡地拄着上刺刀的步枪靠在墙垛上，时常对我们颔首微笑，我们觉得受宠若惊，久之也搭讪着说两句话。出内政部街东口往北转，进入南小街子，无分晴雨，永远有泥泞车辙，其深常在尺许。街边有羊肉床子，时常遇到宰羊，我们就驻足而视，看着绵羊一声不响在引颈就戮。羊肉包子的味道热腾腾地四溢。卖螺丝转儿油鬼的，卖甜浆粥的，卖烤白薯的，卖糖耳朵的，一路上左右皆是。再向东一转就进入新鲜胡同了，一眼可以望得见城墙根，常常看见有人提笼架鸟从那边溜达着走过来。这一段路给我的印象很深，二十多年后我再经过这条街则已变为坦平大道面目全非，但是我还是怀念那久已不复存在的湫隘的陋巷。我是在这些陋巷中生长大的，这是我的故乡。

民国四年（即 1915 年，编者注）我毕业的时候，主管教育的京师学务局（局长为德彦）令饬举行会考，把所有各小学应届毕业的学生三数百人聚集在我们第三小学，考国文、习字、图画数科，名之曰“观摩会”。事关学校荣誉，大家都兴奋。国文试题记得是《诸生试各言尔志》。事有凑巧，这个题目我们以前做过，而且以前做的时候，好多同学都是说将来要“效命疆场，马革裹尸”。我其实并无意步武马援，但是我也摭拾了这两句豪语。事后听主考的人说：第三小学的一班学生有一半要“马革裹尸”，是佳话还是笑谈也就很难分辨了。我在打草稿的时候，一时兴起，使出了周老师所传授的草书《千字文》的笔法，写得虽然说不上龙飞蛇舞，却也自觉得应手得心。正赶上局长大人亲自监考经过我的桌旁，看见我写的好大个的草书，留下了特别的印象。图画考的是自由画。我们一班最近画过一张松鹤图，记忆犹新，大家不约而同地都依样葫芦，斜着一根松枝，上面立着一只振翅欲飞的仙鹤，章法不错。我本来喜欢图画，父亲给我的芥子园画谱也发生了作用，我所画的松鹤图总算是尽力为之了。榜发之后，我和哥哥以及栾常禧君都高居榜首，荣誉属于第三小学。我得到的奖品最多，是一张褒奖状、一部成亲王的巾箱帖、一个墨盒、一副笔架以及笔墨之类。

“小时了了，大未必佳。”如今想想这话颇有道理。

槐园梦忆

——悼念故妻程季淑女士

一

季淑于一九七四年四月三十日逝世，五月四日葬于美国西雅图之槐园（Acacia Memorial Park）。槐园在西雅图市的极北端，通往包泽尔（Bothell）的公路的旁边，行人老远地就可以看见那一块高地，芳草如茵，林木蓊郁，里面的面积很大，广袤约百数十亩。季淑的墓在园中之桦木区（Birch Area），地号是16-C-33，紧接着的第十五号是我自己的预留地。这个墓园本来是共济会所创建的，后来变为公开，非会员亦可使用。园里既没有槐，也没有桦，有的是高大的枞杉和山杜鹃之属的花木。此地墓而不坟，墓碑有标准的形式与尺寸，也是平铺在地面上，不是竖立着的，为的是便利机车割草。墓地一片草皮，永远是绿茸茸，经常有人修剪浇水。墓旁有一小喷水池，虽只喷涌数尺之高，但汩汩之泉其声呜咽，逝者如斯，发人深省。往远处看，一层层的树，一层层的山，天高云谲，瞬息万变；俯视近处则公路蜿蜒，车如流水。季淑就是在这样的一个地方长眠千古。

“圣人忘情，最下不及情，情之所钟，正在我辈。”这是很平实的话。虽不必如荀粲之惑溺，或蒙庄之鼓歌，但夫妻牉合，一旦永诀，则不能不中心惨怛。“美国华盛顿大学心理治疗系教授霍姆斯设计一种计点法，把生活中影响我们的变异，不论好坏，依其点数列出一张表。”（见一九七四年五月份《读者文摘》中文版）在这张表上“丧偶”高列第一，一百点，依次是离婚七十三点，判服徒刑六十三点等等。丧偶之痛的深度是有科学统计的根据的。我们中国文学里悼亡之作亦屡屡见，晋潘安仁有《悼亡诗》三首：

荏苒冬春谢，寒暑忽流易。
之子归穷泉，重壤永幽隔！
私怀谁克从，淹留亦何益？
僶俛恭朝命，回心反初役，
望庐思其人，入室想所历，

帏屏无仿佛，翰墨有余迹，
流芳未及歇，遗挂犹在壁，
惝怳如或存，回惶忡惊惕。
如彼翰林鸟，双栖一朝支；
如彼游川鱼，比目中路析。
春风缘隙来，晨溜依檐滴，
寝兴何时忘，沉忧日盈积，
庶几有时衰，庄缶犹可击。

皎皎窗中月，照我室南端，
清商应秋至，溽暑随节阑。
凛凛凉风升，始觉夏衾单。
岂曰无垂纩，谁与同岁寒？
岁寒无与同，朗月何胧胧！
展转盼枕席，长簟竟床空！
床空委清尘，室虚来悲风，
独无李氏灵，仿佛睹尔容！
抚襟长叹息，不觉涕沾胸，
沾胸安能已，悲怀从中起。
寝兴目存形，遗音犹在耳。
上惭东门吴，下愧蒙庄子。

赋诗欲见志，零落难具纪。
命也可奈何，长戚自令鄙。
曜灵运天机，四节代迁逝。
凄凄朝露凝，烈烈夕风厉。
奈何悼淑俪，仪容永潜翳！
念此如昨日，谁知已卒岁！
改服从朝政，哀心寄私制；
茵帱张故房，朔望临尔祭。
尔祭讵几时，朔望忽复尽。
衾裳一毁撤，千载不复引。
亹亹期月周，戚戚弥相愍，
悲怀感物来，泣涕应情陨。
驾言陡东阜，望坟思纡轸，
徘徊墟墓间，欲去复不忍。
徘徊不忍去，徙倚步踟蹰，
落叶委埏侧，枯荄带坟隅。
孤魂独茕茕，安知灵与无？
投心遵朝命，挥涕强就车。
谁谓帝宫远，路极悲有余！

这三首诗从前读过，印象不深，现在悼亡之痛轮到自已，环诵再三，从“重壤永幽隔”至“徘徊墟墓间”，好像潘安仁为天下丧偶者道出了心声。故录此诗于此，代摅我的哀思。不过古人为诗最重含蓄蕴藉，不能有太多的细腻的写实的描述。例如，我到季淑的墓上去，我的感受便不只是“徘徊不忍去”，亦不只是“孤魂独茕茕”，我要先把鲜花插好（插在一只半埋在土里的金属瓶里），然后灌满了清水；然后低声地呼唤她几声，我不敢高声喊叫，无此需要，并且也怕惊了她；然后我把一两个星期以来所发生的比较重大的事报告给她，我不能不让她知道她所关切的事；然后我默默地立在她的墓旁，我的心灵不受时空的限制，飞跃出去和她的心灵密切吻合在一起。如果可能，我愿每日在这墓园盘桓，回忆既往，没有一个地方比槐园更使我时时刻刻地怀念。

死是寻常事，我知道，堕地之时，死案已立，只是修短的缓刑期间人各不同而已。但逝者已矣，生者不能无悲。我的泪流了不少，我想大概可以装满罗马人用以殉葬的那种“泪壶”。有人告诉我，时间可以冲淡哀思。如今几个月已经过去，我不再泪天泪地地哭，但是哀思却更深了一层，因为我不能不回想五十多年的往事，在回忆中好像我把如梦如幻的过去的生活又重新体验一次，季淑没有死，她仍然活在我的心中。

二

季淑是安徽省徽州绩溪县人。徽州大部分是山地，地瘠民贫，很多人以种茶为业，但是皖南的文风很盛，人才辈出。许多人外出谋生，其艰苦卓绝的性格大概和那山川的形势有关。季淑的祖父程公讳鹿鸣，字苹卿，早岁随经商的二伯父到了京师，下帷苦读，场屋连捷，后实授直隶省大名府知府，勤政爱民，不义之财一芥不取，致仕时囊橐以去者仅万民伞十余具而已。其元配逝时留下四女七子，长子讳佩铭，字兰生，即季淑之父。后再续娶又生二子。故程府人丁兴旺，为旅食京门一大家族。季淑之母吴氏，讳浣身，安徽歙县人，累世业茶，寄籍京师。季淑之父在京经营毛墨店程五峰斋，全家食指浩繁，生活所需皆取给于是，身为长子者，为家庭生计而牺牲其读书仕进。季淑之母位居长嫂，俗云“长嫂比母”，于是操持家事，艰苦备尝，而周旋于小姑、小叔之间，其含辛茹苦更不待言。科举废除之后，笔墨店之生意一落千丈，程五峰斋终于倒闭。季淑父只身走关外，不久殁于客中，时季淑尚在髫龄，年方九岁，幼年失怙，打击终身。季淑同胞五人，大姐孟淑长季淑十一岁，适丁氏，抗战期间在川尚曾晤及，二姐仲淑、兄道立、弟道宽则均于青春有为之年死于肺痨。与母氏始终相依为命者，唯季淑一人。

季淑的祖父，六十岁患瘫痪，半身不遂而豪气未减，每天看报，看到贪污枉法之事，就拍桌大骂，声震屋瓦。雅好美食，深信“七十非肉不饱”之义，但每逢朔望，则又必定茹素为全家祈福，茹素则哽咽不能下咽，于是非嫌油少，即怪盐多。有一位叔父乘机进言：“曷不请大嫂代表茹素，双方兼顾？”一方是“心到神知”之神，一方是非肉不饱的老者。从此我的岳母朔望代表茹素，直到祖父八十寿终而后已。叔父们常常宴客，宴客则请大嫂下厨，家里虽有厨师，佳肴仍需亲自料理，灶前伫立过久，足底生茧，以至老年不良于行。平素家里用餐，长幼有别，男女有别，媳妇、孙女常常只能享受一些残羹剩炙。有一回，一位叔父扫除房间，命季淑抱一石屏风至户外拂拭，那时她只有十岁光景，出门而踣，石屏风破碎。叔父大怒，虽未施夏楚，但诃责之余，复命长跪。

季淑从小学而中学而国立北京女高师之师范本科，几乎在饔飧不继的情形之下，靠她自己努力奋斗而不辍学，终于一九二一年六月毕业。从此她离开了那个大家庭，开始她的独立的生活。

三

季淑于女高师的师范本科毕业之后，立刻就得到一份职业。由于她的女红特佳，长于刺绣，她的一位同学欧淑贞女士任女子职业学校校长，约她去担任教师。我就是在这个时候认识她的。

我们认识的经过是由于她的同学好友黄淑贞（湘翘）女士的介绍，“取妻如何，匪媒不得”。淑贞的父亲黄运兴先生和我父亲是金兰之交，他是湖南沅陵人，同在京师警察厅服务，为人公正、率直而有见识，我父亲最敬重他。我当初之投考清华学校也是由于这位父执之极力怂恿。其夫人亦是健者，勤俭耐劳，迥异庸流。淑贞在女高师体育系，和季淑交称莫逆，我不知道她怎么想起把她的好友介绍给我。她没有直接把季淑介绍给我。她是浼她母亲（父已去世）到我家正式提亲做媒的。我在周末回家时，在父亲书房桌上信斗里发现一张红纸条，上面恭楷写着：“程季淑，安徽绩溪人，年二十岁，一九〇一年二月十七日寅时生。”我的心一动。过些日我去问我大姐，她告诉我是有这么一回事，并且她说已陪母亲到过黄家去相亲，看见了程小组。大姐很亲切地告诉我说：“我看她人挺好，蛮斯文的，双眼皮，大眼睛，身材不高，腰身很细，好一头乌发，挽成一个髻堆在脑后，一个大篷覆着前额。我怕那篷下面遮掩着疤痕什么的，特地搭讪着走过去，一面说着‘你的头发梳得真好’，一面掀起那发篷看看……”我赶快问：“有什么没有？”她说：“什么也没有。”我们哈哈大笑。

事后想想，这事不对，终身大事须要自作主张。我的两个姐姐和大哥都是凭了媒妁之言和家长的决定而结婚的。这时候是五四运动后两年，新的思想打动了所有的青年。我想了又想，决定自己直接写信给程小姐问她愿否和我做个朋友。信由专差送到女高师，没有回音，我也就断了这个念头。过了很久，时届冬季，我忽然接到一封匿名的英文信，告诉我“不要灰心，程小姐现在女子职业学校教书，可以打电话去直接联络……”等语。朋友的好意真是可感。我遵照指示，大胆地拨了一个电话给一位素未谋面的小姐。

季淑接了电话，我报了姓名之后，她一惊，半晌没说出话来，我直截了当地要求去见面一谈，她支支吾吾地总算是答应我了。她生长在北京，当然说的是道地的北京话，但是她说话的声音之柔和清脆是我所从未听到过的。形容歌声之美往往用“珠圆玉润”四字，实在是非常恰当。我受了刺激，受了震惊，我在未见季淑之前先已得到无比的喜悦。莎士比亚在《李尔王》五幕三景有一句话：

Her voice was ever soft,
Gentle and low, an excellent thing in woman.

她的言语是温和的，
轻柔而低缓，是女人最好的优点。

好不容易熬到会见的那一天！那是一个星期六午后，我只有在周末才能进城。在清华园坐人力车到西直门，约一小时，我特别感觉到那是漫漫的长途。到西直门换车进城。女子职业学校在宣武门外珠巢街，好荒凉而深长的一条巷子，好像是从北口可以望到南城根。由西直门走了半个多小时，终于找到了这条街上的学校。看门的一个老头儿引我进入一间小小的会客室。等了相当长久的时间，一阵唧唧哝哝的笑语声中，两位小姐推门而入。这两位我都是初次见面。黄小姐的父亲我是见过多次的，她的相貌很像她的父亲，所以我立刻就知道另一位就是程小姐。但是黄小姐还是礼貌地给我们介绍了。不大的工夫，黄小姐托故离去，季淑急得直叫："你不要走，你不要走！"我们两个互相打量了一下，随便扯了几句淡话。季淑确是有一头乌发，如我大姐所说，发髻贴在脑后，又圆又凸，而又亮晶晶的，一个松松泡泡的发篷覆在额前。我大姐不轻许人，她认为她的头发确实处理得好。

她的脸上没有一点脂粉，完全本来面目，她若和一些浓妆艳抹的人出现在一起，会令人有异样的感觉。我最不喜欢上帝给你一张脸而你自己另造一张。季淑穿的是一件灰蓝色的棉袄，一条黑裙子，长抵膝头。我偷眼往桌下一看，发现她穿着一双黑绒面的棉毛窝，上面凿了许多孔，系着黑带子，又暖和又舒服的样子。衣服、裙子、毛窝，显然全是自己缝制的。她是百分之百的一个朴素的女学生。我那一天穿的是一件蓝呢长袍，挽着袖口，胸前挂着清华的校徽，穿着一双棕色皮鞋。好多年后季淑对我说，她喜欢我那一天的装束，也因为那是普遍的学生样子。那时候我照过一张全身立像，我举以相赠，季淑一直偏爱这张照片，后来到了台湾她还特为放大，悬在寝室，我在她入殓的时候把这张照片放进棺内，我对她的尸体告别说："季淑，我没有别的东西送给你，你把你所最喜爱的照片拿去吧！它代表我。"

短暂的初次会晤大约有半小时。屋里有一个小火炉，阳光照在窗户纸上，使小屋和暖如春。这是北方旧式房屋冬天里所特有的一种气氛。季淑不是健谈的人，她有几分矜持，但是她并不羞涩。我起立告辞，我没有忘记在分手之前先约好下次会面的时间与地点。

下次会面是在一个星期后，地点是中央公园。人类的历史就是由一个男人一个女人在一个花园里开始的。中央公园地点适中，而且有许多地方可以坐下来休息。唯一讨厌的是游人太多，像来今雨轩、春明馆、水榭，都是人挤人、人看人的地方，为我们所不取。我们愿意找一个僻静的亭子、池边的木椅，或石头的台阶。这种地方又往往为别人捷足先登或盘据取闹。我照例是在约定的时间前十五分钟到达指定的地点。和任何人要约，我也不愿迟到。我通常是在水榭的旁边守候，因为从那里可以望到公园的门口。等人是最令人心焦的事，一分一秒地耗着，不知看多少次手表，可是等到你所期待的人远远地姗姗而来，你有多少烦闷也丢到九霄云外去了。季淑不愿先我而至，因为在那个时代，一个年轻女子只身在公园里踱着是会引起麻烦来的。就是我们两个并肩在路上行走，也常有些不三不四的人在吹口哨。

有时候我们也到太庙去相会。那地方比较清静，最可喜的是进门右手一大片柏树林，在春暖以后有无数的灰鹤停驻在树巅，嘹唳的声音此起彼落，有时候轰然振羽破空而去。在不远处设有茶座，季淑最喜欢鸟，我们常常坐在那里对着灰鹤出神。可是季节一过，灰鹤南翔，这地方就萧瑟不堪，连坐的地方也没有了。北海当然是好去处，金鳌玉蛛的桥我们不知走过多少次数；漪澜堂是来往孔道，人太杂沓；五龙亭最为幽雅；大家挤着攀登的小白塔，我们就不屑一顾了。电影偶然也看，在“真光”看的飞来伯主演的《三剑客》。丽琳·吉施主演的《赖婚》至今印象犹新，其余的一般影片则我们根本看不进去。

清华一位同学戏分我们一班同学为九个派别，其一曰“主日派”，指每逢星期日则精神抖擞整其衣冠进城去做礼拜，风雨无阻，乐此不倦，当然各有各的崇拜偶像，而有衷心向往、虔心归主之意则一。其言虽谑，确是实情。这一派的人数不多，因为清华园是纯粹男性社会，除了几个洋婆子教师和若干教师眷属之外看不到一个女性。若有人能有机缘进城会晤女友，当然要成为令人羡慕的一派。我自度应属于此派。可怜现在事隔五十余年，我每逢周末又复怀着朝圣的心情去到槐园墓地，捧着一束鲜花去做礼拜！

不要以为季淑和我每周小聚是完全无拘无束的享受。在我们身后吹口哨的固不乏人，不吹口哨的人也大都对我们投以惊异的眼光。这年轻轻的一男一女，在公园里彳亍而行，喁喁而语，是做什么的呢？我们格于形势，只能在这些公开场所谋片刻的欢晤。季淑的家是一个典型的大家庭，人多口杂。按照旧的风俗，一个二十岁的大姑娘和一个青年男子每周约会在公共场所出现，是骇人听闻的事，罪当活埋！冒着活埋的危险在公园里游憩啜茗，不能说是无拘无束。什么事季淑都没瞒着她的母亲，母亲爱女心切，没有责怪她，反而殷殷垂询，鼓励她，同时也警戒她要一切慎重，无论如何不能让叔父们知道。所以季淑绝对不许我到她家访问，也不许寄信到她家里。我的家简单一些，也没有那么旧，但是也没有达到可以公开容忍我们的行为的地步。只有我的三妹绣玉（后改亚紫）知道我们的事，并且同情我们，帮助我们。她们很快地成为好友，两个人合照过一张像，我保存至今。三妹淘气，有一次当众戏呼季淑为二嫂，后来季淑告诉我，当时好窘，但是心里也有一丝高兴。

事有凑巧，有一天我们在公园里的四宜轩品茗。说起四宜轩，这是我们毕生不能忘的地方。名为四宜，大概是指四季皆宜，“春有百花秋有月，夏有凉风冬有雪”。四宜轩在水榭对面，从水榭旁边的土山爬上去，下来再钻进一个乱石堆成的又湿又暗的山洞，跨过一个小桥便是。轩有三楹，四面是玻璃窗。轩前是一块平地，三面临水，水里是鸭。有一回冬天大风雪，我们躲在四宜轩里，另外没有一个客人，只有茶房偶然提着开水壶过来。在这里，我们初次坦示了彼此的爱。现在我说事有凑巧的一天是在夏季，那一天我们在轩前平地的茶座休息，在座的有黄淑贞，我突然发现不远一个茶桌坐着我的父亲和他的几位朋友。父亲也看见了我，他走过来招呼，我只好把两位小姐介绍给他。季淑一点也没有忸怩不安，倒是我觉得有些局促。我父亲代我付了茶资，随后就离去了。回到家里，父亲问我：“你们是不是三个人常在一起玩？”我说：“不，黄淑贞是偶然遇到邀了去的。”父亲说：“我看程小姐很秀气，风度也好。”从此父亲不时地给我钱，我推辞不要，他说：“拿去吧，你现在需要钱用。”父亲为儿子着想是无微不至的。从此父亲也常常给我劝告，为我出主意，我们后来婚姻成功多亏父亲的帮助。

一九二二年夏，季淑辞去女职的事，改任石驸马大街女高师附属小学的教师。附小是季淑的母校，校长孙世庆原是她的老师，孙校长特别赏识她，说她稳重，所以聘她返校任职。季淑果不负他的期望，在校成为最肯负责的教师之一，屡次得到公开的褒扬。我常到附小去晤见季淑，然后一同出游。我去过几次之后，学校的传达室的工友渐感不耐，我赶快在节关前后奉上银饼一枚，我立刻看到了一张笑逐颜开的脸，以后见了我，不等我开口就说：“梁先生您来啦，请会客室坐，我就去请程先生出来。”会客室里有一张鸳鸯椅，正好容两个人并坐，我要坐候很久，季淑才出来，因为从这时候起她开始知道修饰，每和我相见必定盛装。王右家是她这时候班上的学生之一。抗战爆发后我在天津罗努生王右家的寓中下榻旬余日，有一天右家和 我闲聊，她说：

“实秋你知道么，你的太太从前是我的老师？”

“我听内人说起过，你那时是最聪明美丽的一个学生。”

“哼，程老师是我们全校三十几位老师中之最漂亮的一个。每逢周末她必定盛装起来，在会客室晤见一位男友，然后一同出去。我们几个学生就好奇地麇集在会客室的窗外往里窥视。”

我告诉右家，那男友即是我。右家很吃一惊。我回想起，那时是有一批淘气的女孩子在窗外唧唧嘎嘎。我们走出来时，也常有蹦蹦跳跳的孩子们追着喊：“程老师，程老师！”季淑就拍着她们的脑袋说：“快回去，快回去！”

“你还记得程老师是怎样的打扮么？”我问右家。

右家的记忆力真是惊人。她说：“当然。她喜欢穿的是上衣之外加一件紧身的黑缎背心，对不对？还有藏青色的百褶裙。薄薄的丝袜子，尖尖的高跟鞋。那高跟足有三寸半，后跟中细如蜂腰，黑绒鞋面，鞋口还锁着一圈绿丝线……”

我打断了她的话：“别说了，别说了，你形容得太仔细了。”

于是我们就泛论起女人的服装。右家说：

“一个女人最要紧的是她的两只脚。你没注意么，某某女士，好好的一个人，她的袜子好像是太松，永远是皱褶，鞋子上也有一层灰尘，令人看了不快。”

我同意她的见解，我最后告诉她莎士比亚的一句名言：“她的脚都会说话。”（见《脱爱勒斯与克莱西达》第四幕第五景。）

右家提起季淑的那双高跟鞋，使我忆起两件事。有一次我们在公园里散步，后面有几个恶少紧随不舍，其中有一个人说:“嘿，你瞧，有如风摆荷叶！”虽然可恶，我却觉得他善于取譬。后来我填了一首《卜算子》，中有一句“荷叶迎风舞”，即指此事。又有一次，在来今雨轩后面有一个亭子，通往亭子的小径都铺满了鹅卵石，季淑的鞋跟陷在石缝中间，扭伤了踝筋，透过丝袜可以看见一块红肿，在亭子里休息很久我才搀扶着她回去。

“五四”以后，写白话诗的风气颇盛。我曾说过，一个青年，到了“怨黄莺儿作对，怪粉蝶儿成双”的时候，只要会说白话，好像就可以写白话诗。我的第一首情诗，题为《荷花池畔》，发表在《创造》季刊，记得是第四期，成仿吾还不客气地改了几个字。诗没有什么内容，只是一团浪漫的忧郁。荷花池是清华园里唯一的风景区，有池有山有树有石栏，我在课余最喜欢独自一个在这里徘徊。诗共八节，节四行，居然还凑上了自以为是的韵。我把诗送给父亲看，他笑笑避免批评，但是他建议印制自己专用的诗笺，他负责为我置办，图案由我负责。这是对我的一大鼓励。我当即参考图籍，用双钩饕餮纹加上一些螭虎，画成一个横方的宽宽的大框，框内空处写诗。由荣宝斋精印，图案刷浅绿色。朋友们写诗的人很多，谁也没见过这样豪华的壮举。诗，陆续作了几十首，我给我的朋友闻一多看，他大喜若狂，认为得到了一个同道的知己。我的诗稿现已不存，只是一多所做《〈冬夜〉评论》一文里引录了我的一首《梦后》，诗很幼稚，但是情感是真的：

“吾爱啊！
你怎又推荐那孤单的枕儿，
伴着我眠，偎着我的脸？”
醒后的悲哀啊！
梦里的甜蜜啊！

我怨雀儿，
雀儿还在檐下蜷伏着呢！
他不能唤我醒——
他怎肯抛了他的甜梦呢？

“吾爱啊！
对这得而复失的馈礼，
我将怎样的怨艾呢？
对这缥缈浓甜的记忆，
我将怎样的咀嚼哟！”
孤零零的枕儿啊！

想着梦里的她，
舍不得不偎着你；
她的脸儿是我的花，
我把泪来浇你！

不但是白话，而且是白描。这首诗的故事是起于季淑赠我一个枕套，是她亲手缝制的，在雪白的绸子上，她用抽丝的方法在一边挖了一朵一朵的小花，然后挖出一串小孔穿进一根绿缎带，缎带再打出一个同心结。我如获至宝，套在我的枕头上，不大不小正合适。伏枕一梦香甜，矍然惊觉，感而有作。其实这也不过是《诗经》所谓“寤寐无为，辗转伏枕”的意思。另外还有一首《咏丝帕》，内容还记得，字句记不得了。我与季淑约会，她从来不曾爽约，只有一次我候了一小时不见她到来，我只好懊丧地回去。事后知道是意外发生的事端使她迟到，她也是怏怏而返。我把此事告诉一多，他责备我未曾久候，他说：“你不知道尾生的故事么？《汉书·东方朔传》注：‘尾生，古之信士，与女子期于桥下，待之不至，遇水而死。’”这几句话给了我一个启示，我写一首长诗《尾生之死》，惜未完成，仅得片断。

四

两年多的时间过得好快，一九二三年六月我在清华行毕业礼，八月里就要放洋，这在我是一件很忧伤的事。我无意到美国去，我当时觉得要学文学应该留在中国，中国的文学之丰富不在任何国家之下，何必去父母之邦？但是季淑见事比我清楚，她要我打消这个想法，毅然准备出国。

行毕业礼的前些天，在清华礼堂晚上演了一出新戏《张约翰》，是顾一樵临时赶编的。戏里面的人物有两个是女的，此事大费踌躇，谁也不肯扮演女性。最后由吴文藻和我自告奋勇才告解决。我把这事告诉季淑，她很高兴。在服装方面向她请教，她答应全力帮助，她亲手为我缝制，只有鞋子无法解决，季淑的脚比我小得太多。后来借到我的图画教师美籍黎盖特小姐的一双白色高跟鞋，在鞋尖处塞了好大一块棉花才能走路。我邀请季淑前去观剧，当晚即下榻清华，由我为她预备一间单独的寝室。她从来没到过清华，现在也该去参观一次。想不到她拒绝了。我坚请，她坚拒。最后她说："你若是请黄淑贞一道去，我就去。"我才知道她需要一个伴护。那一天，季淑偕淑贞翩然而至。我先领她们绕校一周，在荷花池畔徘徊很久，在亭子里休息，然后送她们到高等科大楼的楼上我所特别布置的一间房屋。那原是学生会的会所，临时送进两张钢丝床。工友送茶水，厨房送菜饭，这是一个学生所能做到的最盛大的招待。在礼堂里，我保留了两席最优的座位。戏罢，我问季淑有何感受，她说："我不敢仰视。"我问何故，她笑而不答。我猜想，是不是因为"良人者所仰望而终身也，今若是"！好久以后问她，她说不是："我看你在台上演戏，我心里喜欢，但是我不知为什么就低下了头，我怕别人看我！"

清华的留学官费是五年，三年期满可以回国就业实习，余下两年官费可以保留，但实习不得超过一年。我和季淑约定，三年归来结婚。所以我的父母和我谈起我的婚事，我便把我和季淑的成约禀告。我的父母问我要不要在出国之前先行订婚，我说不必，口头的约定有充足的效力。也许我错误了。也许先有订婚手续是有益的，可以使我安心在外读书。

季淑的弟弟道宽在师大附中毕业之后，叔父们就忙着为他觅求职业。正值邮局招考服务人员，命他前去投考，结果考取了。季淑不以为然，要他继续升学。叔父们表示无力供给，季淑就说她可以担负读书费用。事实上季淑在女师附小任教的课余时间尚兼两个家馆，在董康先生、钟炳芬先生家里都担任过西席，宾主相得，待遇优厚，所以她有余力一面侍奉老母一面供给弟弟，虽然工作劳累，但她情愿独力担起弟弟就学的负担。但是叔父们不赞成，明言要早日就业，分摊家用。他本人也不愿累及胞姐，乃决定就业。那份工作很重，后来感染结核之后力疾上班，终于不起。道宽就业不久，更严重的问题逼人而来。叔父们要他结婚，季淑乃挺身抗议，以为他的年纪尚小，健康不佳，应稍从缓。叔父们的意见以为授室之后才算是尽了提携侄辈的天职，于心方安；同时冷言讥诮："是不是你自己想在你弟弟之先结婚？"道宽怯懦，禁不起大家庭的压迫，遂遵命结婚。妻李氏，人很贤淑，不幸不久亦感染结核症相继而逝。

也许是一年多来我到石驸马大街去的回数太多了一点，大约五六十次总是有的。学生如王右家只注意到了程老师的漂亮，同事当中有几位有身世之感的人可就觉得看不顺眼，渐渐有人把话吹到校长孙世庆的耳里。孙先生头脑旧一些，以为青年男女胆敢公然缔交出入黉舍，纵然不算是大逆不道，至少是有失师道尊严，所以这一年夏天季淑就没有收到续聘书。没得说话，卷铺盖。不同时代的人，观念上有差别，未可厚非。季淑也自承疏忽，不该贪恋那张鸳鸯椅，我们应该无间寒暑地到水榭旁边去见面；所以我们对于孙世庆没有怨言。倒是他后来在敌伪时期做了教育局长，晚节不终，以至于明正典刑，我们为他惋惜。季淑决定乘我出国期间继续求学，于是投考国立美术专科学校，专习国画，晚间两个家馆的收入足可维持生活。榜发获捷，我们都很欢喜。

除了一盒精致的信笺、信封以外，我从来没送过她任何东西。我深知她的性格，送去也会被拒。那一盒文具，也是在几乎不愉快的情形之下才被收纳的。可是在长期离别之前不能不有馈赠，我在廊房头条太平洋钟表店买了一只手表，在我们离别之前最后一次会晤时送给了她。我解下了她的旧的，给她戴上新的，我说:“你的手腕好细！”真的，不盈一握。

季淑送我一幅她亲自绣的《平湖秋月图》，是用乱针方法绣成的，小小的一幅，不过 7 寸 ×10.2 寸，有亭有水有船有树，是很好的一幅图画，配色尤为精绝。在她毕业于女高师的那一年夏天，她们毕业班曾集体做江南旅行，由南京、镇江、苏州、无锡、上海以至杭州，所有的著名风景区都游览殆遍。我们常以彼此游踪所至作为我们谈话的资料。我们都爱西湖，她曾问我西湖八景之中有何偏爱，我说我最喜“平湖秋月”，她也正有同感。所以她就根据一张照片绣成一幅图画给我。那大片的水，大片的天，水草树木，都很不容易处理。我把这幅绣画带到美国，被一多看到，大为击赏。他引我到一家配框店选择了一个最精美而又色彩最调和的框子，悬在我的室中，外国人看了认为是不可想象的艺术作品。可惜半个世纪过后，有些丝线脱跳，色彩褪了不少，大致还是完好的。

我在八月初离开北京。临行前一星期我请季淑午餐，地点是劝业场三楼玉楼春。我点了两个菜之后要季淑点，她是从来不点菜的，经我逼迫，她点了“两做鱼”，因为她偶然听人说起广和居的两做鱼非常可口，初不知是一鱼两做。饭馆也恶作剧，竟选了一条一尺半长的活鱼，半烧半炸，两大盘子摆在桌上，我们两个面面相觑，无法消受。这件事我们后来说给我们的孩子听，都不禁呵呵大笑。文蔷最近在饭馆里还打趣说：“妈，你要不要吃两做鱼？”这是我们年轻时候的韵事之一。事实上她是最喜欢吃鱼，如果有干烧鲫鱼佐餐，什么别的都不想要了。在我临行的前一天，她在来今雨轩为我饯行，那一天又是风又是雨。我到了上海之后，住在旅馆里，创造社的几位朋友天天来访，逼我给《创造周报》写点东西，辞不获已，写了一篇《凄风苦雨》，完全是季淑为我饯行的忠实纪录，文中的陈淑即是程季淑。其中有这样的一段：

> 雨住了。园里的景象异常清新，玳瑁的树枝缀着翡翠的树叶，荷池的水像油似的静止，雪氅黄喙的鸭子成群地叫。我们缓步走出水榭，一阵土湿的香气扑鼻；沿着池边小径走上两旁的甬道。园里还是冷清清的，天上的乌云还在互相追逐着。
>
> “我们到影戏院去吧，天雨人稀，必定还

有……”她这样提议。我们便走进影戏院。里面观众果然晨星般稀少，我们便在僻处紧靠着坐下。铃声一响，屋里昏黑起来，影片像逸马一般在我眼前飞游过去，我的情思也跟着像机轮旋转起来。我们紧紧地握着手，没有一句话说。影片忽的一卷演讫，屋里的光线放亮了一些，我看见她的乌黑眼珠正在不瞬地注视着我。

“你看影戏了没有？”

她摇摇头说：“我一点也没有看进去，不知是些什么东西在我眼前飞过……你呢？”

我笑着说：“和你一样。”

我们便这样在黑暗的影戏院里度过两个小时。

我们从影戏院出来的时候，蒙蒙细雨又在落着，园里的电灯全亮起来了，照得雨湿的地上闪闪发光。远远地听到钟楼的当当的声音，似断似续的波送过来，只觉得凄凉黯淡……我扶着她缓缓地步入餐馆。疏细的雨点——是天公的泪滴，洒在我们身上。

她平时是不饮酒的，这天晚上却斟满一盏红葡萄酒，举起杯来低声地说：

“祝你一帆风顺，请尽这一杯！”

我已经泪珠盈睫了，无言地举起我的一杯，相对一饮而尽。餐馆的侍者捧着盘子在旁边诧异地望着我们。

我们就是这样开始了我们的三年别离。

五

一九二三年九月一日我到达美国，随即前往科罗拉多泉去上学。那是一个山明水秀的风景地，也有的是恻兮燎兮的人物，但是我心里想的是：

出其东门，有女如云。
虽则如云，非我思存。
缟衣綦巾，聊乐我员。
出其闉阇，有女如荼。
虽则如荼，非我思且。
缟衣茹藘，聊可与娱。

人心里的空间是有限的，一经塞满便再也不能填进别的东西。我不但游乐无心，读书也很勉强。

季淑来信报告我她顺利入学的情形，选的是西洋画系，很久时间都是花在素描上面；天天面对着石膏像，左一张右一张的炭画。后来她积了一大卷给我看，我觉得她画得相当好。她的线条相当有力，不像一般女子的纤弱。一多告诉我，素描是绘画的基本功夫，他在芝加哥一年也完全是炭画素描。季淑下半年来信，她们已经开始画裸体的模特儿了，男女老少的模特儿都有，比石膏像有趣得多。我买了一批绘画用具寄给她。包括木炭、橡皮、水彩、油料等等。这木炭和橡皮，比国内的产品好，尤其是那海绵似的方块橡皮，松软合用。国内学生用面包代替橡皮，效果当然不好。季淑用我寄去的木炭和橡皮，画得格外起劲。同学们艳羡不置，季淑便以多余的分赠给她的好友们。油画，教师们不准她们尝试，水彩还可以勉强一试。季淑有了工具，如何能不使用？偕了同学外出写生，大家用水彩，只有她有油料可用。她每次画一张画，都写信详告，我每次接到信，都仔细看好几遍。我写信给她，寄到美专，她特别关照过学校的号房工友，有信就存在那里，由她自己去取。有一次工友特别热心，把我的信转寄到她家里去。信放在窗台上，幸而没有被叔父们撞见，否则拆开一看，必定天翻地覆。

天翻地覆的事毕竟几乎发生。大约我出国两个月后，季淑来信，她的叔父们对她母亲说：“大嫂，三姑娘也这么大了，老在外面东跑西跑也不像一回事，我们打算早一点给她完婚。××部里有一位科员，人很不错，年龄么……男人大个十岁八岁也没有关系。”这是通知的性质，不是商酌，更不是征求同意。这种情况早在我们料想之中，所以季淑按照我们预定的计划应付，第一步是把情况告知黄淑贞；第二步是请黄家出面通知我的父母，由我父母央人出面正式做媒，同时由我作书禀告父母请求作主；第三步是由季淑自己出面去恳求比较温和开通的八叔（缵丞先生）惠予谅解。关键在第三步。她不能透露我们已有三年的交往，更不能说已有成言，只能扯谎，说只和我见过一面，但已心许。八叔听了觉得好生奇怪，此人既已去美，三年后才能回来，现在订婚何为？假使三年之后有变化呢？最后他明白了，他说：“你既已心许，我们也不为难你，现在一切作为罢论，三年以后再说。”这是最理想的结果，由于季淑的善于言辞，我们原来还准备了第四步，但是不需要了。可是此一波折，使我心情久久不能平复。

北京国立八校的教职员因政府欠薪而闹风潮，美专奉令停办。季淑才学了一年素描即告失学。一九二四年夏，我告别了风景优美的科罗拉多泉而进入哈佛研究院，季淑离开了北京而就教职于香山慈幼院。一九一七年熊希龄凭其政治地位领有香山全境，以风景最佳之“双清”为其别墅，以放领土地之收入举办慈幼院，由其夫人主持之。因经费宽裕，校址优美，慈幼院在北京颇有小名。季淑受聘是因为她爱那个地方。凡是名山胜水，她无不喜爱，这是她毕生的嗜好。在香山两年，她享尽了清福，虽然那里的人事复杂，一群蝇营狗苟的势利之辈环拱着炙手可热的权贵人家。季淑除了教书之外，一切不闻不问，她的宿舍离教室很远，要爬山坡，并且有数百级石阶，上下午各走一趟，但不以为苦。周末常约友好骑驴，游踪遍及八大处。西山一带的风景，她比我熟，因为她在香山有两年的勾留。

季淑的宿舍在山坡下，她的一间是在一排平房的中间，好像是第三个门。门前有一条廊檐。有一天阴霾四合，山雨欲来，一霎间乌云下坠，雨骤风狂。在山地旷野看雨，是有趣的事。季淑独在檐下站着，默默地出神，突然一声霹雳，一震之威几乎使她仆地，只见熊熊一团巨火打在离她身边不及十余尺的石桌石凳之上，白石尽变成黑色，硫磺的臭味历久不散。她说给我听，犹有余悸。

我们通信全靠船运，需十余日方能到达，但不必嫌慢，因为如果每天写信隔数日付邮，差不多每隔三两天都可以收到信。我们是每天写一点，积一星期可得三数页，一张信笺两面写，用蝇头细楷写，这样的信收到一封可以看老大半天。

三年来我们各积得一大包。信的内容有记事，有抒情，有议论，无体不备。季淑把我的信收藏在一个黑漆的首饰匣里，有一天忘了锁，钥匙留插在锁孔里，大家唤作小方的一位同事大概平素早就留心，难逢的机会焉肯放过，打开匣子开始阅览起来，临走还带了几封去。小方笑呵呵地把信里的内容背诵几段，季淑才发现失窃。在几经勒索、要挟之下才把失物赎回。我曾选读“伯朗宁与丁尼生”一门功课，对伯朗宁的一首诗 *One Word More* 颇为欣赏，我便摘了下列三行诗给季淑看：

God be thanked, the meanest of his creatures
Boasts two soul-sides, one to face the word with,
One to a women when he loves her.

感谢上帝，他的最卑微的生人
也有两面的灵魂，一面对着世人，
一面给他所爱的女人看。

不过伯朗宁还是把他的情诗公诸于世了。我的书信不是预备公开的，于一九四八年冬离家时付之一炬。小方看过其中的几封信，不知道她看的时候心中有何感受。

六

三年的工夫过去了。一九二六年七月间，“麦金莱总统”号在黎明时抵达吴淞口外抛锚候潮，我听到青蛙鼓噪，我看到滚滚浊流，我回到了故国。我拿着梅光迪先生的介绍信到南京去见胡先骕先生，取得国立东南大学的聘书，就立刻北上天津。我从上海致快函给季淑，约她在天津会晤，盘桓数日，然后一同返京，她不果来，事后她向我解释：“名分未定，行为不可不检。”我觉得她的想法对，不能不肃然起敬。邓约翰（John Donne）有一首诗《出神》（*The Extasie*），其中有两节描写一对情侣的关系真是恰如分际：

Our hands were firmly cimented
With a fast balme, which thence did spring,
Our eye-beames twisted, and did thred
Our eyes, upon double string;

So to' entergraft our hands, as yet
Was all the means to make us one,
And pictures in our eyes to get
Was all our propagation.

我们的手牢牢的握着，
手心里冒出黏黏的汗，
我们的视线交缠，
拧成双股线穿入我们的眼。

两手交接是我们当时
唯一途径使我们融为一体，
眼中倩影是我们
所有的产生出来的成绩。

久别重逢，相见转觉不能交一语。季淑说：“华，你好像瘦了一些。”当然，怎能不瘦？她也显得憔悴。我们所谈的第一桩事是商定婚期，暑假内是不可能，因为在八月底我要回到南京去授课，遂决定在寒假里结婚。这时候有人向香山慈幼院的院长打小报告：“程季淑不久要结婚了，下半年的聘书最好不要发给她。”季淑不欲在家里等候半年，需要一个落脚处。她的一位朋友孙亦云女士任公立第三十六小学校长，学校在北新桥附近府学胡同，承她同情，约请季淑去做半年的教师。

我到香山去接季淑搬运行李进城是一件难忘的事。一清早我雇了一辆汽车，车身高高的，用曲铁棍摇半天才能发动引擎的那样的汽车。出城直奔西山，一路上汽车喇叭呜呜叫，到达之后她的行李早已预备好，一只箱子放进车内，一个相当庞大的铺盖卷只好用绳子系在车后。我们要利用这机会游览香山。季淑引路，她非常矫健，身轻似燕，我跟在后面十分吃力，过了双清别墅已经气喘如牛，到了半山亭便汗流浃背了。季淑把她撑着的一把玫瑰紫色的洋伞让给我，也无济于事。后来找到一处阴凉的石头，我们坐了下来。正喘息间，一个卖烂酸梨的乡下人担着挑子走了过来，里面还剩有七八只梨，我们便买了来吃。在口燥舌干的时候，烂酸梨有如甘露。抬头看，有小径盘旋通往山巅，据说有十八盘，山巅传说是清高宗重阳登高的所在，旧名为重阳亭，实际上并没有亭子。如今俗名为“鬼见愁”。季淑问我有无兴趣登高一望，我说鬼见犹愁，我们不去也罢。她是去过很多次的。

我在西山饭店用膳之后，时间还多，索性尽一日之欢，顺道前往玉泉山。玉泉山是金、元、明、清历代帝王的行宫御苑，乾隆写过一篇《玉泉山记》。据说这里的水质优美，饮之可以长寿，赐名为“天下第一泉”。如今宫殿多已倾圮，沦为废墟，唯因其已荒废，掩去了它的富丽堂皇的俗气，较颐和园要高雅得多。我们一进园门就被一群穷孩子包围，争着要做向导，其实我们不需向导，但是孩子们嚷嚷着说：“你们要喝泉水，我有干净杯子；你们要登玉峰塔，我给你们领取钥匙……”无可奈何，拣了一个老实相的小孩子。他真亮出一只杯子，在那细石流沙、绿藻紫荇历历可数的湖边喷泉处舀了一杯泉水，我们共饮一杯，十分清洌。随后我们就去登玉峰塔，塔在山顶，七层九丈九尺，盘旋拾级而上，嘱咐小孩在下面静候。我们到达顶层，就拂拂阶上的尘土，坐下乘凉，真是一个好去处。好像不大的工夫，那孩子嗵嗵嗵地蹿上来了，我问他为什么要上来，他说他等了好久好久不见人下来，所以上来看看。于是我们就拾级而下，我对季淑说：“你不记得我们描过的红模子么？‘王子去求仙，丹成上九天，洞中方七日，人世几千年。’塔上面和塔下面时间过得快慢原不相同。”相与大笑。回到城里，我送季淑到黄淑贞家，把行李卸下我就走了，以后我们几次晤见是在三十六小学。

暑假很快地过去，我到南京去授课。在东南大学校门正对面有一条小巷，蓁巷，门牌四号是过探先教授新建的一栋平房，招租。一栋房分三个单位，各有四间。房子不肯分租，我便把整栋房子租了下来，一年为期。我自占中间一所，右边一所分给余上沅、陈衡粹夫妇，左边一所分给张景钺、崔芝兰夫妇，三家均摊房租，三家都是前后准备新婚。我搬进去的第一天，真是家徒四壁，上沅和我天天四处奔走购置家具等物。寝室墙刷粉红色，书房淡蓝色。有些东西还需要设计定制。足足忙了几个月，我写信给季淑：“新房布置一切俱全，只欠新娘。”房子有一大缺点，寝室后边是一大片稻田，施肥的时候必须把窗紧闭。生怕这一点新娘子感到不满。

南京冬天也相当冷，屋里没有取暖的设备。季淑用蓝色毛绳线给我织了一条内裤，邮寄过来。一排四颗黑扣子，上面的图案是双喜字。我穿在身上说不出的温暖，一直穿了几十年。这半年季淑很忙，一面教书一面筹备妆奁，利用她六年来的积蓄置办了四大楠木箱的衣物，没有一个人帮她一把忙。

七

我们结婚的日子是一九二七年二月十一日，行礼的地点是北京南河沿欧美同学会。这是我们请出媒人正式往返商决的。婚前还要过礼，亦曰“放定”，言明一切从简，那两只大呆鹅也免了，甚至许多人所期望的干果、饼饵之类也没有预备。只有一具玉如意，装在玻璃匣里，还有两匣首饰，由媒人送到女家。如意是代表什么，我不知道，有人说像灵芝，取其吉祥之意，有人则说得很难听。这具如意是我们的传家之宝，平常高高地放在上房条案上的中央，左金钟，右玉磬，永远没人碰的。有了喜庆大事，才拿出来使用，用毕送还原处。以我所知，在我这回订婚以后还没有使用过一次。新娘子服装照例由男家准备，我母亲早已胸有成算，不准我开口。母亲带着我大姐到瑞蚨祥选购两身衣料，一身上衣与裙是粉红色的缎子，行婚礼时穿；一身上衣是蓝缎，裙子是红缎，第二天回门穿。都是全身定制绣花。母亲说若是没有一条红裙子，便不能成为一个新娘子；她又说冬天冷，上衣非皮毛不可，于是又选了两块小白狐。衣服的尺寸由女家开了送来，我母亲一看大惊："一定写错了，腰身这样小，怎穿得上！"托人再问，回话说没错，我心中暗暗好笑，我早知道没错。棉被由我大姐负责缝制，她选了两块被面，一床洋妃色，一床水绿色，最妙的是她在被的四角缝进了干枣、花生、桂圆、栗子四色干果。我在睡觉的时候硌了我的肩膀，季淑告诉我这是取吉利，"早生贵子"之意。季淑不知道我们备了枕头，她也预备了一对，枕套是白缎子的，自己绣了红玫瑰花在角上，鲜艳无比，我舍不得用，留到如今。她又制了一个金质的项链，坠着一个心形的小盒，刻着我们两个的名字。这时候我家住在大取灯胡同一号，新房设在上屋西套间，因为不久要到南京去，所以没有什么布置，只是换了新的窗幔，买了一张新式的大床。

结婚那天，晴而冷。证婚人由我父亲出面请了贺履之（良朴）先生担任，他是我父亲的一个酒会的朋友，年高有德，而且是山水画家，当时一位名士。本来熊希龄先生曾对季淑自告奋勇愿为证婚，我们想想还是没有劳驾。张心一、张禹九两位同学是男傧相，季淑的美专同学孪生的冯棠、冯棣是女傧相。两位介绍人，只记得其一姓翁。主婚人是我父亲和季淑的四叔梓琴先生。

婚礼定在下午四时举行，客人差不多到齐了，新娘不见踪影。原来娶亲的马车到了女家，照例把红封从门缝塞进去之后，里面传话出来要递红帖："没有红帖怎行？我们知道你是谁？"事先我要求亲迎，未被接纳，实不知应备红帖。僵持了半天，随车的人员经我父亲电话中指示临时补办，到荣宝斋买了一份红帖请人代书，总算过了关。可是彩车到达欧美同学会的时候暮霭渐深。这是意外事，也是意中事。

我立在阶上看见季淑从二门口由两人扶着缓缓地沿着旁边的游廊走进礼堂，后面两个小女孩牵纱。张禹九用胳膊肘轻轻触我说："实秋，嘿嘿，娇小玲珑。"我觉得好像有人在我耳边吟唱着彭士（Robert Burns）的几行诗：

She is a winsome wee thing,
She is a handsome wee thing,
She is a lovesome wee thing,
    This sweet wee wife o'mine.

她是一个媚人的小东西，
她是一个漂亮的小东西，
她是一个可爱的小东西，
　　我这亲爱的小娇妻。

事实上凡是新娘没有不美的。萨克令（Sir John Suckling）的一首《婚礼曲》（*A Ballad upon a Wedding*）就有几节很好的描写：

The maid and thereby hangs a tale;
For such a maid no Whitsun-ale,
　　Could ever yet produce;
No grape, that's kindly ripe, could be,
So round, so plump, so soft as she,
　　Nor half so full of juice.

Her finger was so small the ring,
Would not stay on, which they did bring,
　　It was too wide a peck;
And to say truth (for out it must),
It looked like the great collar (just)

About our young colt's neck.

Her feet beneath her petticoat,
Like little mice stole in and out,
As if they feared the light;
But oh, she dances such a way,
No sun upon an Easter day
Is half so fine a sight！

Her cheeks so rare a white was on,
No daisy makes comparison;
（Who sees them is undone），
For streaks of red were mingled there,
Such as are on a Katherene pear,
(The side that's next the sun).

Her lips were red, and one was thin,
Compared to that was next her chin
(Some bee had stung it newly);
But, dick, her eyes so guard her face
I durst no more upon them gaze,

Than on the sun in july.

Her mouth so small, when she does speak,
Thhou'dst swear her teeth her words did break,
That they might passage get;
But she so handled still the matter,
They came as good as ours, or better,
And are not spent a whit.

讲到新娘（说来话长），
像她那样的姑娘，
圣灵降临的庆祝会里尚未见过：
没有树熟的葡萄像她那样红润，
那样圆，那样丰满，那样细嫩，
汁浆有一半那样的多。

她的手指又细又小，
戒指戴上去就要溜掉，
因为太松了一点；
老实说（非说不可），
恰似小驹的颈上套着

一只大的项圈。

她裙下露出两只脚，
老鼠似的出出进进的跑，
像是怕外面的光亮：
但是她的舞步翩翩，
太阳在复活节的那一天，
也没有那样美的景象！

她的两颊白得出奇，
没有雏菊能和她相比；
（令人一见魂儿飞上天了），
因为那白里还带着红色，
活像是枝头的小梨一个，
（朝着太阳的那一边）。

她的唇是红的；一片很薄，
挨近下巴的那片就厚得多
（必是才被蜜蜂蜇伤）
但是，狄克，她的两眼保护着脸
我不敢多看一眼，

有如对着七月的太阳。

她的嘴好小，说起话来，
她的牙齿要把字儿咬碎，
　　以便从嘴里挤送出去；
但是她处理得很得法，
谈吐不比我们差，
　　而且一点也不吃力。

季淑那天头上戴着茉莉花冠。脚上穿的一双高跟鞋，为配合礼服，是粉红色缎子做的，上面缝了一圈的亮片，走起路来一闪一闪。因戒指太松而把戒指丢掉的不是她，是我，我不知在什么时候把戒指甩掉了，她安慰我说："没关系，我们不需要这个。"

证婚人说了些什么话，根本就没有听进去，现在一个字也不记得。我只记得赞礼的人喊了一声"礼成"，大家纷纷涌向东厢入席就餐。少不了有人向我们敬酒，我根本没有把那小小酒杯放在眼里。黄淑贞突然用饭碗斟满了酒，严肃地说："季淑，你以后若是还认我做朋友，请尽此碗。"季淑一声不响端起碗来汩汩地喝了下去，大家都吃一惊。

回到家中还要行家礼，这是预定的节目。好容易等到客人散尽，两把太师椅摆在堂屋正中，地上铺了红毡子，请父母就座，我和季淑双双跪下磕头，然后闹哄到午夜，父母发话："现在不早了，大家睡去吧。"

罗赛蒂（D. G. Rossetti）有一首诗《新婚之夜》（*The Nuptial Night*），他说他一觉醒来看见他的妻懒洋洋地酣睡在他身旁，他不能相信那是真的，他疑心是在做梦。梦也好，不是梦也好，天刚刚亮，季淑骨碌爬了起来，梳洗毕换上一身新装，蓝袄红裙，红缎绣花高跟鞋，在穿衣镜前面照了又照，侧面照，转身照。等父母起来她就送过去两盏新沏的盖碗茶。这是新媳妇伺候公婆的第一幕。早餐罢，全家人聚在上房，季淑启开她的箱子把礼物一包一包地取出来，按长幼顺序每人一包，这叫作开箱礼，又叫作见面礼，无非是一些帽鞋日用之物，但是季淑选购甚精，使得家人皆大欢喜。我袖手旁观，说道："哎呀！还缺一份！——我的呢？"惹得哄堂大笑。

次一节目是我陪季淑"回门"。进门第一桩事是拜祖先的牌位，一个楠木龛里供着一排排的程氏祖先之神位，多到不可计数。可见绩溪程氏确是一大望族。我们纳头便拜，行最敬礼。好像旁边还有人念念有词，说到三姑娘三姑爷什么什么的，我当时感觉我很光荣地成了程家的女婿。拜完祖先之后便是拜见家中的长辈，季淑的继祖母尚在，其次便是我的岳母，叔父辈则有四叔、七叔（荫庭先生）、九叔（荫轩先生），八叔已去世。婶婶则四婶就有两位，然后六婶、七婶、八婶、九婶。我们依次叩首，我只觉得站起来跪下去忙了一大阵。平辈相见，相互鞠躬。随后便是盛筵款待，我很奇怪季淑不在席上，不知她躲在哪里，原来是筵席以男性为限。谈话间我才知道，已去世的六叔还曾留学俄国，编过一部《俄华字典》刊于哈尔滨。

第三天，季淑病倒，腹泻。我现在知道那是由于生活过度紧张，睡了两天她就好了。

过了十几天，时局起了变化，国民革命军北伐逐步迫近南京。母亲关心我们，要我们暂且观望不要急急南下。父亲更关心我们，把我叫到书房私下对我说："你现在已经结了婚，赶快带着季淑走，机会放过，以后再想离开这个家庭就不容易了，不要糊涂，别误解我的意思。立刻动身，不可迟疑。如果遭遇困难，随时可以回来。我观察这几天，季淑很贤慧而能干，她必定会成为你的贤内助。你运气好，能娶到这样的一个女子。男儿志在四方，你去吧！"父亲说到这里，眼圈红了。

我商之于季淑，她遇大事永远有决断，立刻启程。父亲嘱咐，兵荒马乱的时候，季淑必须卸下她的鲜艳的服装，越朴素越好。她改着黑哗叽裙黑皮鞋，上身驼绒袄之外罩上一件粗布褂。我记得清清楚楚，布褂左下角有很大的一个缝在外面的衣袋，好别致。我们搭的是津浦路二等卧车（头等车被军阀们包用了），二等车男女分座，一个车厢里分上下铺，容四个人，季淑分得一个上铺。车行两天一夜，白天我们就在饭车上和过路的地方一起谈天，观看窗外的景致，入夜则分别就寝。

车上睡不稳，一停就醒，醒来我就过去看看她。她的下铺是一位中年妇女，事后知道她是中国银行司库吴某的太太，她第二天和季淑攀谈：

“你们是新结婚的吧？”

“是的，你怎么知道？”

“看你那位先生，一夜的工夫他跑过来看你有十多趟。”这位吴太太心肠好，我们渡江到下关，她知道我们没有人接，便自动表示她有马车送我们进城。我们搭了她的车直抵蓁巷。

这时候南京市面已经有些不稳，散兵游勇满街跑，遇到马车就征用。我们在蓁巷一共住了五天，躲在屋里，什么地方也没去。事实上我们也不想出去。渐渐地听到遥远的炮声。我的朋友李辉光、罗清生来，他们都是单身汉，劝我偕眷到上海暂避。罗清生和一家马车行的老板有旧，特意为我雇来马车，我们便邀同新婚的余上沅夫妇一同出走。可怜我煞费苦心经营的新居从此离去。当时天真的想法是政治不会过分影响到学校，不久还可以回来，所以行李等物就承洪范五先生的帮忙，寄存在图书馆地下室。马车走了不远，就有两名大兵持枪吓阻，要搭车到下关，他们不由分说跳上了车旁的踏脚板，一边一个像是我们的卫兵，一路无阻直达江滨。到上海的火车已断，我们搭上了太古的轮船。奇怪的是头等客房只有我们两对，优哉游哉倒真像是蜜月中的旅行。

八

我们在上海三年的生活是艰苦的，情形当然是相当狼狈。有人批评孔子为“累累若丧家之狗”，孔子欣然笑曰：“形状末也，而似丧家之狗，然哉然哉！”

季淑的大姑住在上海（大姑父汪运斋先生），她的二女婿程培轩一家返徽省亲，空出的海防路住所借给我们暂住了半个月。这是我们婚后初次尝到安定畅快的生活。随后我们就租了爱文义路众福里的一栋房子，那是典型的上海式标准的一楼一底的房，比贫民窟要算是差胜一筹，因为有电灯、自来水的设备而且门窗户壁俱全。关于这样的房子我写过一篇小文《住一楼一底房者的悲哀》，其中有这样几段：

> 一楼一底的房没有孤零零地一所矗立着的，差不多都像鸽子窝似的一大排，一所一所的构造的式样大小，完全一律，就好像从一个模型里铸出来的一般。我顶佩服的就是当初打图样的土著工程师，真能相度地势，节工省料，譬如五分厚的一垛山墙就好两家合用。王公馆的右面一垛山墙，同时就是李公馆的左面的山墙，并且王公馆若是爱好美术，在右面山墙上钉一个铁钉子，挂一张美女月份牌，那么李公馆在挂月份牌的时候就不必再钉钉子，因为这边钉一个钉子，那边就自然而然地会钻出一个钉头儿。
>
> 房子虽然以一楼一底为限，而两扇大门却是方方正正的，冠冕堂皇，望上去总不像是我所能租赁得起的房子的大门。门上两个铁环是少不得的，并且还是小不得的。……门环敲得啪啪响的时候，声浪在周围一二十丈以内的范围都可以很清晰播送得到。一家敲门，至少有三家应声“啥人”，至少有两家拔闩启锁，至少有五家人从楼窗中探出头来。
>
> “君子远庖厨”，住一楼一底的人简直没有法子

上跻于君子之伦。厨房里杀鸡，无论躲在哪一墙角都可以听见鸡叫（当然这是极不常有之事）；厨房里烹鱼，我可以嗅到鱼腥；厨房里升火，就可以看见一朵一朵乌云在眼前飞过。自家的厨房既没法可以远，隔着半垛墙的人家的庖厨离我还是差不多的近……

厨房之上，楼房之后，有所谓亭子间者，住在里面真可说是冬冷而夏热，厨房烧柴的时候，一缕缕的青烟从地板缝中冉冉上升。亭子间上面又有所谓晒台者，名义是为晾晒衣服之用，实际常是人们乘凉、打牌、开放留声机的地方，还有人在晒台上另搭一间小屋堆置杂物。别看一楼一底，其中有不少曲折。

这一段话虽然不免揶揄，但是我们并无埋怨之意。我们虽然僦居穷巷，住在里面却是很幸福的。季淑和我同意，世界上没有一个地方比自己的家更舒适，无论那个家是多么简陋、多么寒伧。这个时候我在《时事新报》编一个副刊《青光》，这是由于张禹九的推荐临时的职业，每天夜晚上班发稿。事毕立刻回家，从后门进来匆匆登楼，季淑总是靠在床上看书等着我。

“你上楼的时候，是不是一步跨上两级楼梯？”她有一次问我。

“是的，你怎么知道？”

“我听着你的嗵嗵响的脚步声，我数着那响声的次数，和楼梯的级数不相符。”

我的确是恨不得一步就跨进我的房屋。我根本不想离开我的房屋。吾爱吾庐。

我们在爱文义路住定之后，暑假中，我的妹妹亚紫和她的好友龚业雅女士于女师大毕业后到上海来，就下榻于我们的寓处。下榻是夸张语，根本无榻可下，我和季淑睡在床上，亚紫、业雅睡在床前地板上。四个年轻人无拘无束地狂欢了好多天，季淑曲尽主妇之道。由于业雅的堂兄业光的引介，我和亚紫、业雅都进了国立暨南大学服务。亚紫和业雅不久搬到学校的宿舍。随后我母亲返回杭州娘家去小住，路过上海也在我们寓所盘桓了几天。头一天季淑自己下厨房，她以前从没有过烹饪的经验，我有一点经验，但亦不高明，我们两人商量着做弄出来四个菜，但是季淑煮米放多了水变成了粥，急得哭了一场。母亲大笑说：“喝粥也很好。”这一次失败给季淑的刺激很大。她说：“这是我受窘的一次，毕生不能忘。”以后她对烹饪就很悉心研究。

怀孕期间各人的反应不同。季淑于婚后三四个月即开始感觉恶心呕吐，想吃酸东西，这样一直闹到分娩那一天才止。一九二七年十二月一日（阴历十一月初八）我们的大女儿文茜生。预先约好的产科张湘纹临时迟迟不来，只遣护士照料，以致未能善尽保护孕妇的责任，使得季淑产后将近三个月才完全复原。她本想能找得一份工作，但是孩子的来临粉碎了一切的计划，她热爱孩子，无法分身去谋职业，亦无法分神去寻娱乐。六年之间四次生产，她把全部时间与精力奉献给了孩子。

第二年我们迁居到赫德路安庆坊，是二楼二底房，宽绰了一倍，但是临街往来的电车之稀里哗啦叮叮当当从黎明开始一直到深夜，地都被震动，床也被震动。可是久之也习惯了。我的内弟道宽这一年去世，弟妇士馨也相继而殁，我便和季淑商量把我的岳母接到上海来奉养。于是我们搭船回到北京回家小住，然后接了我的岳母南下。在这房子里季淑生下第二个女儿（三岁时夭折，瘗于青岛公墓）。季淑的身体本弱，据我的岳母告诉我，庚子之乱，他们一家逃避下乡，生活艰苦，季淑生于辛丑年二月，先天不足，所以自小羸弱。季淑连生两胎，体力消耗太大，对于孕妇保健的知识我们几等于零，所以她就吃亏太多，我事后悔恨无及。幸亏有她的母亲和她相伴，她在精神上得到平安，因为她不再挂念她的老母。我看见季淑心情宁静，我亦得到无上的安慰。

这一年我父亲游杭州，路过上海也来住了几天。季淑知道我父亲的日常生活的习惯和饮食的偏好，侍候唯恐不周。他洗脸要用大盆，直径要在二尺以上，季淑就真物色到那样大的洋瓷盆。他喝茶要用盖碗，水要滚，茶叶要好，泡的时间要不长不短，要守候着在正合宜的时候捧献上去，这一点季淑也做到了。我父亲说除了我的母亲之外，只有季淑泡的茶可以喝。父亲喜欢冷饮，季淑自己制作各种各样的饮料，她认为酸梅汤只有北京信远斋的出品才够标准。早点巷口的生煎包子就可以了，她有时还要到五芳斋去买汤包。每餐菜肴，她尽其所能地去调配，自更不在话下。亚紫、业雅也常在一起陪伴，是我们家里最热闹的一段时期。父亲临走，对季淑着实夸奖了一番，说她带着两个孩子操持家务确是不易。

第三年我们搬到爱多亚路一〇一四弄，是一栋三楼的房子，虽然也是弄堂房子，但有了阳台、壁炉、浴室、卫生设备等等。一九三〇年四月十六日（阴历三月十八），在这里季淑生下第三胎，我们唯一的儿子文骐。照顾三个孩子，很不简单，单是孩子的服装就大费周章。季淑买了一架胜家缝纫机，自己做缝纫，连孩子的大衣也是自己做。她在百忙中没有忘记修饰她自己。她把头发剪了，不再有梳头的麻烦，额前留着刘海，所谓“boyish bob”，是当时最流行的发式。旗袍短到膝盖，高领短袖。她自己的衣服也是大部分自己做，找裁缝匠反倒不如意。我喜欢看她剪裁，有时候比较质地好的材料铺在桌上，左量右量，画线再画线，拿着剪刀迟迟不敢下手。我就在一旁拍着巴掌唱起儿歌:“功夫用得深，铁杵磨成针。功夫用得浅，薄布不能剪！”她把我推开，“去你的！”然后她就咔吱咔吱地剪起来了。她很快地把衣服做好，穿起来给我看，要我批评。除了由衷的赞美之外，还能说什么？

我在光华、中国公学两处兼课，真茹、徐家汇、吴淞是一个大三角，每天要坐电车、野鸡汽车、四等火车赶三处地方，整天奔波，所以每天黎明即起。厨工马兴义给我预备极丰盛的一顿早点，季淑不放心，她起来监督，陪我坐着用点，要我吃得饱饱的，然后伴我走到巷口看我搭上电车才肯回去。这一年我母亲带着五弟到杭州去，路过上海在我们家住了些日子。

我们右邻是罗努生、张舜琴夫妇，左邻是一本地商人，再过去是我的妹妹亚紫和妹夫时昭涵，再过去是同学孟宪民一家，前弄有时昭静和夏彦儒夫妇，丁西林独居一栋。所以巷里熟人不少。努生一家最不安宁，夫妻勃豀，时常动武，午夜爆发，张舜琴屡次哭哭啼啼跑到我家诉苦。家务事外人无从置喙，结果是季淑送她回去。我们当时不懂，既成夫妻，何以会反目，何以会争吵，何以会仳离。季淑常天真地问我:

"他们为什么要离婚？"

有一年中秋前后，徐志摩匆匆地跑来，对我附耳说："胡大哥请吃花酒，要我邀你去捧捧场。你能不能去，先去和尊夫人商量一下，若不准你去就算了。"我问要不要去约努生，他说："我可不敢，河东狮子吼，要天翻地覆，惹不起。"我上楼去告诉季淑，她笑嘻嘻地一口答应："你去嘛，见识见识。喂，什么时候回来？""当然是，吃完饭就回来。"胡先生平素应酬未能免俗，也偶尔叫条子侑酒，照例到了节期要去请一桌酒席。那位姑娘的名字是"抱月"，志摩说大概我们胡大哥喜欢那个月字是古月之月，否则想不出为什么相与了这位姑娘。我记得同席的还有唐腴庐和陆仲安，都是个中老手。入席之后照例每人要写条子召自己平素相好的姑娘来陪酒。我大窘，胡先生说："由主人代约一位吧。"约来了一位坐在我身后，什么模样，什么名字，一点也记不得了。饭后还有牌局，我就赶快告辞。季淑问我感想如何，我告诉她：买笑是痛苦的经验，因为侮辱女性，亦即是侮辱人性，亦即是侮辱自己。男女之事若没有真的情感在内，是丑恶的。这是我在上海三年唯一的一次经验，以后也没再有过。

九

由于杨金甫的邀请，我到青岛去教书。这是一九三〇年夏天的事。我们乘船直赴青岛，先去参观环境，闻一多偕行。我们下榻于中国旅行社，雇了两辆马车环游市内一周，对于青岛的印象非常良好，季淑尤其爱这地方的清洁与气候的适宜，与上海相比，不啻霄壤。我们随即乘火车返回北平度过一个暑假，我的岳母回到程家。

在青岛鱼山路四号我们租到一栋房子，楼上四间楼下四间。这地点距离汇泉海滩很近，约十几分钟就可以走到。季淑兴致很高。她穿上了泳装，和我偕孩子下水。孩子用小铲在沙滩上掘沙土，她和我就躺在沙滩上晒太阳，玩到夕阳下山还舍不得回家。有时候我们坐车到栈桥，走上伸到海中的长长的栈道，到尽端的亭子里乘凉。海滨公园也是我们爱去的地方，因为可以在乱石的缝里寻到很多的小蟹和水母，同时这里还有一个水族馆。第一公园有老虎和其他的兽栏，到了春季樱花盛开可真是蔚为大观，季淑叹为奇景，一去辄留连不忍走。后来她说美国西雅图或美京华盛顿的樱花品种不同，虽然也颇可观，但究比青岛逊色。我有同感。

我为学校图书馆购书赴沪一行，顺便给季淑买了一件黑绒镶红边的背心，可以穿在旗袍外面，她很喜欢，尤其是因为可以和她的一双黑漆皮镶红边的高跟鞋相配合。季淑在这时候较前丰腴，容颜焕发，洋溢着母性的光辉。我的朋友们很少在青岛有眷属，杨金甫、赵太侔、黄任初等都有家室，但都不知住在什么地方。闻一多一度带家眷到青岛，随即送还家乡。金甫屡次善意劝我，不要永远守在家里，暑期不妨一个人到外面海阔天空地跑跑，换换空气。我没有接受他的好意。和谐的家室，空气不需要换，如果需要的话，镇日价育儿持家的妻子比我更有需要。

父亲慕青岛名胜，来看我们住了十二天。我们天天出去游玩。有一天季淑到大雅沟的菜市买来一条长二尺以上的鲥鱼，父亲大为击赏。肥城桃、莱阳梨、烟台的葡萄与苹果，都可以说是天下第一，我们放量大嚼，而德人开的弗劳塞饭店的牛排与生啤酒尤为令人满意。张道藩从贵州带来的茅台酒，也成了我们孝敬父亲的无上佳品。有一晚父亲和我关起门来私谈，他把我们家的历史从我祖父起原原本本地讲述给我听，都是我从前没有听到过的。他说：“有些事不足为外人道，不必对任何人提起，但不妨告诉季淑知道。”最后他提出两点叮嘱，他说他垂垂老矣，迫切期望我们能有机会在北平做事，大家住在一起，再就是关于他将来的身后之事。我当天夜晚把这些话告诉了季淑，她说：“父亲开口要我们回去，我们还能有什么话说。”

第二年，我们搬到鱼山路七号居住。是新造的楼房，四上四下，还有地下室，前院亦尚宽敞。房东王德溥先生，本地人，具有山东人特有的忠厚朴实的性格，房东房客之间相处甚得。我们要求他在院里栽几棵树，他唯唯否否，没想到第二天他就率领着他的儿子押送两大车的树秧来了。六棵樱花、四棵苹果、两棵西府海棠，把小院种得满满的。树秧很大，第二年即开始着花，樱花都是双瓣的，满院子的蜜蜂嗡嗡声。苹果第二年也结实不少，可惜等不到成熟就被邻居的恶童偷尽。西府海棠是季淑特别欣赏的，胭脂色的花苞，粉红的花瓣，衬上翠绿的嫩叶，真是娇艳欲滴。

我们住定之后就设法接我的岳母来住，结果由季淑的一位表弟刘春霖护送到青岛。这样我们才安心。季淑身体素弱，第四度怀孕使她狼狈不堪，于一九三三年二月二十五日（阴历二月二日）生文蔷，由她的女高师同学王绪贞接生，得到特别小心照护，我们终身感激她。分娩之后不久，四个孩子同时感染猩红热，第二女不幸夭折。做母亲的尤为伤心。入葬的那一天，她尚不能出门，于冰霰霏霏之中，我看着把一具小棺埋在第一公墓。

青岛四年之中我们的家庭是很快乐的。我的莎士比亚翻译在这时候开始，若不是季淑的决断与支持，我是不敢轻易接受这一份工作的。她怕我过劳，一年只许我译两本，我们的如意算盘是一年两本，二十年即可完成，事实上用了我三十多年的工夫！我除了译莎氏之外，还抽空译了《织工马南传》《西塞罗文录》，并且主编天津《益世报》的一个文艺周刊。季淑主持家务，辛苦而愉快，从来没有过一句怨言。我们的家座上客常满，常来的客如傅肖鸿、赵少侯、唐郁南，都常在我们家便饭，学生们常来的有丁金相、张淑齐、蔡文显、朝朋等等。张罗茶饭、招待客人都是季淑的事。我从北平订制了一个烤肉的铁炙子，在青岛恐怕是独一的设备，在山坡上拾捡松枝松塔，冬日烤肉待客，皆大欢喜。我的母亲带着四弟治明也来过一次，治明特别欣赏季淑烹制的红烧牛尾。后来他生了一场匍行疹，病中得到季淑的悉心调护，痊愈始去。

胡适之先生早就有意约我到北京大学去教书，几经磋商，遂于一九三四年七月结束了我们的四年青岛之旅。临去时房屋租约未满，尚有三个月的期间，季淑认为应该如约照付这三个月的租金，房东王先生坚不肯收，争执甚久。我在旁呵呵大笑:“此君子国也！”房东拗不过去，勉强收下，买了一份重礼亲到车站送行。季淑在离去之前，把房屋打扫整洁一尘不染，这以后成了我们的惯例，无论走到哪里，临去必定大事扫除。

十

我们决定回北平，父母亲很欢喜，开始准备迁居，由大取灯胡同一号迁到内务部街二十号。内务部街的房子本是我们的老家，我就是生在那个老家的西厢房，原是祖父留下的一所房子，在我十五岁的时候才从那里迁到大取灯胡同七号的新房。老家出租多年，现在收回自用。这所老房子比较大，约有房四十间，旧式的上支下摘，还有砖炕，院落较多，宜于大家庭居住。父母兴奋得不得了，把旧房整缮一新，把外院和西院划给我，并添造一间浴室。我母亲是年六十，她说："好了，现在我把家事交给季淑，我可以清闲几年了。"事实上我们还是无法使母亲完全不操心。

回到北平先在大取灯胡同落脚，然后开始迁居。"破家值万贯"，而且我们家的传统是"室无弃物"，所以百八十年下来的这一个家是无数破烂东西的总汇，搬动一下要兴师动众，要雇用大车小车以及北平所特有的"窝脖儿的"，陆陆续续地搬了一个星期才大体就绪，指挥奔走的重任落在季淑的身上。她真是黎明即起，整天前庭后院地奔走，她的眼窝下面不时地挂着大颗的汗珠，我就掏出手绢给她揩揩。

垂花门外有一棵梨树，是房客栽的，多年生长已经扑到房檐上面，把整个院子遮盖了一半，结实累累，蔚为壮观。不知道母亲听了什么人饶舌，说梨与离同音，不祥，于是下令砍伐。季淑不敢抗，眼睁睁地看着工人把树砍倒，心中为之不怿者累日。后来我劝她在原处改植别的不犯忌讳的花木，亦可略补遗憾。她立即到隆福寺街花厂选购了四棵西府海棠，因为她在青岛就有此偏爱。这四株娇艳的花木果然如所预期，很快地长大成形，翌年即繁花如簇，如火如荼，春光满院，生气盎然。同时她又买了四棵紫丁香，种在西院我的书房和卧室之间，紫丁香长得更猛，一两年间妨碍人行，非修剪不可。丁香开时香气四溢，招引蜂蝶，终日攘攘不休。前院檐下原有两畦芍药奄奄一息，季淑为之翻土施肥，冬日覆以积雪，来春新芽茁发。我的书房檐下多阴，她种了一池玉簪，抽蕊无数。

我们一家三代，大小十几口，再加上男女佣工六七人，是相当大的一个家庭。晨昏定省是不可少的礼节。每天早晨听到里院有了响动，我便拉着文蔷到里院去，到上房和东厢房分别向父母问安。文蔷是我们最小的孩子，不拉着她便根本迈不过垂花门的一尺高的门槛。文茜、文骐都跟在我的身后。文蔷还另有任务，每天把报纸送给她的祖父，祖父接过报纸总是喊她两声:“小肥猪！小肥猪！”因为她小时候很胖。季淑每天早晨要负责沏盖碗茶，其间的难处是把握住时间，太早太晚都不成。每天晚上季淑还要伺候父亲一顿消夜，有时候要拖到很晚，我便躺在床上看书等她。每日两餐是大家共用的，虽有厨工专理其事，调配设计仍需季淑负责，亦大费周章。家庭琐事永远没完没结，所谓家庭生活就是永无休止的修缮补苴。缝缝连连的事，会使用缝纫机的人就责无旁贷。对外的采办或交涉，当然也是能者多劳。最难堪的是于辛劳之余还不能全免于怨怼，有一回已经日上三竿，季淑督促工人捡煤球，扰及贪睡者的清眠，招致很大的不快。有人愤愤难平，季淑反倒夷然处之，她爱说的一句话是："唐张公艺九世同居，得力于百忍，我们只有三世，何事不可忍？"

家事全由季淑处理，上下翕然，我遂安心做我的工作，教书之余就是翻译写稿。我在西院南房，每到午后四时，季淑必定给我送茶一盏，我有时停下笔来拉她小坐，她总是把我推开，说："别闹，别闹，喝完茶赶快继续工作。"然后她就抽身跑了。我隔着窗子看她的背影。我的翻译工作进行顺利，晚上她常问我这一天写了多少字，我若是告诉她写了三千多字，她就一声不响地跷起她的大拇指。我译的稿子她不要看，但是她愿意知道我译的是些什么东西。所以莎士比亚的几部名剧里的故事，她都相当熟悉。有几部莎士比亚的电影片上演，我很希望她陪我去看，但是她分不开身，她总是遗憾地教我独自去看。

季淑有一个见解，她以为要小孩子走上喜爱读书的路，最好是尽早给孩子每人置备一个书桌。所以孩子们开始认字，就给他设备一份桌椅。木器店里没有给小孩用的书桌，除非定制，她就买普通尺寸的成品，每人一份，放在寝室里挤得满满的。这一项开支决不可省。她告诉孩子哪一个抽屉放书哪一个抽屉放纸笔。有了适当的环境之后，不久孩子养成了习惯，而且到了念书的时候自然地各就各位。孩子们由小学至大学，从来没有任何挫折，主要是小时候养成良好习惯。季淑做了好几年的小学教师，她的教学经验在家里发生宏大的影响。可见小学教师应是最可敬的职业之一。

我们的男孩子仅有一个，季淑嫌单薄一些，最好有两男两女。一九三五年冬，她怀有五个月的孕，一日扭身开灯，受伤流产。送往妇婴医院，她为节省，住进二等病房，夜间失血过多，而护士置若罔闻。我晨间赶去探视，已奄奄一息，医生开始惊慌，急救输血，改进头等病房并请特别护士。白天由我的岳母照料，夜晚由我陪伴。（按照医院规定，男客夜晚是不准在病房逗留的。）一个星期之后才脱险。临去时那一些不负责任的护士还奚落她说："我们没有见过像你这样的娇太太！"从此我们就实行生育节制。

我对政治并无野心，但是对于国事不能不问。所以我办了一个周刊，以鼓吹爱国、提倡民主为原则，朋友们如谢冰心、李长之等等都常写稿给我，周作人也写过稿子。因此我对于各方面的人物常有广泛的接触。季淑看见来访的客人鱼龙混杂就为我担心。她偶尔隔着窗子窥探出入的来客，事后问我:“那个獐头鼠目的是谁？那个垂首蛇行的又是谁？他们找你做什么？”这使我提高了警觉。果然，就有某些方面的人来做说客，“愿以若干金为先生寿”。人们有一种错觉，以为凡属舆论，都是一些待价而沽的东西。我当即予以拒绝，季淑知道此事之后完全支持我的决定，她说:“我愿省吃俭用和你过一生宁静的日子，我不羡慕那些有办法的人之昂首上骧。”我隐隐然看到她的祖父之高风亮节在她身上再度发扬。

日寇侵略日益加紧，一九三七年六月二十三日蒋介石及汪兆铭联名召开庐山会议，我应邀参加，事实上没有什么商议，只是宣告国家的政策。我没有等会议结束即兼程北返，七月七日卢沟桥事变爆发，二十八日北平陷落。我和季淑商议，时势如此，决定我先只身逃离北平。我当即写下了遗嘱。戎火连天，割离父母妻子远走高飞，前途渺渺，后顾茫茫。这时候我联想到“出家”真非易事，确是将相所不能为。然而我毕竟这样做了。等到平津火车一通，我立即登上第一班车，短短一段路由清早走暮夜才到达天津。临别时季淑没有一点儿女态，她很勇敢地送我到家门口，互道珍重，相对黯然。“与子之别，思心徘徊！”

十一

和我约好在车上相见的是叶公超，相约不交一语。后来发现在车上的学界朋友有十余人之多，抵津后都住进了法租界帝国饭店。我旋即搬到罗努生、王右家的寓中，日夜收听广播的战事消息，我们利用大头针制作许多面红白小旗，墙上悬大地图，红旗代表我军，白旗代表敌军，逐日移动地插在图上。看看红旗有退无进，相与扼腕。《益世报》的经理生宝堂先生在赴义租界途中被敌兵捕去枪杀，我们知道天津不可再留，我与努生遂相偕乘船到青岛，经济南转赴南京。在济南车站遇到数以千计由烟台徒步而来的年轻学生，我的学生丁金相在车站迎晤她的逃亡朋友，无意中在三等车厢里遇见我，相见大惊，她问我："老师到哪里去？"

"到南京去。"

"去做什么？"

"赴国难，投效政府，能做什么就做什么。"

"师母呢？"

"我顾不得她，留在北平家里。"

她跑出站买了一瓶白兰地、一罐饼干送给我，汽笛一声，挥手而别，我们都滴下了泪。

南京在敌机空袭之下，人心浮动。我和努生都有报国有心、投效无门之感。我奔跑了一天，结果是教育部发给我二百元生活费和“岳阳丸”头等船票一张，要我立即前往长沙候命。我没有选择，便和努生匆匆分手，登上了我们扣捕的日本商船“岳阳丸”。叶公超、杨金甫、俞珊、张彭春都在船上相遇。伤兵难民挤得船上甲板水泄不通，我的精神陷入极度苦痛。到长沙后我和公超住在青年会，后移入韭菜园的一栋房子，是樊逵羽先生租下的北大办事处。我们三个人是北平的大学教授南下的第一批。随后张子缨也赶来。长沙勾留了近月，无事可做，心情苦闷，大家集议醵资推我北上接取数家的眷属。我衔着使命，间道抵达青岛，搭顺天轮赴津，不幸到烟台时船上发现虎烈拉，船泊大沽口外，日军不许进口，每日检疫一次，海上拘禁二十余日，食少衣单，狼狈不堪。登岸后投宿皇宫饭店，立即通电话给季淑，翌日由携带一包袱冬衣到津与我相会。乱离重逢，相拥而泣。翌日季淑返回北平。因樊逵羽先生正在赶来天津，我遂在津又有数日勾留。后我返平省亲，在平滞留三数月，欲举家南下，而情况不许，尤其是我的岳母年事已高不堪跋涉。季淑与其老母相依为命，不可能弃置不顾，侍养之日诚恐不久，而我们夫妻好合则来日方长，于是我们决定仍是由我只身返回后方。会徐州陷落，敌伪强迫悬旗志贺，我忍无可忍，遂即日动身。

适国民参政会成立，我膺选为参政员，乃专程赴香港转去汉口，从此进入四川，与季淑长期别离六年之久。

在这六年之中，我固颠沛流离贫病交加，季淑在家侍奉公婆老母，养育孩提，主持家事，其艰苦之状乃更有甚于我者。自我离家，大姐二姐相继去世，二姐遇人不淑身染肺癌，乏人照料，季淑尽力相助，弥留之际仅有季淑与二姐之幼女在身边陪伴。我们的三个孩子在同仁医院播种牛痘，不幸疫苗不合规格，注射后引起天花，势甚严重，几濒于殆。尤其是文茜面部结痂作痒，季淑为防其抓破成麻，握着她的双手数夜未眠，由是体力耗损，渐感不支。维时敌伪物资渐缺，粮食供应困难，白米白面成为珍品，居恒以糠麸、花生皮屑羼入杂粮混合而成之物充饥，美其名曰“文化面”。儿辈羸瘦，呼母索食。季淑无以为应，肝肠为之寸断。她自己刻苦，但常给孩子鸡蛋佐餐，孩子久而厌之。有时蒸制丝糕（即小米粉略加白面白糖蒸成之糕饼）作为充饥之物，亦难得引起大家的食欲。此际季淑年在四十以上，可能是由于忧郁，更年期提早到来，百病丛生，以至于精神崩溃。不同情的人在一旁讪笑：“我看她没有病，是爱花钱买药吃”“我看她也没有病，我看见她每饭照吃”“我看她也没有病，丝糕一吃就是两大块”。她不顾一切，乞灵于协和医院，医嘱住院，于是在院静养两星期，病势略转。此后风湿关节炎时发时愈，足不良行。孩子们长大，进入中学，学业不成问题，均尚自知奋勉不落人后，但是交友万一不慎后果堪虞，季淑为了此事最为烦忧。抗战期间前方后方邮递无阻，我们的书信往来不断，只是互报平安，季淑在家种种苦难并不透露多少，大部分都是日后讲给我听。

我的岳母虽然年迈，健康大致尚佳。她曾表示愿意看看自己的寿材，所以我在离平之前和季淑到了桅厂订购了上好的材木一副，她自己也看了满意。一九四三年春偶然不适，好像有所预感，坚持回到程家休息，不数日即突然病革。季淑带着孩子前去探视，知将不起，尚殷殷以我为念。她最喜爱文蔷，临终时呼至榻前，执其手而告之："文蔷，你乖乖的，听你妈妈的话。"言讫，溘然而逝。所有丧葬之事均由季淑力疾主持。她有信给我详述经过，哀毁逾恒，其中有一句话是："华，我现在已成为无母之人矣……"季淑孝顺她的母亲不是普通的孝顺，她是真实地做到了"菽水承欢"。

季淑没有和我一起到后方去，主要的是为了母亲。如今母亲既已见背，我们没有理由维持两地相思的局面。我们十年来的一点积蓄除了投资损失之外陆续贴补家用，六年来亦已告罄，所以我就写信要她准备来川。她唯一的顾虑是她的风湿病，不知两腿是否禁得起长途跋涉。说也奇怪，她心情一旦开朗，脚步突然转健，若有神助。由北平起旱到四川不是一件容易事。季淑有一位堂弟道良，前两年经由叔辈决定过继给我的岳母做继子，他们的想法是：季淑究竟是一个女儿，嫁出的女儿泼出的水，不能成为嗣祧。道良为人极好，事季淑如胞姐。他自告奋勇，送她一半行程。一九四四年夏，季淑带着三个孩子、十一件行李，病病歪歪的，由道良搀扶着，从北平乘车南下。由徐州转陇海路到商丘，由商丘起旱到亳州，这是前后方交界之处，道良送她到此为止，以后的漫漫长途就靠她自己独闯了。所幸她的腿疾日有进步，到这时候已可勉强行走无需扶持。从亳州到漯河，由漯河到叶县，这一段的交通工具只能利用人力推车，北方话称之为“小车子”，车仅一轮，由车夫一人双手把持，肩上横披一带系于车把之上，轮的两边则一边坐人，一边放行李，车夫一面前进一面摆动其躯体以维持均衡。土路崎岖，坑洼不平，轮轴吱吱作响，不但进展迟缓，且随时有翻倒之虞。车夫一面挥汗一面高唱俚歌，什么“常山赵子龙，燕人张翼德”“有山就有水，有水就有鱼……”一路上前呼后应，在黄土飞扬之中打滚。到站打尖，日暮投宿。季淑就这样地带着三个孩子、十一件行李一天又一天地在永无止境的土路上缓缓前进。怕的是青纱帐起，呼吁无门，但邀天之幸，一路安宁，终于到达叶县。对于劳苦诚实的车夫们，季淑衷心感谢，乃厚酬之。

由叶县到洛阳有公路可循，可以搭乘公共汽车，汽车是使用柴油的，走起来突突冒烟，随时随地抛锚。乘客拥挤抢座，幸赖有些流亡学生见义勇为，帮助季淑及二女争取座位，文骐不在妇孺之列，只能爬上车顶在行李堆中觅一席地。季淑怕他滚落，苦苦哀求其他车顶上的同伴赐以援手，幸而一路无事。黄土平原久旱无雨，汽车过处黄尘蔽天，到站休息时人人毛发尽黄，纷纷索水洗面。季淑在道旁小店就食，点菠菜猪肝一盘，孩子大悦，她不忍下筷，唯食余沥而已。同行的流亡学生有贫苦以至枵腹者，季淑解囊相助，事实上她自己的盘缠也所余无几了。

季淑一行到洛阳后稍事休息，搭上火车，精神为之一振，虽是没有窗户的铁闷车，然亦稳速畅快。唯夜间闯过潼关时熄灯急驶，犹不免遭受敌军炮轰，幸而无恙，饱受虚惊。到达西安，在菊花园口厚德福饭庄饱餐一顿并略得接济，然后搭车赴宝鸡，这是陇海路最后一站。从此便又改乘公共汽车，开始长征入川。汽车随走随停，至剑阁附近而严重抛锚，等待运送零件方能就地修复。季淑托便车带信给我，我乃奔走公路局权要之门请求救济，我生平不欲求人，至是不能不向人低首！在此期间，季淑等人食宿均成问题，赖有同行难友代为远道觅食，夜晚即露宿道旁。一夕，睡眠中忽闻声走于身畔，隐约见一庞形巨物，季淑大惊而呼，群起察视，原来是一只水牛。越数日汽车修复，开始蠕动，终于缓缓地爬到了青木关，再换车而抵达北碚，与我相会。

六年暌别，相见之下惊喜不可名状。长途跋涉之后，季淑稍现清癯。然而我们究竟团圆了。“今夕何夕，见此粲者！”凭了这六年的苦难，我们得到了一个结论：在丧乱之时，如果情况许可，夫妻儿女要守在一起，千万不可分离。我们受了千辛万苦，不愿别人再尝这个苦果。日后遇有机会，我们常以此义劝告我们的朋友。

我在四川一直支领参政会一份公费，虽然在国立编译馆全天工作，并不受薪。人笑我迂，我行我素。现在五口之家，子女就学，即感拮据。季淑征尘甫卸，为补充家用，接受社会部北碚儿童福利实验区之聘，任该区福利所干事。区主任为章柳泉先生。季淑的职务是办理消费合作社的事务。和她最契的同事是童启华女士（朱锦江夫人）。据季淑告诉我，童先生平素不议人短长，不播弄是非，而且公私分明，一丝不苟，掌管公物储藏，虽一纸一笔之微，核发之际亦必详究用途不稍浮滥，时常开罪于人。季淑说像这样奉公守法的人是极少见的。季淑和她交谊最洽，可惜胜利后即失去联络，但季淑时常想念到她。

第二年，即一九四五年，季淑转入迁来北碚的国立戏剧专科学校为教具组服装管理员，校长为余上沅。上沅夫妇是我们的熟人，但季淑并不因人事关系而懈怠其职务，她准时上班下班，忠于其职守。她给全校师生留下了良好的印象。

季淑于生活艰难之中在四川苦度了两年。事实上在抗战期间无论是在沦陷区或后方，没有人不受到折磨的。只有少数有办法的人能够混水摸鱼。我有一位同学，历据要津，宦囊甚富，战时寓居香港，曾扬言于众："你们在后方受难，何苦来哉？一旦胜利来临，奉命接收失土坐享其成的是我们，不是你们。"我们听了不寒而栗。这位先生于日军攻占香港时遇害，但是后来接收人员"五子登科"的怪剧确是上演了。

一九四五年八月十日季淑于晚间下班时，带回了一张报纸的号外：

《嘉陵江日报》

号外

日本接受无条件投降

旧金山八月十日广播日本政府本日四时接受四国公告无条件投降其唯一要求是保留天皇今日吾人已获胜利已获和平

我们听到了遥远的爆竹声，鼎沸的欢呼声。

还乡的交通工具不敷，自然应该让特权阶级豪门巨贾去优先使用，像我们所服务的闲散机构如国民参政会、国立编译馆之类，当然应该听候分配。等候了一年光景，一九四六年秋，国民参政会通知有专轮直驶南京，我们这才怀着一种复杂的心情告别四川鼓轮而下。我说心情复杂，因为抗战结束可以了却八年流亡之苦，可以回乡省视年老的爹娘，可以重新安心做自己的工作，但是家园已经破碎，待要从头整理，而国事蜩螗，不堪想象。

十二

我们在南京下榻于国立编译馆的一间办公室内，包饭搭伙，孩子们睡地板。也有人想留我在南京工作，我看气氛不对，和季淑商量还是以回到北平继续教书为宜，便借口离开南京遄赴上海搭飞机返平。阔别八年的我，在飞机上看到了颐和园的排云殿，心都要从口里跳出来。

回到家里看见我父母都瘦了很多，一阵心酸，泣不可抑。当时三弟五弟都在家，大姐一家也住在东院，后来五妹和妹婿一家也来了，家里显得很热闹。我们看到垂花门前的野草高与人齐，季淑便令孩子们拔草，整理庭院焕然一新。我的父亲是年七十，步履维艰，每晨自己提篮外出买烧饼油条相当吃力，我便请准由我每日负责准备早餐。当我提了那只篮子去买烧饼的时候，肆人惊问我为何人，因为他们认识那个篮子。也许这两桩事我们做得不对，因为我们忘了《世说新语》赵母嫁女的故事：“赵母嫁女，女临去，敕之曰：‘慎勿为好！’女曰：‘不为好，可为恶邪？’母曰：‘好尚不可为，其况恶乎？’”我们率直而为之，不是有意为好。家里人口众多，遂四处分爨。

父亲关心我的工作，有一天拄着拐杖到我书室，问我翻译莎士比亚进展如何。这使我非常惭愧，因为抗战八年中我只译了一部。父亲说：“无论如何，要译完它。”我就是为了他这一句话，下了决心必不负他的期望。想不到的是，于补祝他的七十整寿在承华园举行全家盛筵之后不久，有一晚我们已就寝，他突患冠状脉阻塞症，急救无效，竟于翌日晚间溘然长逝！我从四川归来，相聚才只一个月，即遭此大故！装殓时季淑出力最多，随后丧葬之事，她不作主张，只知尽力。

另一不幸事故，季淑的弟弟道良在东北军事倥偬之际受任辽宁大石桥车站站长，因坚守岗位不肯逃避以致殉职，遗下孤儿寡妇，惨绝人寰。灵柩运回北平，我陪季淑到东便门车站迎接，送往绩溪义园厝葬，我顺便向我的岳母的坟墓敬礼，凄怆之至。

这时候通货膨胀，生活困苦，我除在师大授课之外利用寒假远到沈阳去兼课。季淑善于理家，在短绌的情形之下仍能稍有赢余。她的理论是：储蓄之法不是在开销之外把余羡收存起来，而是预先扣除应储之数然后再作支出。我们不时地到东单或东四的菜市，遇有鱼鲜辄购一尾，由季淑精心烹制献给母亲佐餐，因为这是我母亲喜食之物。我曾劝她买鱼两尾，一半自己享用，因为我知道她亦正有同嗜，而她坚持不可。她说："我们的享受，当俟来日。"她有一次在摊上看到煮熟的大块瘦肉，价格极廉，便买一小块携回，食之而甘，事后才知道那是驴肉或骡肉。我们日常用的水果是萝卜与柿子，孩子们时常望而生畏。

困苦中也要作乐。我们一家陪同赵清阁游景山，在亭子里闲坐啜茗，事后我写了一首五律送她。又有一次，我们一家和孙小孟一家游颐和园，爬上众香国，几个大人都气力不济，孩子们争先恐后地跑上了排云殿，我笑谓季淑曰："你还有上'鬼见愁'的勇气没有？"又指着玉泉山上的玉峰塔说："你还记得那个地方么？"她笑而不答。风景依然，而心情不同了。到了冬天，孩子们去北海滑冰，我们便没有去观赏的兴致。想不到故都名胜，我们就这样地长久睽别，而季淑下世，重温旧梦亦永不可得！

一九四八年冬，北平风声日紧。有一天何思源来看我，我问他有何观感，他说："毫无办法。"一个有办法的人都说没有办法。不数日，炸弹丢在锡拉胡同他的住宅，炸死了他的一个女儿。学校的同事们有人得风声之先，只身前往门头沟，大多数人惶惶然。这时候，我的朋友陈可忠任广州中山大学校长，约我去教书，我便于十二月十三日带着孩子先行赴津洽购船票南下。季淑因为代我三妹出售房产手续未毕，约好翌日赴津相会。那时候卖房极为费事，房客刁钻，勒索搬家费高至房款三分之一，而且需以黄金支付，否则拒不搬出；及交付黄金，则对于黄金成色又多方挑剔。季淑奔走拆冲，心力俱瘁。翌日手续办好，而平津交通中断。我在天津车站空接一场，急通电话到家，季淑毅然决然告我："急速南下，不要管我。"我遂于十二月十六日登上"湖北轮"凄然离津，途经塘沽，遭岸上士兵枪射，蜷卧统舱凡十四日始达香港。自我走后，季淑与文茜夫妇同居数日，但她立刻展开活动，决计觅求职业自力谋生，她说："沮丧没有用，要面对现实积极地活下去。"她首先去访问她的朋友范雪茵（黄国璋夫人），他们很热心，在她困难的时候伸出了援手。他们立刻把消息传到师大，校长袁敦礼先生及其他同事们都表示同情，答应设法给她觅取一份工作。三数日内消息传来，说政府派有两架飞机北来迎取一些学界人士南下，其实城外机场已陷，城内炮声隆隆，临时在城内东长安街建造机场。季淑接到紧急电话通告，谓名单中有我的名字，她可以占用我的座位，须立即到北京饭店报到，一小时内起飞云云。她没有准备，仓卒中提起一个小包袱衣物就上了飞机。出乎意料的，机上的人很少，空位很多。绝大多数的学界人昧于当前的局势，以及政局变化不会影响到教育，并且抗战八年的流离之苦谁也不想重演，所以有此种现象。有少数与学界无关的人却因人事关系混上了飞机。在南京主持派机的人是陈雪屏先生，他到机场亲自照料，凡无处可投的人被安置在一个女子学校礼堂里。季淑当晚就在那空洞洞的大房里睡了一宿。第二天她得到编译馆的王向辰先生的照料，在姚舞雁女士的床上又睡了一晚，第三天向辰送她上了火车赴沪。我的三妹四弟都在上海，她先投奔厚德福饭店，由饭店介绍一家旅馆住下，随后她就搬到三妹家，立即买舟票赴港。我在海洋漂泊的时候她早已抵沪，而我不知道。我于十二月三十一日到香港，翌日元旦遄赴广州，正在石碑校区彷徨问路，突遇旧日北碚熟人谓我有信件存在收发室。取阅则赫然季淑由沪寄来之航信，我大喜过望，按照信中指示前往黄埔，登船阒无一人，原来船提前到达，我迟了一步，她已搭小轮驶广州。我俟回到广州，季淑也很快地找到了我的住处——文明路的平山堂。我以为我们此后难以再见，居然又庆团圆！

十三

在广州这半年，我们开始有身世飘零之感。平山堂是怎样的一个地方，我曾有一小文《平山堂记》，纯是纪实。我们住在这里，季淑要上街买菜，室中升火，提水上楼，楼下洗浣，常常累得红头涨脸。看见从东北来的师生露宿的情形，她又着实不忍，再看到山东来的学生数百人在操场上升火煮稀饭，她便拿出十元港币命孩子给送了过去。我们在穷困中兴复不浅，曾到六榕寺去玩，对于苏东坡题壁和六祖慧能的塑像印象甚深，但是那座花塔颜色俗丽而游人如织，则我们只好远远地避开。海角红楼也去饮茶过一次。住处实在没有设备，同人康清桂先生为我们订制了一张小木桌。一切简陋，而我们还请梅贻琦、陈雪屏先生来吃过一顿便饭，季淑以她的拿手馅饼飨客，时昭瀛送来一瓶白兰地，梅先生独饮半瓶而玉山颓矣。

广州中山大学外文系主任林文铮先生，好佛，他的单人宿舍是一间卧室一间佛堂，常于晚间做法会，室为之满。林先生和我一见如故，谓有夙缘，从此我得有机会观经看教，但是后来要为我“开顶”，则敬谢不敏。季淑也在此时开始对于佛教发生兴趣，她只求摄心，并不佞佛。林先生深于密宗，我贪禅悦，季淑则近净土。这时候法舫和尚在广州，有一天有朋友引他来看我，他是太虚的弟子，我游缙云山时他正是缙云寺的知客，曾有过一面之缘，他居然还没忘记。他送来一部他所著的《〈金刚经〉讲话》（附《心经》讲话），颇有深入浅出之妙。季淑捧读多遍，若有所契，后来持诵《心经》成为她的日课。人到颠沛流离的时候，很容易沉思冥想，披开尘劳世网而触及此一大事因缘。因为季淑于佛教中得到一些精神上的寄托，无形中也影响到我，我于观经之余常有疑义和她互相剖析商讨，惜无金篦刮膜，我们终未能深入。我写有《了生死》一篇小文，便是我们的一点共同的肤浅之见，有些眼界高的人讥我谓为小乘之见，然哉，然哉！

我们每到一地，季淑对于当地的花木辄甚关心。平山堂附近的大礼堂后身有木棉十数本，高可七八丈，红花盛开，遥望如霞如锦，蔚为壮观。花败落地，訇然有声，据云落头上可以伤人。她从地上拾起一朵，瓣厚数分，蕊如编郢繸，赏玩久之。

此时军事情势逆转，长江天堑而竟一苇可渡！广州震动，人心惶惶，我们几个朋友经常商讨何去何从。有一位朋友说他在四川万县有房有地，吃着无虞，欢迎我们一家前去同住。有一位朋友说他决计远走高飞到甘肃兰州，以为那是边陲、世外桃源。有一位朋友忽然闷声不响，原来他是打算去香港暂时观望，徐图靠拢。这时候教育部长杭立武先生，次长吴俊升、翟桓先生，他们就在中大的大礼堂楼上办公，通知我教育部要在台湾台北设法恢复国立编译馆的机构，其现实的目的是暂时收罗一些逃亡的学界人士。我接受了这个邀请，由台湾的教育厅长陈雪屏先生为我办了入境证，便于一九四九年六月底搭乘华联轮，直驶台湾。季淑晕船，一路很苦。

十四

台湾“二二八”的影子还有时在心中呈现。我临行前写信给我的朋友徐宗涑先生：“请为我预订旅舍，否则只好在尊寓屋檐下暂避风雨。”他派人把我们从基隆接到台北他家里歇宿了三天，承他的夫人史永贞大夫盛情款待，季淑与我终身感激。第四天搬进德惠街一号，那是林挺生先生的一栋日式房屋，承他的厚谊，使我们有了栖身之处，而且一住就是三年。这一份隆情我们只好永铭心版了。季淑曾对我说：“朋友们的恩惠在我们的心上是永不泯灭的，以后纵然有机会能够报答一二，也不能磨灭我们心上的刻痕。”她说得对。

德惠街当时是相当荒僻的地方，街中心是一条死水沟，野草高与人齐，偶有汽车经过，尘土飞扬入室扑面。在榻榻米上睡觉是我们的破题儿第一遭，躺下去之后觉得天花板好高好高，季淑起身时特别感觉吃力。过了两三个月，我买来三张木床，一个圆桌，八个圆凳，前此屋内只有季淑买来的一个藤桌、四把藤椅。这是我们的全部家具，一直用了二十多年，直到离开台湾始行舍去。有一天齐如山老先生来看我，进门一眼看到室内有床，惊呼曰:“吓！混上床了！”这个“混”字（去声）来得妙，“混”是混事之谓，北方土语谓在社会上闯荡赚钱谋生为“混”。有季淑陪我，我当然能混得下去！徐太太送给我们一块木板、一根擀面杖和几个瓶子，我们便请了宗涑和他的夫人来吃饺子，我擀皮，季淑包，虽然不成敬意，大家都很高兴。

附近有一家冰果店，店名曰“春风”。我们有时踱到那里吃点东西，季淑总是买冰棒一根，取其价廉。我们每去一次，我名之为“春风一度”。

有人送一只特大的来亨鸡，性极凶猛，赤冠金距，遍体洁白，我们名之为“大公”。怕它寂寞，季淑给它买来一只黑毛大母鸡，名“缩脖坛子”，为大公所不喜；后又买来一只小巧的黄花杂毛母鸡，深得大公欢心，我们名之为“小花”。小花生蛋，大公亦有时代孵。大公得食，留给小花，没有缩脖坛子的份。卵多被大公踏破，季淑乃取卵纳入纸匣，装以灯泡，不数日而壳破雏出；有时壳坚不得出，她就小心地代为剖剥，黄茸茸的小雏鸡托在掌上，讨人喜欢。雏鸡长大者不过三数只，混种特别矫健，兼有大公之白与小花之俏，我们分别名之为“老大”“老二”“老三”。饲鸡是一件趣事，最受欢迎的是沙丁鱼汁拌饭，再不就是残肴剩菜拌饭，而炸酱面尤妙，会像“长虫吃扁担”似的一根根地直吞下去，季淑顾而乐之。养鸡约有两年，后因迁居不便携带，乃分送友朋，大公抑郁病死，小花被贼偷走不知所终。

我们本来不拟雇用女仆，季淑愿意操劳家事，她说她亲手制作饭食给我和孩子享用，是她的一大快乐，而且劳动筋骨对她自己也有益处。编译馆事务方面的人坚持要送一位女仆来理炊事，固辞不获，于是我们家里就添了一位年方十九、籍隶新竹的丫小姐。是一位天真未凿的乡下姑娘，本地的风俗是乡下人家常把他们的女儿送到城里来做事，并不一定是为糊口，常是为了想在一个良好家庭中学习一些礼仪知识以为异日主持家务之准备。季淑对于佣工，从来没有过摩擦，凡是到我家里来工作的人都是善来善去。这位丫小姐年纪轻轻，而且我们也努力了解本地的风俗习惯，待之以礼，所以和我们相处很好。不知怎的，她一天天地消瘦下来，不思饮食，继而不时地长吁短叹，终乃天天以泪洗面。季淑不能不问，她初不肯言，终于廉得其情，其中一部分仍是谎饰，但是我们大体明了她的艰难处境——她急需要钱。季淑基于同情，把她手中剩存美金三十元全部送给了她，解救她的困厄。于羞惭称谢声中，她离我们而去。

编译馆原是由杭立武部长自兼馆长，馆址由洛阳街迁到浦城街，人员增多，业务渐繁，杭先生不暇兼顾，要我代理，于是馆长一职我代理了九个多月。文书鞅掌，非我素习，而人事应付尤为困扰。接事之后，大大小小的机关首长纷纷折简邀宴，饮食征逐，虚糜公帑。有一次在宴会里，一位多年老友拍肩笑着说道：“你现在是杭立武的人了！”我生平独来独往不向任何人低头，所以栖栖惶惶一至于斯，如今无端受人讥评，真乃奇耻大辱。归而向季淑怨诉，她很了解我，她说：“你忘记在四川时你的一位朋友蒋子奇给你相面，说你‘一身傲骨，断难仕进’？”她劝我赶快辞职。她想起她祖父的经验，为宦而廉介自持则两袖清风，为宦而贪赃枉法则所不屑为，而且仕途险恶，不如早退。她对我说：“假设有一天，朋比为奸坐地分赃的机会到了，你大概可以分到大股，你接受不？受则不但自己良心所不许，而且授人以柄，以后永远被制于人；不受则同僚猜忌，唯恐被你检举，因不敢放手胡为而心生怨望，必将从此千方百计陷你于不义而后快。”她这一番话坚定了我求去的心。此时政府改组，杭先生去职，我正好让贤，于是从此脱离了编译馆，专任师大教职。我任事之初，从不往来的人也登门存问，而且其尊夫人也来和季淑周旋，我卸职之后则门可罗雀，其怪遂绝。芝麻大的职位也能反映出一点点的人性。

因为台大聘我去任教并且拨了一栋相当宽敞的宿舍给我，师大要挽留我也拨出一栋宿舍给我，我听从季淑的主张，决定留在师大，于是在一九五二年夏搬进了云和街十一号。这也是日式房屋，不过榻榻米改换为地板，有几块地方走上去像是踏在地毯上一般软呼呼的。房子油刷一新，碧绿的两扇大门还相当耀眼。一位早已分配到宿舍而尚无这样大门的朋友顾而叹曰:“是乃豪门！”地皮不大方正，前面宽，后面窄，在堪舆家看来是犯大忌的，我们不相信这一套。前院有一棵半枯的松树，一棵头重脚轻的曼陀罗（俗名鸡蛋花），还有一棵很大很大的面包树。这一棵面包树遮盖了大半个院子，叶如巨灵之掌，可当一把蒲扇用，果实烂熟坠地，据云可磨粉做成面包。季淑喜欢这棵树，喜欢它的硕大茂盛。后院里我们种了一棵黄莺、一棵九重葛，都很快地长大，为了响应当时的号召，还在后院建设了一个简陋的防空洞，其作用是积存雨水、繁殖蚊虫。

面包树的荫凉，在夏天给我们招来了好几位朋友。孟瑶住在我们街口的一个“危楼”里，陈之藩、王节如也住在不远的地方，走过来不需要五分钟，每当晚饭后薄暮时分，这三位是我们的常客。我们没有椅子可以让客人坐，只能搬出洗衣服时用的小竹凳子和我们饭桌旁的三条腿的小圆木凳，比“班荆道故”的情形略胜一筹。来客在树下怡然就座，不嫌简慢。我们海阔天空，无所不谈。我记得孟瑶讲起她票戏的经验，眉飞色舞；节如对于北平的掌故比我知道的还多；之藩说起他小时候写春联的故事，最是精彩动人。三位都是戏迷，逼我和季淑到永乐戏院去听戏，之后谈起顾正秋女士，谈三天也谈不完。季淑每晚给我们张罗饮料，通常是香片茶，永远是又酽又烫。有时候是冷饮，如果是酸梅汤，就会勾起节如对于北平信远斋的回忆，季淑北平住家就在信远斋附近，她便补充一些有关这一家名店的故事。坐久了，季淑捧出一盘盘的糯米藕，有关糯米藕的故事我可以讲一小时，之藩听得皱眉、叹气不已。季淑指着我说：“为了这几片藕，几乎把他馋死！”有时候她以冰凉的李子汤给我们解渴，抱憾地说：“可惜这里没有老虎眼大酸枣，否则还要可口些。”到了夜深，往往大家不肯散，她就为我们准备消夜，有时候是新出屉的大馒头，佐以残羹剩肴。之藩怕鬼，所以临去之前我一定要讲鬼故事，不待讲完他就堵起耳朵。他不一定是真怕鬼，可能是故做怕鬼状，以便引我说鬼，我知道他不怕鬼，他也知道我知道他不怕鬼，彼此心照不宣，每晚闲聊常以鬼故事终场。事后季淑总是怪我：“人家怕鬼，你为什么总是说鬼？”

季淑怕狗，比我还要怕。狗没有咬过她，可是她听说有人被疯狗咬过死时的惨状，她就不寒而栗。她出去买菜，若是遇见有狗在巷口徘徊，她就多走一段路绕道而行，有时绕几段路还是有狗，她就索性提着篮子回家，明天再买。有一次在店铺购物，从柜台后面走出一条小狗，她大惊失色，店主人说：“怕什么，它还没有生牙呢。”因为狗的缘故，她就很少时候独去买菜，总是由女工陪着她去。“狗是人类的最好的朋友”，可是说来惭愧，我们根本不想和狗攀交。

我们的女工都是在婚嫁的时候才离开我们。其中有一位C小姐，在婚期之前季淑就给她张罗购买了一份日用品，包括梳洗和厨房用具。等到吉日便由我家出发，爆竹声中登上彩车而去，门口挤满了看热闹的人。有一位邻人还笑嘻嘻地对季淑说：“恭喜，恭喜，令嫒今天打扮得好漂亮！”事后季淑还应邀到她的新房去探视过一次，回来告诉我说，她生活清苦，斗室一间，只有一个二尺见方的木板窗。

季淑酷嗜山水，虽然步履不健，尚余勇可贾。几次约集朋友们远足，她都兴致勃勃，八卦山、观音山、金瓜石、狮头山等处都有我们的游踪。看到树木、山石、海水，她都欢喜赞叹。不过因为心脏软弱，已不善登陟。在这个时候，我发现我染有糖尿症，她则为风湿关节炎所苦，老态渐臻，无可如何。

云和街的房子有一重大缺点，地板底下每雨则经常积水，无法清除，所以总觉得室内潮气袭人，秋后尤甚，季淑称之为水牢。这对于她的风湿当然不利。一九五八年夏，文蔷赴美游学，家里顿形凄凉，我们有意改换环境。适有朋友进言，居住公家的日式房屋既不称意，何不买地自建房屋？我们心动。于是季淑天天奔走，到处看房看地，我们终于决定买下了安东街三〇九巷的一块地皮，于一九五九年一月迁入新居。

十五

我岂不知“求田问舍，怕应羞见，刘朗才气”？只因季淑病躯需要调养，故乃罄其所有，营此小筑。地皮不大，仅一百三十余坪。倩同学、友人陆云龙先生鸠工兴建，图样是我们自己打的。我们打图的计划是，房求其小，院求其大，因为两个人不需要大房，而季淑要种花木，故院需宽敞。室内设计则务求适合我们的需要，她不喜欢我独自幽闭在一间书斋之内，她不愿扰我工作，但亦不愿与我终日隔离，她要随时能看见我。于是我们有一奇怪的设计，一联三间房，一间寝室，一间书房，中间一间起居室，拉门两套虽设而常开。我在书房工作，抬头即可看见季淑在起居室内闲坐，有时我晚间工作，亦可看见她在床上躺着。这一设计满足了我们的相互的愿望。季淑坐在中间的起居室，我曾笑她像是蜘蛛网上的一只雌蜘蛛，盘据网的中央，窥察四方的一切动静，照顾全家所有的需要，不愧为名副其实的一家之主。

不出半年，新屋落成。金圣叹《三十三不亦快哉》，其中之一是:“本不欲造屋，偶得闲钱，试造一屋，自此日为始，需木，需石，需瓦，需砖，需灰，需钉，无晨无夕，不来聒于两耳。乃至罗雀掘鼠，无非为屋校计，而又都不得屋住，既已安之如命矣。忽然一日屋竟落成，刷墙扫地，糊窗挂画；一切匠作出门毕去，同人乃来分榻列坐，不亦快哉！”我们之快哉则有甚于此者。一切委托工程师，无应付工人之烦，一切早有预算，无临时罗掘之必要。唯一遗憾是房屋造得太结实，比主人的身体要结实得多，十三年来没漏过雨水，地板没塌陷过一块，后来拆除的时候很费手脚。落成之后，好心的朋友代我们做了庭园的布置，草皮花木应有尽有。季淑携来一粒面包树的种子，栽在前院角上，居然茁长甚速，虽经台风几番摧毁，由于照管得法，长成大树，因为是她所手植，我特别喜欢它。

云和街的房子空出来之后，候补迁入的人很多，季淑坚决主张不可私相授受，历年修缮增建所耗亦无需计较索偿，所以我无任何条件，于搬出之日将钥匙送归学校，手续清楚。季淑则着手打扫清洁，不使继居者感到不便。我们临去时对那棵大面包树频频回顾，不胜依依。后来路经附近一带，我们也常特为绕道来此看看这棵树的雄姿是否无恙。

住到新房里不久，季淑患匐行疹（俗名转腰龙），腰上生一连串的小疱，是神经末梢的发炎，原因不明，不外是过滤性病毒所致，西医没有方法治疗，只能镇定剧痛的感觉。除了照料她的饮食之外，我爱莫能助。有一位朋友来探病，把我拉到一边告诉我说："此病不可轻视，等到腰上的一条龙合围一周，人就不行了。"又有一位朋友笑嘻嘻地四下打量着说："有这样的房子住，就是生病也是幸福。"这病拖延十日左右，最后有朋友介绍南昌街一位中医华佗氏，用他密制的药粉和以捣碎的瓮菜泥敷在患处，果然见效，一天天地好起来了。介绍华佗氏的这位朋友也为我的糖尿症推荐一个偏方：用玉蜀黍的须子熬水大量饮用。我试了好多天，无法证明其为有效。

说起糖尿症，我连累季淑不少。饮食无度，运动太少，为致病之由。她引咎自责，认为她所调配的食物不当，于是她就悉心改变我的饮食，其实医云这是老年性的糖尿症，并不严重。文蔷寄来一册《糖尿症手册》，深入浅出，十分有用，我细看不止一遍，还借给别人参阅。糖是不给我吃了，碳水化合物也减少到最低限度，本来炸酱面至少要吃两大碗，如今改为一大碗，而其中三分之二是黄瓜丝绿豆芽，面条只有十根八根埋在下面。一顿饭以两片面包为限，要我大量地吃黄瓜拌粉。动物性脂肪几乎绝迹，改用红花子油。她常感慨地说:“有一些所谓‘职业妇女’者，常讥笑家庭主妇的职业是在厨房里，其实我在厨房里的工作也还没有做好。”事实上，她做得太好了。自来台以后，我不太喜欢酒食应酬，有时避免开罪于人非敬陪末座不可，季淑就为我特制三文治一个，放在衣袋里，等别人“式燕以敖”的时候，我就取出三文治，道一声“告罪”，徐徐啮而食之。这虽令人败兴，但久之朋友们也就很少约我赴宴。在这样的饮食控制之下，我的糖尿症没有恶化，直到如今我遵照季淑给我配制的食谱，维持我的体重。

我们不喜欢赌，赌具却有一副，那是我在北平买的一副旧的麻将牌。季淑家居烦闷，三五友好就常聚在一起消磨时间，赌注小到不能再小，八圈散场，卫生之至。夫妻同时上桌乃赌家大忌，所以我只扮演“牌僮”，一旁伺候，时而茶水，时而点心，忙得团团转。赌，不开始则已，一开始赌注必定越来越大，圈数必定越来越多，牌友必定越来越杂；同时这种游戏对于关节炎患者并不适宜。有一天季淑突然对我宣告:“我从今天戒赌。”真的，从那一天起，真个不再打牌，以后连赌具也送人了，一张特制的桌面可以折角的牌桌也送人了，关于麻将之事，从此提都不提，我说不妨偶一为之，她也不肯。

对于花木，她的兴复不浅。后院墙角搭起一个八尺见方的竹棚（警察认为是违章建筑，但结果未被拆除），里面养了几十盆洋兰和素心兰。她最爱的是素心兰，严格讲应该是蕙，姿态可以入画，一缕幽香不时地袭人，花开时搬到室内，满室郁然。友人从山中送来一株灵芝，插入盆内，成为高雅的清供。竹棚上的玻璃被邻街的恶童一块块地击毁，不复能蔽风雨，她索性把兰花一盆盆地吊在前院一棵巨大的夹竹桃下，勉强有点荫凉，只是遇到连绵的雨水或酷寒的天气，便需一盆盆地搬进室内，有时半夜起来抢救，实在辛劳。玫瑰也是她所欣喜的，我们也有一些友人赠送的比较贵重的品种，遇有大风雨，她便用塑料袋把花苞一个个地包起来，使不受损。终以阳光太烈、土壤不肥，虽施专门的花肥，仍不能培护得宜。她常说:“我们的兰花，不能和胡伟克先生家的相比，我们的玫瑰，不能和张棋林先生的相比，但是我亲手培养的就格外亲切可爱。”可惜她力不从心，不大能弯腰，亦不便蹲下，园艺之事不能尽兴。院里有含笑一株，英文叫 banana shrub，因花香略带甜味近似香蕉，是我国南方有名的花木。有一天，师大送公教配给的工友来了，他在门外就闻到了含笑的香气，他乞求摘下几朵，问他何用途，他惨然说："我的母亲最爱此花，最近她逝世了，我想讨几朵献在她的灵前。"季淑大受感动，为之涕下，以后他每次来，不等他开口，只要枝上有花，必定摘下一盘给他。

季淑爱花草，不分贵贱，一视同仁。有一次在阳明山上的石隙中间看见一株小草，叶子像是竹叶，但不是竹，葱绿而挺俏，她试一抽取，连根拔出，遂小心翼翼地裹以手帕带回家里，栽在盆中灌水施肥，居然成一盆景。我做出要给她拔掉之状，她就大叫。

房檐下遮窗的雨棚，有几个铁钩子，是工程师好意安装的。季淑说："这是天造地设，应该挂几个鸟笼。"于是我们买了三四个鸟笼，先是养起两只金丝雀。喂小米，喂菜心，喂红萝卜，鸟儿就是不大肯唱。后来请教高人，才知道一雌一雄不该放在一起，要隔离之后雄的才肯引亢高歌。（不独鸟类如此，人亦何尝不然？能接吻的嘴是不想歌唱的）我们试验之后，果然，但是总觉得这样摆布未免残忍。后来又养一种小鹦鹉，又名爱鸟，宽大的喙，整天咕咕地亲嘴。听说这种鹦鹉容易传染一种热病。我们开笼放生，不久又都飞回来，因为笼里有食物，宁可回到笼里来。之后，又养了一只画眉，这是一种雄壮的野鸟，怕光怕人，需要早晨被人提着笼摇摇晃晃地出去溜达。叫的声音可真好听，高亢而清脆，声达一二十丈以外。我们没有工夫遛它，有一天它以头撞笼流血而死。从此我们也就不再养鸟。在大自然的环境中，每见小鸟在枝头跳跃，季淑就驻足而观，喜不自禁。她喜爱鸟的轻盈的体态。

一九六〇年七月，我参加“中美文化关系讨论会”赴美国西雅图，顺便到伊利诺州看看新婚后的文蔷，这是我来台后第一次和季淑作短期的别离，约二十日。我的心情就和三十多年前在美国做学生的时代一样，总是记挂着她。事毕我匆匆回来，她盛装到机场接我，“铅华不可弃，莫是藁砧归？”她穿的是自己缝制的一件西装，鞋子也是新的。她已许久不穿旗袍，因此腰窄领硬很不舒服，西装比较洒脱，领胸可以开得低低的。她算计着我的归期，花两天的时间就缝好了一件新衣，花样式样我认为都无懈可击。我在汽车里就告诉她：“我喜欢你的装束。”小别重逢，“其新孔嘉，其旧如之何？”

一九六三年十二月十八日，有独行盗侵入寒家，持枪勒索，时季淑正在厨房预备午膳。文蔷甫自美国返来省亲，季淑特赴市场购得黄鳝数尾，拟做生炒鳝丝，方下油锅翻炒，闻警急奔入室，见盗正在以枪对我做欲射状。她从容不迫，告之曰:“你有何要求，尽管直说，我们会答应你的。”盗色稍霁。这时候门铃声大作，盗惶恐以为缇骑到门，扬言杀人同归于尽。季淑徐谓之曰:“你们二位坐下谈谈，我去应门，无论是谁，吾不准其入门。”盗果就坐，取钱之后犹嫌不足，夺我手表，复迫季淑交出首饰，她有首饰盒二，其一尽系廉价赝品，立取以应，盗匆匆抓取一把珠项链等物而去。当天夜晚，盗即就逮，于一月三日伏法。此次事件端赖季淑临危不乱，镇定应付，使我得以幸免于祸灾。未定谳前，季淑复力求警宪从轻发落，声泪俱下。碍于国法，终处极刑，我们为之痛心者累日。季淑的镇定的性格，得自母氏，我的岳母之沉着稳重，有非常人所能及者。

那盘生炒鳝丝，我们无心享受。事实上若非文蔷远路归宁，季淑亦决不烹此异味，因为宰割鳝鱼厥状至惨，她雅不欲亲见杀生以恣口腹之欲。我们两人在外就膳，最喜“素菜之家”，清心寡欲，心安理得。她常说:“自奉欲俭，待人不可不丰。”我有时邀约友好到家小聚，季淑总是欣然筹划，亲自下厨，她说她喜欢为人服务。最熟的三五朋友偶然来家午膳，季淑常以馅饼飨客，包制馅饼之法她得到母亲的真传，皮薄而匀，不干不破，客人无不击赏，他们因自号为“馅饼小姐”。有一回一位朋友食季淑亲制之葱油饼，松软而酥脆，不禁跷起拇指，赞曰:“江南第一！”

季淑以主持中馈为荣，我亦为陪她商略膳食为乐。买菜之事很少委之用人，尤其是我退休以后空闲较多，她每隔两日提篮上市，我必与俱。她提竹篮，我携皮包，缓步而行，绕市一匝，满载而归。市廛摊贩几乎无人不识这一对皤皤老者，因为我们举目四望很难发现再有这样一对。回到家里，倾筐倒箧，堆满桌上，然后我们就对面而坐，剥豌豆，掐豆芽，劈菜心……差不多一小时，一面手不停挥，一面闲话家常。随后我就去做我的工作，等到一声“吃饭”我便坐享其成。十二时午饭，六时晚饭，准时用餐，往往是分秒不爽，多少年来总是如此。

帮我们做工的 W 小姐，做了五年之后于归，我们舍不得她去，季淑为她置备一些用品，又送她一架缝纫机，由我们家里登上彩车而去，以后她还常来探视我们。

我的生日在腊八那一天，所以不容易忘过。天还未明，我的耳边就有她的声音：“腊七腊八儿，冻死寒鸦儿，我的寒鸦儿冻死了没有？”我要她多睡一会儿，她不肯，匆匆爬起来就往厨房跑，去熬一大锅腊八粥。等我起身，热呼呼的一碗粥已经端到我的跟前。这一锅粥，她事前要准备好几天，跑几趟街才能勉强办齐基本的几样粥果，核桃要剥皮，瓜子也要去皮，红枣要刷洗，白果要去壳——好费手脚。我劝她免去这个旧俗，她说：“不，一年只此一遭，我要给你做。”她年年不忘，直到来了美国最后两年，格于环境，她才抱憾地罢手。头一年腊八，她在我的纪念册上画了一幅兰花，第二年腊八，将近甲寅，她为我写了一个“一笔虎”，缀以这样的几个字：

华：

明年是你的本命年，
我写一笔虎，
祝你寿绵绵，
我不要你风生虎啸，
我愿你老来无事饱加餐。

季淑

“无事”“加餐”，谈何容易！我但愿能不辜负她的愿望。

有一天我们闲步，巷口邻家的一个小女孩立在门口，用她的小指头指着季淑说：“你老啦，你的头发都白啦。”童言无忌，相与一笑。回家之后季淑就说：“我想去染头发。”我说：“千万不要。我爱你的本色。头白不白，没有关系，不过我们是已经到了偕老的阶段。”从这天起，我开始考虑退休的问题，我需要更多的时间享受我的家庭生活，也需要更多的时间译完我久已应该完成的《莎士比亚全集》，在季淑充分谅解与支持之下，我于一九六六年夏奉准退休，结束了我在教育界四十年的服务。

八月十四日师大英语系及英语研究所同人邀宴我们夫妇于欣欣餐厅，出席者六十人，我们很兴奋也很感慨。我们于二十四日设宴于北投金门饭店答谢同人，并游野柳。退休之后，我们无忧无虑到处闲游了几天。最近的地方是阳明山，我们寻幽探胜，专找那些没有游人肯去的地方。我有午睡习惯，饭后至旅舍辟室休息，携手走出的时候旅舍主人往往投以奇异的眼光，好像是不大明白这样一对老人到这里来是搞什么勾当。有一天季淑说："青草湖好不好？"我说："管他好不好！去！"一所破庙，一塘泥水，但是也有一点野趣，我们的兴致很高。更有时，季淑备了卤菜，我们到荣星花园去野餐，也能度过一个愉快的半天。

我没有忘记翻译莎氏戏剧，我伏在案头辄不知时刻，季淑不时地喊我："起来！起来！陪我到院里走走。"她是要我休息。于是相偕出门赏玩她手栽的一草一木。我翻译莎氏，没有什么报酬可言，穷年累月，兀兀不休，其间也很少得到鼓励，漫漫长途中陪伴我、体贴我的只有季淑一人。最后三十七种剧本译竟，由远东图书公司出版。一九六七年八月六日，承朋友们的厚爱，以"中国文艺协会""中国青年写作协会""台湾省妇女写作协会""中国语文学会"的名义发起在台北举行庆祝会。到会者约三百人，主其事者是刘白如、赵友培、王蓝等几位先生。有两位女士代表献花给我们夫妇，我对季淑说："好像我们又在结婚似的。"是日《中华日报》有一段报导，说我是"三喜临门"："一喜，三十七本莎翁戏剧出版了，这是台湾省的第一部由一个人译成的全集；二喜，梁实秋和他的老伴结婚四十周年；三喜，他的爱女梁文蔷带着丈夫邱士耀和两个宝宝由美国回来看公公。"三喜临门固然使我高兴，最能使我感动的另有两件事：一是谢冰莹先生在庆祝会中致辞，大声疾呼："《莎氏全集》的翻译完成，应该一半归功于梁夫人！"一是《世界画刊》的社长张自英先生在我书房壁上看见季淑的照片，便要求取去制版，刊在他的第三百二十三期画报上，并加注明："这是梁夫人程季淑女士——在四十二年前——年轻时的玉照，大家认为梁先生的成就，一半应该归功于他的夫人。"他们二位异口同声说出了一个妻子对于她的丈夫之重要。她容忍我这么多年做这样没有急功近利可图的工作，而且给我制造身心愉快的环境，使我能安心地专于其事。

文蔷、士耀和两个孩子在台住了一年零九个月，给了我们很大的安慰，可是他们终于去了，又使我们惘然。我用了一年的工夫译了莎士比亚的三部诗，全集四十册算是名副其实地完成了，从此与莎士比亚暂时告别。一九六八年春天，我重读近人一篇短篇小说，题名是《迟些聊胜于无》(*Better Late Than Never*)，描述一个老人退休后领了一笔钱带着他的老妻补做蜜月旅行，甚为动人，我曾把它收入我所编的高中英语教科书，如今想想这也正是我现在应该做的事。我向季淑提议到美国去游历一番，探视文蔷一家，顺便补偿我们当初结婚后没有能享受的蜜月旅行。她起初不肯，我就引述那篇小说里的一句话："什么，一个新娘子拒绝和她的丈夫做蜜月旅行！"她这才没有话说。我们于一九七〇年四月二十一日飞往美国，度我们的蜜月，不是一个月，是约四个月，于八月十九日返回台北，这是我们的一个豪华的扩大的迟来的蜜月旅行，途中经过俱见我所写的一个小册《西雅图杂记》。

十六

我们匆匆回到台北，因为帮我们做家务的C小姐即将结婚，她在我们家里工作已经七年，平素忠于职守，约定等我们回来她再成婚，所以我们的蜜月不能耽误人家的好事。季淑从美国给她带来一件大衣，她出嫁时赠送她一架电视机及家中一些旧的家具之类。我们去吃了喜酒，她的父母对我们说了一些话，我一句也听不懂，季淑听懂了其中一部分：都是乡村人所能说出的简单而诚挚的话。我已多年不赴喜宴，最多是观礼申贺，但是这一次是例外，直到筵散才去。我们两年后离开台北，登车而去的时候，她赶来送行，我看见她站在我们家门口落下了泪。

我有凌晨外出散步的习惯，季淑怕我受寒，尤其是隆冬的时候，她给我缝制一条丝绵裤，裤脚处钉一副飘带，绑扎起来密不透风，又轻又暖。像这样的裤子，我想在台湾恐怕只此一条。她又给我做了一件丝绵长袍，在冬装中这是最舒适的衣服。第一件穿脏了不便拆洗，她索性再做一件。做丝绵袍不是简单的事，台湾的裁缝匠已经很少人会做。季淑做起来也很费事，买衣料和丝绵，一张一张地翻丝绵，做丝绵套，剪裁衣料，绷线，抹浆糊，撩边，钉纽扣，这一连串工作不用一个月也要用二十天才能竣事，而且家里没有宽大的台面，只能拉开餐桌的桌面凑合着用，佝着腰，再加上她的老花眼，实在是过于辛苦。我说我愿放弃这一奢侈享受，她说：“你忘记了？你的狐皮袄我都给你做了，丝绵袍算得了什么？”新做的一件，只在阴历年穿一两天，至今留在身边没舍得穿。

说到阴历年，在台湾可真是热闹，也许是大家心情苦闷怀念旧俗吧，不知为什么有那么多的人竞相拜年。季淑是永远不肯慢待嘉宾的，起先是大清早就备好的莲子汤、茶叶蛋以及糖果之类，后来看到来宾最欣赏的是舶来品，她就索性全以舶来品待客。客人可以成群结队地来，走时往往是单人独个地走，我们双双地恭送到大门口，一天下来精疲力竭。但是她没有怨言，她感谢客人的光临。我的老家，自一九一二年起，就取消“过年”的一切仪式。到台湾后季淑就说：“别的不提，祖先是不能不祭的。”我觉得她说得对。一个人怎能不慎终追远呢？每逢过年，她必定治办酒肴，燃烛焚香，祭奠我的列祖列宗。她因为腿脚关节不灵，跪拜下去就站不起来，我在旁拉扯她一把。我建议给我的岳母也立一个灵位，我愿一同拜祭，略尽一点孝意，她说不可，另外焚一些冥镪便是。我陪同她折锡箔，我给她写纸包袱，由她去焚送。她知道这一切都是无裨实际的形式，但是她说：“除此以外，我们对于已经弃养的父母还能做些什么呢？”

一般人主持家计，应该是量入为出，季淑说：“到了衣食无缺的地步之后，便不该是‘量入为出’，应该是‘量入为储’，因为你不知道什么时候你将有不时之需。”有人批评我们说：“你们府上每月收入多少，与你们的生活水准似乎无关。”是的，季淑根本不热心于提高日常的生活水准。东西不破，不换新的。一根绳，一张纸，不轻抛弃。院里树木砍下的枝叶，晒干了之后留在冬季烧壁炉。鼓励消费之说与分期付款的制度，她是听不入耳的。可是在另一方面，她很豪爽，她常说“贫家富路”，外出旅行的时候决不吝啬；过年送出去的红包，从不缺少；亲戚子弟读书而膏火不继，朋友出国而资斧不足，她都欣然接济。我告诉她我有一位朋友遭遇不幸急需巨款，她没有犹豫就主张把我们几年的储蓄举以相赠，而且事后她没有向任何人提起。

俗话说：“女主内，男主外。”我的家则无论内外，一向由季淑兼顾。后来我觉察她的体力渐不如往昔的健旺，我便尽力减少在家里宴客的次数，我不要她在厨房里劳累，同时她外出办事我也尽可能地和她偕行。果然，有一天，在南昌街合会，她从沙发上起立，突然倒在地上，到沈彦大夫诊所查验，血压高至二百四十几，立即在该诊所楼上病房卧下，住了十天才回家。病房的伙食只是大碗面、大碗饭，并不考虑病人的需要，我每天上午去看她，送一瓶鲜橘汁，这是多少年来我亲手每天为她预备的早餐的一部分，再送一些她所喜欢的食物，到下午我就回家。这十天我很寂寞，但是她在病房里更惦记我。高血压是要长期服药休养的，我买了一个血压计，我耳聋听不到声音，她自己试量。悉心调养之下，她的情况渐趋好转，但是任何激烈的动作均行避免。

自从季淑患高血压，文蔷就企盼我们能到美国去居住，她就近可以照料。一九七二年国际情势急剧变化，她便更为着急。我们终于下了决心，卖掉房子，结束这个经营了多年的破家，迁移到美国去。但是卖房子结束破家，这一连串的行动牵涉很广，要奔走，要费唇舌，要与市侩为伍，要走官厅门路，这一份苦难我们两个互相扶持着承受了下来。于五月二十六日我们到了美国。

十七

美国不是一个适于老年人居住的地方，一棵大树，从土里挖出来，移植到另外一个地方去，都不容易活，何况人？人在本乡本土的文化里根深蒂固，一挖起来总要伤根，到了异乡异地水土不服自是意料中事。季淑肯到美国来，还不是为了我？

西雅图地方好，旧地重游，当然兴奋。季淑看到了她两年前买的一棵山杜鹃已长大了不少，心里很欢喜。有人怨此地气候潮湿，我们从台湾来的人只觉得其空气异常干燥舒适。她来此后风湿性关节炎没有严重地复发过，我们私心窃喜。每逢周末，士耀驾车，全家出外郊游，她的兴致总是很高，咸水公园捞海带，植物园池塘饲鸭，摩基提欧轮渡码头喂海鸥，奥林匹亚啤酒厂参观酿造，斯诺夸密观瀑，义勇军公园温室赏花，布欧尔农庄摘豆，她常常乐而忘疲。从前去过加拿大维多利亚拔卓特花园，那里的球茎秋海棠如云似锦，她常念念不忘。但是她仍不能不怀念安东街寓所她手植的那棵面包树，那棵树依然无恙，我在一九七三年一月十一日（壬子腊八）戏填一首俚词给她看：

恼煞无端天末去。
几度风狂，不道岁云暮。
莫叹旧居无觅处，
犹存墙角面包树。
目断长空迷津渡。
泪眼倚楼，楼外青无数。
往事如烟如柳絮，
相思便是春常驻。

事实上她从来不对任何人有任何怨诉，只是有的时候对我掩不住她的一缕乡愁。

在百无聊赖的时候季淑就织毛线。她的视神经萎缩，不能多阅读，织毛线可以不太耗目力。在织了好多件成品之后，她要给我织一件毛衣，我怕她太劳累，宁愿继续穿那一件旧的深红色的毛衣，那也是她给我织的，不过是四十几年前的事了。我开始穿那红毛衣的时候，杨金甫还笑我是“暗藏春色”。如今这红毛衣已经磨得光平，没有一点毛。有一天她得便买了毛线回来，天蓝色的，十分美观，没有用多少工夫就织成了，上身一度，服服帖帖。她说：“我给你织这一件，要你再穿四十年。”

岁月不饶人，我们两个都垂垂老矣。有一天，她抚摩着我的头发，说：“你的头发现在又细又软，你可记得从前有一阵你不愿进理发馆，我给你理发，你的头发又多又粗。硬得像是板刷，一剪子下去，头发渣迸得满处都是。”她这几句话引我想起英国诗人朋士（Robert Burns）的一首小诗：

John Anderson My Jo

John Anderson my Jo, John,
When we were first acquent,
Your locks were like the raven,
Your bonie brow was brent;
But now your brow is bled, John,
    Your locks are like the snow,
But blessings on your frosty pow,

John anderson my Jo!

John Anderson my Jo, John,
We climb the hill thegither,
And monie a cantie day, John,
We've had wi'ane anither:
Now we maun totter down, John,
And hand in hand we'll go,
And sleep thegither at the foot,
John Anderson my Jo!

约翰·安德森，我的心肝

约翰·安德森，我的心肝，约翰，
想当初我们俩刚刚相识的时候，
你的头发黑的像是乌鸦一般，
你的美丽的前额关光溜溜；
但是如今你的头秃了，约翰，
你的头发白得像雪一般，
但愿上天降福在你的白头上面，
约翰·安德森，我的心肝！

约翰·安德森，我的心肝，约翰，

　　我们俩一同爬上山去，

很多快乐的日子，约翰，

我们是在一起过的：

如今我们必须蹒跚的下去，约翰，

我们要手拉着手的走下去，

在山脚下长眠在一起，

　　约翰·安德森，我的心肝！

我们两个很爱这首诗，因为我们深深理会其中深挚的情感与哀伤的意味。我们就是正在“手拉着手地走下山”。我们在一起低吟这首诗不知有多少遍！

季淑怵上楼梯，但是餐后回到室内需要登楼，她就四肢着地地爬上去。她常穿一件黑毛绒线的上衣，宽宽大大的，毛毛茸茸的，在爬楼的时候我常戏言：“黑熊，爬上去！”她不以为忤，掉转头来对我吼一声，做咬人状。可是进入室内，她就倒在我的怀内，我感觉到她的心脏扑通扑通的跳。

我们不讳言死，相反的，还常谈论到这件事。季淑说：“我们已经偕老，没有遗憾，但愿有一天我们能够口里喊着‘一、二、三’，然后一起同时死去。”这是太大的奢望，恐怕总要有一个先后。先死者幸福，后死者苦痛。她说她愿先死，我说我愿先死。可是略加思索，我就改变主张，我说：“那后死者的苦痛还是让我来承当吧！”她谆谆地叮嘱我说，万一她先我而化，我需要怎样地照顾我自己，诸如工作的时间不要太长，补充的药物不要间断，散步必须持之以恒，甜食不可贪恋——没有一项琐节她不曾想到。

我想手拉着手地走下山也许尚有一段路程。申请长久居留的手续已经办了一年多，总有一天会得到结果，我们将双双地回到本国的土地上去走一遭。再过两年多，便是我们结婚五十周年，在可能范围内要庆祝一番，我们私下里不知商量出多少个计划。谁知道这两个期望都落了空！

四月三十日那个不祥的日子！命运突然攫去了她的生命！上午十点半我们手拉着手到附近市场去买一些午餐的食物，市场门前一个梯子忽然倒下，正好击中了她。送医院急救，手术后未能醒来，遂与世长辞。在进入手术室之前的最后一刻，她重复地对我说：“华，你不要着急！华，你不要着急！”这是她最后对我说的一句话，她直到最后还是不放心我，她没有顾虑到她自己的安危。到了手术室门口，医师要我告诉她，请她不要紧张，最好是笑一下，医师也就可以轻松地执行他的手术。她真的笑了，这是我在她生时最后看到的她的笑容！她在极痛苦的时候，还是应人之请做出了一个笑容！她一生茹苦含辛，不愿使任何别人难过。

我说这是命运，因为我想不出别的任何理由可以解释。我问天，天不语。哈代（Thomas Hardy）有一首诗《二者的辐合》（*The Convergence Of The Twain*），写一九一二年四月十五日豪华邮轮“铁达尼”号在大西洋上做处女航，和一座海上漂流的大冰山相撞，死亡在一千五百人以上。在时间上空间上配合得那样巧，以至造成那样的大悲剧。季淑遭遇的意外，亦正与此仿佛，不是命运是什么？人世间时常没有公道，没有报应，只是命运，盲目的命运！我像一棵树，突然一声霹雳，电火殛毁了半劈的树干，还剩下半株，有枝有叶，还活着，但是生意尽矣。两个人手拉着手地走下山，一个突然倒下去，另一个只好踉踉跄跄地独自继续他地旅程！

本文曾引录潘岳的《悼亡诗》，其中有一句：“上惭东门吴。”东门吴是人名，复姓东门，春秋魏人。《列子 · 力命》：“魏人有东门吴者，其子死而不忧。其相室曰：‘公之爱子，天下无有，今子死，不忧何也？’东天吴曰：‘吾常无子，无子之时不忧；今子死，乃与向无子同，臣奚忧焉？’”这个说法是很勉强的。我现在茕然一鳏，其心情并不同于当初独身未娶时。多少朋友劝我节哀顺变，变故之来，无可奈何，只能顺承，而哀从中来，如何能节？我希望人死之后尚有鬼魂，夜眠闻声惊醒，以为亡魂归来，而竟无灵异。白昼萦想，不能去怀，希望梦寐之中或可相觏，而竟不来入梦！环顾室中，其物犹故，其人不存。元微之悼亡诗有句："惟将终夜常开眼，报答平生未展眉！"我固不仅是终夜常开眼也。

季淑逝后之翌日，得此间移民局通知前去检验体格，然后领取证书；又逾数十日得大陆子女消息。我只能到她的坟墓去涕泣以告。六月三日师大英语系同仁在台北善导寺设奠追悼，吊者二百余人，我不能亲去一恸，乃请陈秀英女士代我答礼，又信笔写一对联寄去，文曰："形影不离，五十年来成梦幻；音容宛在，八千里外吊亡魂。"是日我亦持诵《金刚经》一遍，口诵"一切有为法，如梦、幻、泡、影，如露亦如电，应作如是观"，而我心有驻，不能免于实执。五十余年来，季淑以其全部精力情感奉献给我，我能何以为报？秦嘉《赠妇诗》：

诗人感木瓜，乃欲答瑶琼。
愧彼赠我厚，惭此往物轻。
虽知未足报，贵用叙我情。

缅怀既往，聊当一哭！衷心伤悲，掷笔三叹！

一九七四年八月二十九日

于美国西雅图